Ulla Kerckhoff

KARATABAR

ODER

DIE SUCHE NACH DEM VERLORENEN REICH

JEDE GROSSE REISE BEGINNT
MIT EINEM KLEINEN SCHRITT
(CHINESISCHE WEISHEIT)

Für
Kevin, Sina, Aaron, Levi, Carlotta, Eleana, Alexander und Jonas.

KARATABAR

ODER DIE SUCHE NACH DEM VERLORENEN REICH

von

Ulla Kerckhoff

NEISSUFERVERLAG
NATASCHA STURM

Neissuferverlag Natascha Sturm
1. Auflage März 2018
© Neissuferverlag Natascha Sturm
Reuterstr. 7, 02826 Görlitz
info@neissuferverlag.de
www.neissuferverlag.de

Lektorat: Rouven Obst
Illustrationen und Umschlag: Ulla Kerckhoff
Layout und Satz: Dorit Schneider
Druck und Bindung: Standartu Spaustuve, Vilnius, Litauen
ISBN 978-3-9818700-1-5

Inhalt

Überraschende Einladung 7

Rätselhaftes Strandgut 13

Drago volans, die fliegende Eidechse 20

Das verwunschene Haus 29

Die magische Karte 39

Eine ungewöhnliche Geschichte 47

Karatabar 54

Die Straße des Silbernen Bambuszweiges
und des Smaragdgrünen Jadedrachens 60

Im Reich der Mitte 64

Harte Landung 69

Der geheimnisvolle Gang 78

Irrwege 94

Die große Entdeckung 103

Falsches Spiel 112

Die Geschichte des Hu Fuh 124

Das Labyrinth 135

Das zweite Tor 143

Auf der Flucht 151

Die Wüste Gobi 162

Die Karawane 168

Pater Guiseppe 189

Die Missionsstation 199

Nächtliche Unruhe 210

Die Verbotene Stadt 225

Die Halle der Höchsten Harmonie 240

Semirimes 258

Danksagung 269

Über die Autorin 271

Überraschende Einladung

Alles begann damit, dass Jonas am letzten Tag vor den großen Sommerferien einen an ihn adressierten Brief zu Hause vorfand. Eine Einladung seiner Verwandten aus Frankreich. Genaugenommen von seiner Cousine Sina, die er seit einer Ewigkeit nicht mehr gesehen hatte. So viel er sich erinnern konnte, war sie mit ihren Eltern vor Jahren nach Kanada gezogen. Nun schien sie also wieder da zu sein.

Ob er Lust hätte, die Ferien bei ihnen in der Normandie zu verbringen? Keine schlechte Idee, denn eigentlich hatte er mit seinem Freund an einem Feriencamp teilnehmen wollen. Leider war daraus nichts geworden. Sie hatten den Anmeldetermin verpasst. Nun war kein Platz mehr frei.

Seine Mutter musste arbeiten und er sah schon sechs stinklangweilige Wochen auf sich zukommen.

Das ist die Rettung, dachte er sich und suchte nach dem Absender. Er ging damit zu seinem PC, öffnete das Kartenprogramm und tippte die Adresse ein. Es dauerte nicht lange und er hatte gefunden, was er suchte. Er hielt seinen Kopf mit der strubbeligen roten Mähne in die eine Hand gestützt und die andere fuhr mit der Computermaus hin und her. Dann schaltete er Luftbilder zu und schaute staunend auf das Haus mit seinen verwunschenen Türmchen. Es lag ein wenig oberhalb der Küste.

»Wow«, sagte er staunend zu sich selbst und merkte, wie sein Herz einen Satz machte.

Seine Gedanken überschlugen sich. Das Haus war ja fast ein Schloss! Aber, vielleicht hatten sich seine Tante und sein Onkel seit ihrem Besuch vor vielen Jahren verändert? Wie alt mochte Sina jetzt sein? Was würde ihn erwarten?

Noch einmal las er den Brief durch. Welch ein Glück, dass er in deutscher und nicht in französischer Sprache verfasst war. Er war an ihn ganz allein gerichtet. Von Sina.

Als seine Mutter von der Arbeit nach Hause kam und er ihr den Brief zeigte, war sie nicht im Mindesten überrascht.

Lächelnd stellte sie fest: »Ach, ist der Brief schon angekommen?«

Jonas schaute sie verständnislos an.

»Woher wusstest du davon?«

Da erzählte ihm seine Mutter, dass sie von ihrer Schwester angerufen worden sei. Sie hätte ihr erzählt, dass sie aus Kanada wieder zurück seien und nun wieder in Frankreich lebten. Dann hätte die Schwester, seine Tante, die geniale Idee gehabt, Jonas in den Sommerferien einzuladen. So könnten sich die Kinder doch einmal wiedersehen.

»Ich fand den Vorschlag großartig, weil doch aus deinem Feriencamp nichts geworden ist«, sagte sie zu ihm.

»Wir fahren gemeinsam mit dem Auto nach Frankreich, ich bleibe noch ein paar Tage und fahre dann wieder nach Hause. Ich muss ja arbeiten«, fügte sie hinzu.

»Wie alt ist sie?«, fragte Jonas unvermittelt.

»Wer, deine Tante?«

»Nein, Sina.«

»Ach so, genauso alt wie du. Elf Jahre.«

»Dann spielt sie auch nicht mehr mit Puppen«, meinte Jonas erleichtert, während seine Mutter nur den Kopf über ihn schüttelte und hinausging.

»Ein Cousin wäre mir eigentlich lieber«, murmelte er ihr noch kaum hörbar hinterher.

Denn was war, wenn sie ganz andere Interessen hatte als er? Wenn sie keinen Sinn für technische Dinge hatte, zickig war oder launisch, wie so manches Mädchen in seiner Klasse?

Außerdem war da noch das Sprachproblem. Sein Vater war Franzose, er selbst war in Frankreich geboren worden und hatte die ersten Jahre seines Lebens dort verbracht. Nach dem Tod seines Vaters war er mit seiner Mutter nach Deutschland gezogen. Obwohl sie als Übersetzerin tätig war, wurde zu Hause deutsch gesprochen. Ein paar Brocken wusste er noch, aber ob das für eine Unterhaltung ausreichte?

Seine Mutter würde ihn also mit dem Auto zu seinen Verwandten fahren, ein paar Tage bei ihnen bleiben und wieder nach Deutschland zurückkehren. Er war folglich die ganze übrige Ferienzeit allein dort – mit seinen Verwandten und dieser fremden Sprache. Dann aber ließ ihn die Aussicht auf tolle Ferien am Meer alle Bedenken vergessen. Er stand auf und begann seine Sachen, die er mitnehmen wollte, aus dem Schrank zu nehmen. Sein Smartphone und das Ladegerät durfte er auf keinen Fall vergessen. Das war wichtiger als Kamm und Seife.

Seine Mutter kam in sein Zimmer.

»Jonathan, ich denke, dass wir schon übermorgen fahren werden. Habe gerade mit deiner Tante Petty telefoniert«, sagte sie zu ihm. Noch ehe er etwas erwidern konnte, war sie schon wieder draußen.

Immer, wenn sie Jonathan zu ihm sagte, hatte das etwas Besonderes zu bedeuten. Da galt es wachsam zu sein.

Vom schlechten Gewissen verfolgt, rief er seinen besten Freund an, der nun allein ohne ihn die Ferien zu Hause verbringen musste. Als sich keiner meldete, schickte er ihm eine Nachricht. Er informierte ihn, dass sich seine Ferienpläne ganz unerwartet durch eine Einladung nach Frankreich verändert hätten und bat um Antwort. Er kam sich wie ein Verräter vor, weil er ihn nun im Stich lassen würde. Inständig hoffte er, dass sein Freund wie durch ein Wunder doch noch einen Platz im Feriencamp fand. Die Antwort kam postwendend.

»Hey, einfach cool! Freu mich für dich. Komme schon klar. Wünsche dir eine super Zeit!«

****

Das Haus war in Wirklichkeit noch viel prächtiger, als er es auf der Luftaufnahme im Internet hatte erkennen können, stellte Jonas fest, als er zwei Tage später mit seiner Mutter aus dem Auto stieg. Da öffnete sich schon das Eingangsportal. Seine Tante Petty und sein französischer Onkel Manuel kamen ihnen rufend entgegen und begrüßten sie freudig.

Seine Befürchtungen wegen der Sprachschwierigkeiten waren völlig unbegründet, denn auch sein Onkel konnte sich auf Deutsch verständigen.

Aber wo war nur seine Cousine Sina? Auch als sie ins Haus eintraten, war sie nicht zu sehen. Tante und Onkel jedenfalls machten einen sympathischen Eindruck. Und das Türmchen-Haus war einfach richtig cool. Kein Vergleich zu der Etagenwohnung, die er mit seiner Mutter in der Stadt bewohnte. Das Meer zum Schwimmen war zum Greifen nahe. Das sprach doch alles für einen tollen Urlaub!

Da hörte er lautes Rufen. Es schien aus dem Garten zu kommen und es dauerte nicht lange, bis sich die Terrassentür öffnete und ein ziemlich großer Hund mit mächtigen Sätzen hereinstürmte. Dahinter kam lachend ein braungebranntes Mädchen zum Vorschein.

Nein, so hatte sich Jonas seine Cousine nicht vorgestellt. Sie war kleiner als er und hatte ihr dunkles, lockiges Haar im Nacken zusammengebunden. Einige widerspenstige Strähnen fielen ihr ins Gesicht. Ihre ausgefransten und verschlissenen Jeans zeugten vom Balgen und Toben mit dem Hund. Sie versuchte, durch Klopfen den Schmutz zu entfernen und im selben Atemzug den Hund zu bändigen, der auf die Neuankömmlinge zuspringen wollte. Geschickt und schnell schob sie ihn in ein anderes Zimmer und machte die Tür hinter ihm zu. Man hörte nur noch sein beleidigtes Winseln.

Sie drehte sich um und begrüßte zuerst seine Mutter. Sie sprach fließend Deutsch, wie Jonas erleichtert feststellte. Wenn sie lachte, und man sah ihr an, dass sie gern und oft lachte, bildete sich auf der einen Wange ein Grübchen, das sie noch fröhlicher aussehen ließ. Als sie auf Jonas zuging und ihn mit ihren großen braunen Augen ansah, meinte er, noch nie ein hübscheres Mädchen gesehen zu haben.

Sina hatte beim Hereinstürmen ebenfalls einen schnellen Blick auf ihre Verwandten geworfen. Ganz besonders auf diesen hochaufgeschossenen, dünnen blassen Jungen mit den roten Haaren und der weißen Haut.

Nun stand sie vor ihm und sie musste sich eingestehen, er war entgegen ihrer Hoffnungen nicht gerade ein Ausbund an Schönheit. Etwas verlegen reichte er ihr die Hand. Doch als sie in seine grünen Augen schaute, und er mühsam ein schüchternes Lächeln auf sein Gesicht mit den vielen lustigen Sommersprossen zauberte, fand sie ihn gar nicht mehr so unsympathisch.

Das Wetter der folgenden Tage meinte es gut mit ihnen. Die Sonne schien fast jeden Tag, es war warm und das Meer lud zum Baden ein. Auch Napoleon, der Hund, gewöhnte sich schnell an die neuen Gäste. Er freute sich ganz besonders, wenn Jonas mit ihm am Strand entlang tobte und durch die Dünen lief.

Jonas hatte als Gast das Turmzimmer zugewiesen bekommen. Er fühlte sich auf Anhieb darin wohl, denn er konnte von seinem Fenster aus über die Bäume hinweg das silbrig schimmernde Meer sehen.

Mit Tante Petty und Onkel Manuel gab es keine Schwierigkeiten, und auch mit seiner temperamentvollen Cousine Sina verstand er sich von Tag zu Tag besser. Sie war alles andere als langweilig oder gar zickig.

Umgekehrt fand auch Sina ihren Cousin sympathisch. Vor allem staunte sie über seinen riesigen Appetit. Obwohl er nur ein schmales Hemd war, konnte er Unmengen an Essen verdrücken. So kamen sie, trotz ihrer völlig verschiedenen Temperamente, in der kurzen Zeit ihres bisherigen Zusammenseins gut miteinander zurecht.

Rätselhaftes Strandgut

Der Zufall wollte es, dass nach der Abreise von Jonas' Mutter ein geschäftlicher Anruf für Sinas Eltern kam. Ein dringender Termin veranlasste sie, einen Flug in die USA zu nehmen. Nach einigem Hin und Her entschieden beide, dass die alte Marie, die scheinbar schon seit Ewigkeiten vor Ort wohnte und arbeitete, für die Kinder sorgen würde.

Doch leider folgten auf das herrlich warme Wetter mit viel Sonnenschein mehrere Regentage. Als der Regen ausnahmsweise etwas nachließ und schließlich eine Pause einlegte, beschlossen sie, mit Napoleon endlich einmal wieder hinunter ans Meer zu laufen. Ein heftiger Wind blies ihnen unbarmherzig ins Gesicht und zerzauste ihnen die Haare. Dem Hund schien die heftige Brise nichts auszumachen. Er raste immer wieder von Neuem auf die vielen Möwen zu, die sich auf dem nassen Sand niederließen. Sie flogen jedes Mal laut kreischend davon.

Unter ihren Füßen knackten die vielen kleinen angeschwemmten Muscheln. Ab und zu bückte sich Jonas nach flachen Steinen, die er mit schnellem Schwung über die fast glatte Meeresoberfläche tanzen ließ, wenn sich gerade eine Welle zurückzog.

Sie kletterten auf ein paar felsige Klippen. Fasziniert schaute Sina auf die sich ständig wiederholende Bewegung der Wellen. Dann glitt ihr Blick weiter über das Meer, als sie Jonas neben sich bemerkte.

»Es fängt wieder an zu regnen, lass uns nach Hause gehen.«

»Gleich«, brummelte Sina, die immer noch auf die endlose Weite des Wassers schaute und vor sich hin träumte.

»Es wäre doch cool, wenn jetzt ein Piratenschiff angesegelt käme. Mit schwarzen Segeln und einer Totenkopffahne am Mast. Vollbeladen mit Schätzen von Gold und Edelsteinen. Sie würden die Kanonenluken öffnen, weil sie gerade am Horizont ein Schiff zum Kapern entdeckt haben. Leider hat der Kapitän mit der schwarzen Binde über dem einen Auge Schwierigkeiten, eilig über Deck rauf zum Steuerrad zu gelangen. Weißt du, sein Holzbein hindert ihn daran. Im Gegensatz zu ihm ist seine Mannschaft – lauter miese Typen – wesentlich flotter auf den Beinen. Doch was seh' ich da: Der Käpt'n wird von den eigenen Leuten gefangengenommen. Das sieht nach einer Meuterei aus …«

Weiter kam Sina mit ihrer Fantasie nicht, denn Jonas sah sie zweifelnd von der Seite an und schüttelte energisch den Kopf. Dabei sollte es ihrer Meinung nach jetzt erst so richtig spannend werden.

»Hör auf, du spinnst«, grinste er und machte Anstalten, wieder hinunterzukraxeln.

Sina blieb regungslos stehen. Sie starrte gedankenverloren auf das unendliche Meer, als sie etwas auf der Wasseroberfläche schwimmen sah. Ab und zu wurde es von Wellenkämmen verdeckt, um bei der nächsten Welle wieder zum Vorschein zu kommen.

Sie rief Jonas, der zunächst keine Anstalten machte, zurückzukommen. Aufgeregt wedelte sie mit den Armen. Er wendete kurz den Kopf und sah gelangweilt, wie sie immer wieder mit dem Finger aufs Meer hinaus zeigte. Endlich schien er sich doch noch zu besinnen. Für Sina viel zu langsam, kletterte er den Felsen zu ihr hinauf.

»Haben sie endlich den Kerl mit dem Holzbein über Bord geworfen oder was sieht die Märchentante jetzt?«, fragte Jonas feixend. »Vielleicht kommen gleich der böse Wolf und die sieben Geißlein angeschwommen, und dann fressen sie ihn auf.«

»Ach, Blödsinn, sieh' doch mal, was da auf dem Meer schaukelt.«

»Vielleicht hat sich dein Kapitän retten können und rudert nun um sein Leben. Wir könnten ihm ja zu Hilfe eilen«, schlug Jonas Sina vor, denn er konnte beim besten Willen nichts Außergewöhnliches entdecken.

Sina schnitt ihm eine Grimasse. Sie ließ nicht locker und zeigte immer wieder auf einen bestimmten Punkt im Meer.

Lustlos folgte er mit den Augen ihrem Finger. Nun erblickte auch er diesen seltsamen Gegenstand, der sich im Wasser hob und senkte. Erst widerwillig, aber dann mit wachsender Neugier, betrachtete jetzt auch Jonas dieses undefinierbare Etwas. Trotz des beginnenden Nieselregens blieben sie stehen, starrten und warteten darauf, dass es sich näherte. Es war nicht groß. Aber doch so, dass man es schwimmen sehen konnte. Schaukelnd näherte es sich ganz langsam dem Strand.

»Vielleicht ist es eine Flaschenpost?«, flüsterte Sina aufgeregt und sah Jonas fragend an. Statt einer Antwort kletterte er die Klippen wieder hinunter, um durch den Sand auf die Brandung zuzugehen. Sina folgte ihm. Gespannt schauten sie auf den seltsamen Gegenstand, der sich nun immer deutlicher auf dem Wasser abzeichnete.

Jonas konnte es nicht erwarten. Er zog seine Gummistiefel aus, krempelte die Hosenbeine hoch und ging mit nackten Füßen in die letzte zurückgleitende Welle, um ihn herauszufischen. So ganz wohl war ihm dabei nicht, denn wer wusste schon, was er da in die Finger bekam?

Napoleon meinte, es ihm gleich zu tun zu müssen. Er raste laut platschend ins Nass. Sina rief ihm etwas zu, aber das Getöse der Wellen übertönte ihr Rufen. Jonas hatte Mühe, das große Tier von dem geheimnisvollen Strandgut fernzuhalten. Er scheuchte ihn weg, damit er nicht danach schnappte, und griff behände in die Wellen.

Zu seinem Erstaunen hielt er nun ein raues, längliches Glasgefäß in der Hand. An einem Ende war es mit einem breiten Stopfen verschlossen. Das dicke Glas war trüb und zerkratzt und teilweise mit kleinen Kalkmuscheln so verkrustet, dass man meinen konnte, dieser Glaskolben gehöre seit Ewigkeiten zum Meer.

Jonas watete zurück ans Ufer. Dort blickten sie gebannt auf diesen seltsamen Gegenstand, den Jonas vorsichtig nach allen Seiten drehte. An einer Stelle, die ein bisschen frei von Muscheln und weißen Kalksteinen war, meinten sie durch das abgeschliffene, stumpfe Glas etwas im Inneren des Gefäßes erkennen zu können. Sina hatte vor Aufregung ganz rote Wangen. Sie nahm es Jonas vorsichtig aus der Hand und begann zu drehen und behutsam zu schütteln. Tatsächlich vernahmen sie ein Geräusch. Es musste also etwas darin stecken!

»Vielleicht ist es eine Karte, die uns zu einem sagenhaften Schatz führt?«, spekulierte Sina aufgeregt. Statt einer Antwort nahm Jonas ihr die altertümliche Flasche aus der Hand und betrachtete den Verschluss genauer. Wie das Glas war auch er zugesetzt mit Korallen und kleinen Kalkmuscheln. Man musste aufpassen, sich nicht an den scharfkantigen Ablagerungen zu verletzen.

Jonas holte sein Taschenmesser aus der Hosentasche. Er entfernte vorsichtig Schicht für Schicht. Dann versuchte er, an der verschlossenen Öffnung herumzukratzen. Es war sehr mühsam, denn er musste sehr achtgeben, sich nicht in die Finger zu schneiden. Wie eine Ewigkeit kam es ihnen vor, bis sie endlich erkennen konnten, dass es sich um einen großen runden Korken handelte. Er ragte ein gutes Stück über den Glasrand heraus. Genug, um ihn anzufassen und vorsichtig herauszudrehen. Doch er bewegte sich nicht ein bisschen.

Ungeduldig verfolgte Sina seine vergeblichen Versuche, den Korken hin- und herzudrehen, bis seine Hand ganz rot wurde. Doch dann, ganz langsam, aber wirklich nur ganz langsam, ließ sich der Korken ein wenig bewegen. Jonas machte Fingerübungen, um seine schmerzende und verkrampfte Hand zu lockern. Währenddessen versuchte Sina ihr Glück. Und da, auf einmal, gab er nach. Er ließ sich Stück für Stück herausdrehen. Vor Aufregung sprach keiner der beiden ein Wort. Sina hielt den Korken in der einen Hand, während Jonas ihr den Behälter aus der anderen Hand nahm. Was befand sich in dem Glas?

Er drehte ihn um. Als der Inhalt überraschend in seine Hand fiel, blieb den beiden der Mund vor Staunen offen stehen. Als ob auch der Himmel neugierig geworden war, öffnete sich die graue Wolkendecke für einen kurzen Moment. Die Sonne ließ einen Strahl auf eine intensiv leuchtende, grüngoldene Rolle fallen. Sie war aus einem harten Material und mit buntem Stoff bezogen. Kleine Spiegelglassteinchen waren darin eingewebt. Im reflektierenden Sonnenlicht schillerten sie so heftig, dass die beiden fast geblendet wurden.

»Das ist ja cool!«, war alles, was Jonas hervorbrachte, während Sina nur auf dieses Glitzerding starrte. Es war mit einem wunderschön verzierten Deckel aus Metall verschlossen. Leider fing es in diesem Moment gerade wieder an zu regnen.

»Wir laufen schnell ins Haus und dann sehen wir uns alles in Ruhe an«, sagte Jonas. Er schob die Rolle unter seine Regenjacke.

Sie waren schon losgelaufen, als Sina sich umdrehte, um zurück zu rennen. Eilig hob sie die achtlos im Sand liegengebliebene Glasflasche auf. Den Korken steckte sie schnell in ihre Hosentasche und rannte hinterher.

Im Trockenen angekommen, wollten sie leise und unauffällig aufs Zimmer gehen, um vor Maries Fürsorge zu flüchten. Doch zuerst mussten sie Napoleons Pfoten säubern. Dann sein pitschnasses Fell mit einem trockenen Tuch abreiben, ehe er sich so kräftig schütteln konnte, dass die Wände triefnass werden würden. Sie stellten ihm seinen Futternapf hin und waren ihn vorerst los.

Auf jeden Fall wollten sie allein und ungestört sein. Sie hatten ihre Schuhe ausgezogen und sich auf Socken lautlos schon fast bis an Sinas Zimmertür gepirscht, als Jonas über einen Eimer mit leeren Blechdosen stolperte, die nun laut scheppernd durch den Flur rollten. Sina verdrehte verzweifelt die Augen und zischte ihm fluchend etwas auf Französisch zu. Zum Glück war er nicht hingefallen und die Rolle ruhte unversehrt in seiner Hand. Napoleon wiederum hielt im Fressen inne und meinte, mit lautem Bellen das Getöse noch übertrumpfen zu müssen.

Von dem Lärm in ihrem Nachmittagsschläfchen gestört, hörten die Kinder nun, wie die dicke, alte Marie angeschlurft kam. Schnell versteckten sie Rolle und Flasche unterm Bett. Da erschien sie auch schon im Türrahmen.

»Was macht ihr denn für einen Lärm und wie pitschnass seht ihr aus? Wo seid ihr denn so lange gewesen?«, wollte sie wissen.

Ihnen war klar, dass sie ihrer Fürsorge nun erst einmal nicht entgehen konnten. Folgsam sammelten sie die Büchsen auf. Sie erzählten der besorgten Frau, dass sie am Strand gewesen seien, sie hätten Muscheln gesammelt. Wie zum Beweis kramte Jonas aus seiner Jackentasche ein paar Exemplare hervor. Von ihrem Fund verrieten sie jedoch nichts. Die gute Marie gab sich mit dem Bericht zufrieden und meinte, dass die armen Kinder erst einmal etwas Trockenes anziehen sollten. Außerdem wollte sie ihnen einen warmen Kakao machen. Kurz: Sina und Jonas hatten bis zum Abend keine Chance, sich alleine auf ihr Zimmer zurückzuziehen.

Drago volans,
die fliegende Eidechse

Sie konnten den Abend kaum abwarten. Der erstaunten alten Frau erklärten sie, dass sie heute schrecklich müde seien. Wahrscheinlich käme das vom Wetter. Sie wollten jetzt schlafen gehen und vielleicht noch etwas lesen. Jonas bekräftigte dies mit einem heftigen Gähnen.

Kaum lagen sie in ihren Betten, hörte Sina, wie es sich Marie vor dem Fernseher gemütlich machte. Jetzt konnte sie leise und unbemerkt zu Jonas hinauf ins Turmzimmer schleichen. Ganz vorsichtig hatte sie die Rolle unter ihrem Bett hervorgeholt und eingesteckt.

Jonas erwartete sie. Als Sina sich zu ihm auf den Teppich setzte, überreichte sie ihm die Rolle. Er hielt sie wie ein kostbares Kleinod in der Hand. Beide betrachteten sie voller Neugier. Beim Hin- und Herdrehen erklang ein leises, klapperndes Geräusch.

»Da muss etwas drin sein, versuch doch mal, den Deckel abzudrehen«.

»Er lässt sich nicht abnehmen«, murmelte Jonas.

Bei näherer Untersuchung erkannten sie, dass er mit Siegelwachs verschlossen war. Das Siegel hatte die Form eines Kreises. Darin waren undefinierbare Zeichen zu erkennen. Wie schon am Strand musste Jonas sein Taschenmesser hervorholen, um das ausgetrocknete und bröckelige Wachs zu lösen. Er wollte aber die schöne, grüngolden glänzende Rolle mit den glitzernden Steinchen nicht beschädigen. Nach einer Weile gelang es ihm, den Deckel abzudrehen, und er ließ den Inhalt in seine geöffnete Handfläche gleiten.

Beide verfolgten gespannt mit den Augen, wie eine zierliche, smaragdgrüne Eidechse aus Metall herausfiel. Sie war über und über mit goldschimmernden Schuppen besetzt.

»Ist die aber schön!«, entfuhr es Sina und sie nahm sie in die Hand, um sie genauer zu betrachten. Sie war etwa halb so lang wie ihre Hand und glich einer hübschen Brosche. In den goldenen Schuppen auf dem Rücken glänzten winzige Diamanten und Smaragde. Sie betrachteten sie staunend eine Weile, als Sina auf ihrer Handfläche eine Bewegung spürte. Für einen Moment meinte sie, dass sie sich getäuscht haben musste. Doch wieder zuckte es in ihrer Hand.

»Das ist ja krass, ich glaube, ich spinne. Das Ding bewegt sich«, flüsterte Sina und schaute mit ungläubigen Augen auf das anmutige grüne Tier, das ein wenig von seinem Glanz verloren hatte. Es wirkte auch gar nicht mehr so starr und steif wie eine Metallbrosche.

Ungläubig wurden sie Zeugen, wie die Eidechse im Zeitlupentempo den einen kleinen Vorderfuß vom Körper streckte, den anderen ein wenig hob und die beiden hinteren Füßchen abspreizte. Ihr leicht gebogener Körper wurde gerade und dehnte und reckte sich. Da schien sich jemand ordentlich strecken zu müssen. Die Echse hob ihr zierliches Köpfchen, öffnete erst das eine Auge und dann das andere. Sprachlos schauten Sina und Jonas auf das zu Leben erwachte Tier, das sich nun mit einer unglaublichen Geschwindigkeit auf der Handfläche herumdrehte, sodass Sina es beinahe hätte fallen lassen. Es schaute die Kinder mit seinen etwas hervorstehenden und dunkelschimmernden Augen an.

»Das gibt's nicht. Das kann nicht wahr sein«, meinte Jonas kopfschüttelnd und schaute verwirrt auf dieses grüne Lebewesen in Sinas Hand. Da hob die kleine Eidechse ihren Kopf noch ein wenig höher und ein helles Stimmchen war zu vernehmen.

»Gestatten, mein Name ist Draco volans aus der Familie der Agamen. Ihr könnt einfach Dragard zu mir sagen. Für meinen Teil möchte ich mich ganz herzlich bedanken, dass ihr mich aus dieser misslichen Lage befreit habt.«

Bei den letzten Worten hielt das kleine Tierchen inne. Verlegen wischte es sich mit den fünf Zehen seines rechten Vorderbeinchens einen kleinen Tropfen aus den Augen. Den Kindern blieb vor Staunen der Mund offen stehen.

»Ich weiß, dass ihr euch wundert«, setzte die zierliche Eidechse ihre Ansprache fort, »dass ich so lebendig bin und auch noch eure Sprache sprechen kann. Das ist das Besondere an meiner Herkunft, denn ich bin aus der Sippe der Draco volans magica, einem Familienzweig mit magischen Fähigkeiten. Wir waren überaus geachtet und beliebt, auch bei den Menschen. Schon mein Urgroßvater mütterlicherseits hat bei der königlichen Familie gedient, bei der auch ich nach vielen Generationen zuhause war. Doch dann«, Dragard musste schlucken, »brach das unbeschreibliche Unglück über uns herein«.

Diesmal wischte er sich eine, nein, zwei dicke Tränen mit dem linken Vorderbeinchen aus den Augen und schaute Sina und Jonas betrübt an.

»Was für ein Unglück?«, fragte Sina, die es wie Jonas zwar kaum fassen konnte, was da soeben passierte, aber schrecklich neugierig geworden war.

In diesem Moment breitete Dragard wie eine Fledermaus zwei Flughäute aus und erhob sich in die Luft. Die Kinder bekamen einen Riesenschreck. Und als er dann noch auf Jonas' Schulter landete, zuckte dieser heftig zusammen. Dragard jedoch nahm das nicht zur Kenntnis und legte schließlich seine Flügel glatt an den Körper, sodass er von einer normalen Eidechse kaum mehr zu unterscheiden war. Auch der blaue Kehlkopfsack, der sich kurz vor dem Flug aufgeblasen hatte, lag wieder unscheinbar unter dem Hals an.

»Das ist eine lange Geschichte«, antwortete Dragard.

»Ich kann euch nicht alles erzählen. Nur so viel: Dass die königliche Familie, bei der schon mein Urgroßvater mütterlicherseits und auch ich später gelebt haben, mit einem fürchterlichen Zauber belegt wurde. Leider sind auch wir Eidechsen nicht ganz schuldlos daran. Wir hatten nämlich die Aufgabe, die Familie des Königs, sein Schloss, den prächtigen Garten und sein gesamtes Reich zu bewachen und zu beschützen. Im Grunde eine leichte Übung, sprechen und verstehen wir doch jede nur erdenkliche Sprache, sind überaus wendig sowie flink und ungemein wachsam. Das Einzige, was wir nicht vertragen, das ist Kälte. Dann werden wir unbeweglich und steif.« Dragard blickte die beiden aufmerksam an und wandte sich dann an Sina.

»Und wie das ganze Reich, so war auch ich von diesem bösen Zauber betroffen und zum metallenen Starrsein verdammt. Doch ihr habt mich befreit. Durch die Wärme deiner Hand bin ich wieder lebendig geworden.«

»Aber was ist denn nun genau passiert?«, wollten Jonas und Sina wissen und sahen Dragard, die kleine, zierliche Eidechse, fragend an.

»Das kann ich nicht sagen, denn diejenigen, die mich gefunden haben, müssen allein den Weg finden, um den Zauberbann zu lösen. Alles, was ich tun kann, ist, euch dahin zu bringen, wo man euch schon ungeduldig erwartet. Dann werdet ihr mehr erfahren.«

Nach diesen Worten fing die kleine Flugeidechse vor den erstaunten Kindern an zu wachsen, wurde größer und größer und immer größer, bis sie schließlich so groß war wie ein ausgewachsenes Krokodil.

»Setzt euch auf meinen Rücken und haltet euch gut fest«, sagte sie zu den beiden, die sich nur zögernd auf Dragards Schuppen niederzulassen wagten. Doch dann fassten sie Mut und nahmen Platz.

Wie durch Geisterhand öffnete sich das breite große Fenster. Dragard breitete seine Flughäute weit aus, und schon glitten sie in die Nacht hinein. Ein heftiger Wind wehte ihnen ins Gesicht und nahm ihnen fast den Atem. Die Kinder klammerten sich panisch an das Reptil. In rasender Geschwindigkeit überquerten sie unbekannte Landschaften mit vom Mond beschienenen Bergen und Seen. Manchmal leuchteten weit unter ihnen die Lichter der Städte, die sie überflogen. Ein wenig mulmig war den beiden schon. Auf welches Abenteuer hatten sie sich da bloß eingelassen?

Sie näherten sich einer Küste und es dauerte nicht lange, bis sie das Festland hinter sich ließen.

Allmählich verblassten die Konturen des Mondes. Der Himmel begann sich aufzuhellen. Undeutlich sahen sie unter sich die endlose Weite des Meeres. Am Horizont stieg nun die Sonne wie ein riesengroßer, tiefroter, leuchtender Ballon auf und verwandelte die Wasseroberfläche in glitzerndes Gold.

Während sie den Sonnenaufgang betrachteten, verlor Dragard an

Höhe und flog immer tiefer. Erst sahen sie einen hellen Punkt mitten im Meer. Mit einem unglaublichen Tempo wurde dieser größer und größer. Schon konnten sie sehen, dass er grün und von einem weißen Ring umgeben war.

»Eine Insel!«, rief Jonas plötzlich, dem es seit dem Aufsitzen im Turmzimmer die Sprache verschlagen hatte.

Und tatsächlich, nun erkannten sie eine tropische, grüne Pflanzenwelt mit Palmen und riesigen Bäumen, die von einem weißen Sandstrand und von einem türkisblauen Meeresring umgeben war.

»So stelle ich mir die Südsee vor«, sagte Sina staunend, als sie nun schnurstracks die Insel ansteuerten.

Da setzte die Flugeidechse bereits sanft im weichen Sand des Strandes auf, unweit eines verfallenen und fast gänzlich überwucherten Bauwerks. Nur vereinzelt leuchteten noch die roten Dachziegel durch das Grün. Dragard ließ seine Reisegefährten absteigen und drehte sich zu den beiden um.

»Bis hierher habe ich meine Pflicht erfüllt, ich kann euch nun nicht mehr weiterhelfen. Ihr müsst euch jetzt allein auf den Weg machen. Ich wünsche euch viel Glück!«, sprach er und blickte Sina und Jonas freundlich an.

In diesem Augenblick begann die Flugeidechse zu schrumpfen, wurde kleiner und immer kleiner. Bis sie wieder ihre ursprüngliche Größe erreicht hatte. Dann drehte sie sich blitzschnell um die eigene Achse, als wolle sie ihren eigenen Schwanz fangen. Die Kinder sahen mit Erstaunen, wie sie sich ein Stück des kleinen Schwanzes abriss. Dieses nahm sie in ihre kleinen Vorderfüßchen und reichte es den beiden.

»Seid unbesorgt, der Schwanz wächst wieder nach. So können wir unsere Verfolger ablenken, indem wir ihn als Beute zurücklassen und uns derweil in Sicherheit bringen. Aber das nur nebenbei.«

Dragard schaute beide eindringlich an und sprach weiter: »Bewahrt dieses kleine Stück von mir immer gut auf, tragt es am Körper. Verliert es nicht! Wenn ihr in Nöten seid, kann ich euch helfen. Ihr müsst es nur berühren und meinen Namen rufen. Ich komme dann umgehend zu Hilfe geeilt. Denn ohne euch wäre ich noch immer in meinem gläsernen Gefängnis eingesperrt.«

Mit diesen Worten drehte sich Dragard geschwind um, und die verdutzten Kinder sahen nur noch, wie die kleine Flugeidechse zwischen Palmen verschwand.

Sina hielt noch immer das spitze Ende des Eidechsenschwanzes in der Hand. Es war wieder starr, kalt und unbeweglich wie ein Stück Metall. In den kleinen goldenen Schuppen auf dem smaragdgrünen Panzer schimmerten die Diamanten und funkelten im Sonnenlicht um die Wette.

Beide beschlossen, als Erstes zu erkunden, wo sie sich befanden. Jonas wollte den Eingang der Behausung in Augenschein nehmen, welche nur einige Schritte entfernt lag. Sina hatte schützend die Hand um das metallene Schwanzende von Dragard gelegt und folgte ihm. Mit einem Ruck blieb Jonas stehen und drehte sich zu Sina um.

»Dieses Geschenk von Dragard dürfen wir auf keinen Fall verlieren und müssen es gut verstecken. Hast du eine Idee?«

Während er mit einer Hand seine Hosentasche als Aufbewahrungsort für den Eidechsenschwanz suchte, bemerkten sie, dass sie gar nicht mehr ihre Schlafanzüge trugen. Jonas war in ein dünnes, smaragdgrünes Hemd und eine dunkelblaue, lange Hose gekleidet. Auf dem linken Hosenbein befand sich eine grüne eingewebte Eidechse.

Auch Sina schaute an sich hinab und staunte über das weite weiße, halblange Gewand, auf das lauter grüne Eidechsen gestickt waren. Darunter trug sie eine lange, an den Knöcheln zusammen-gebundene grüne Hose. An den Füßen hatten beide Kinder San-dalen, deren Riemen von einer Schnalle in Form einer Eidechse zusammengehalten wurden.

Wie konnte das sein? Was war geschehen? Waren sie schon so in den Zauber verstrickt, dass sie nichts davon bemerkt hatten? Jo-nas' Hand glitt suchend nach einer Hosentasche am Stoff entlang. Als er sie fand, stellte er zu seinem großen Erstaunen fest, dass darin tatsächlich sein Taschenmesser lag.

Als auch Sina in eine der aufgesetzten Taschen ihres Gewandes griff, holte sie verblüfft den alten Korken hervor. Sie hatte ihn ja am Strand in Frankreich noch schnell eingesteckt. Gedankenver-loren nahm sie ihn in die Hand. Flüchtig bemerkte sie, dass auf der Innenseite des Korkens zwei geflügelte Eidechsen eingraviert waren. Ein Doppelring kreiste sie ein.

»Wie ist das möglich?«, fragte sie Jonas. Dieser konnte nur mit den Achseln zucken. Er wusste auch keine Antwort darauf. Noch immer hielt sie das Geschenk Dragards in der Hand, als Jonas eine goldene Kette an Sinas Hals entdeckte. Daran hing ein läng-liches Amulett.

»Weißt du eigentlich, dass du eine Kette trägst?«, fragte er.

Sofort griff sie mit einer Hand an ihren Hals.

»Nein, warum? Unglaublich!«

Sie befühlte den Anhänger und versuchte, die Kette abzunehmen, um sie zu betrachten.

»In ein Amulett kann man meist etwas hineinlegen«, sagte Jonas, als er es Sina abnahm. Er drehte es in der Hand hin und her und suchte nach einer Öffnung. Es dauerte nicht lange, da fand er, wonach er suchte. Der Deckel ließ sich seitlich öffnen.

»Ziemlich clever, diese Eidechse. Sie hat an alles gedacht«, meinte

Sina und legte den Glücksbringer in das Amulett. Beides passte so gut zusammen, als sei es für einander gemacht.

»Das wird unser Talisman sein, der uns vor Unheil bewahren wird«, sagte Jonas, während er die Kette wieder um Sinas Hals legte.

Das verwunschene Haus

Armdicke Wurzeln umrankten den rotgedeckten Bau, wie ein Netz überzogen kleinere Luftwurzeln Dach und Gemäuer. Durch die Äste hindurch waren undeutlich Fenster zu erkennen. Das Haus schien zweigeschossig zu sein. An das Haupthaus schloss sich ein Vorbau an. Dieser stellte wahrscheinlich den Eingangsbereich dar. In der kunstvoll mit Steinreliefs versehenen Fassade der Vorderfront war eine große Tür zu erkennen. Darüber wölbte sich ein mit Figuren verzierter geschwungener Torbogen aus Stein. Figuren und Ornamente waren angesichts des dichten Bewuchses nur zu erahnen. Lianen hingen wie gewundene Seile von den Ästen herab und schaukelten im Wind. Alles wirkte undurchdringlich und abweisend, sodass Sina und Jonas unentschlossen stehenblieben.

Das ganze Gebäude musste einmal von einer Steinterrasse umgeben gewesen sein. Überall lagen Gesteinsbrocken und Bruchstücke von Bodenplatten.

Kurzentschlossen kramte Jonas sein Taschenmesser aus der Hosentasche hervor und begann, die Lianen mit seinem Sägemesser zu zertrennen. Es war eine ausgesprochen mühselige Arbeit. Sie kamen nur langsam voran. Nach einiger Zeit hatte Jonas es geschafft. Vor ihnen öffnete sich ein Spalt, der sie näher an das Haus heranführte.

Über ein paar bröckelige Treppenstufen erreichten sie die üppig verzierte Steinfassade. Wie sie richtig vermutet hatten, befand sich unter dem geschwungenen Torbogen der Eingang – eine hoch aufragende Holztür mit zwei Flügeln. Doch selbst hier im Schatten musste Jonas zuerst die alles überwuchernden Wurzeln mit seinem Taschenmesser vom Eingang entfernen, bevor sie weiter vordringen konnten.

Die hölzerne Tür war offenbar einst wunderschön bemalt, doch nun konnte man nur noch Farbreste erkennen. Im oberen Bereich der Türflügel war je ein kleines vergittertes Fenster zu erkennen. Das Holz war rissig und schmutzig. Auf jedem Flügel befand sich ein Halbkreis mit einer Eidechse aus Kupfer. Sie sollten wohl als Griff dienen. Umgeben waren sie von je einem halben Doppelkreis. Schloss man die Pforte, ergab sich ein geschlossener Kreis.

Vorsichtig öffneten Sina und Jonas die schwergängige Tür. Sie blickten in einen düsteren, dunklen Gang. Ein fauler Modergeruch schlug ihnen entgegen. Davon angewidert, machten sie abrupt halt. »Vielleicht gibt es ja noch einen anderen Eingang?«, überlegte Jonas und deutete mit dem Kopf in Richtung Strand.

Erleichtert machten sich beide auf den Weg zurück durch die Lianen. Begleitet wurden sie von unheimlichen, fremdartigen Geräuschen des Urwalds, der gleich hinter dem Haus beginnen musste. Unbekannte Vogelstimmen wurden von Tönen überlagert, die wie schrilles Lachen klangen und sich in einem langen Echo verloren. Dann wieder drangen dumpfe, abgehackte Rufe durch das Dickicht des Dschungels.

Als sie das Haus umrundet hatten, entdeckten sie auf der strandabwärts gelegenen Seite eine weitere große verfallene Terrasse.

Beim Versuch, um diese herumzugehen, standen sie auf einmal unvermittelt vor einem riesigen weißen Steinelefanten mit Stoßzähnen. Sie zuckten unwillkürlich zusammen. Der Elefant und der auf ihm sitzende Junge sahen so natürlich aus, dass man meinen konnte, sie seien lebendig.

Vorsichtig wollte Sina auf das steinerne Gebilde zugehen, um es etwas genauer zu betrachten. Doch plötzlich schrie sie auf. Voller Entsetzen sah sie, wie sich eine dicke, meterlange Schlange um die aufgestellten Ohren des Elefanten wand. Mit ihrem breiten, aufgerichteten Kopf und zischender Zunge schoss sie auf Sina zu.

Auch Jonas hatte sie bemerkt. Panisch packte er seine Cousine am Arm und zog sie mit sich. Sie versuchten am Haus entlang wieder zurück zum Eingang zu gelangen. Dabei stolperten sie über Wurzeln und Steine und gaben sich größte Mühe, den herunterhängenden Lianen auszuweichen. Nur weg und eilends hin zur rettenden Tür! Zum Glück war sie noch immer geöffnet. Sie drängten sich in den düsteren Flur und zogen die Tür hinter sich zu. Beiden schlug das Herz bis zum Hals. Jonas nahm die zitternde Sina in die Arme.

»Ich möchte nach Hause«, flüsterte sie und auch Jonas spürte einen Stich in der Brust. Trotzdem sagte er entschlossen: »Geht nicht, wir können nicht mehr zurück, wir müssen Dragard helfen, den Zauberbann zu lösen.«

Widerwillig gab Sina ihm Recht. Nur gut, dass sie der grässlichen Schlange entkommen waren. Sie schienen fürs Erste in Sicherheit zu sein und beide beschlossen, nun lieber doch den vorderen Eingang zu erforschen. Immer auf der Hut vor wilden Tieren, versteht sich.

Da standen sie nun. Ein wenig hilflos sahen sie sich in dem düsteren Gang um, der vor allem durch den spärlichen Lichteinfall des vergitterten Holzfensters beleuchtet wurde. Es stank so widerlich nach Fäulnis und Moder, dass Sina sich die Nase mit der Hand zuhielt. Der Geruch raubte ihnen fast den Atem. Eine halbverfallene Treppe mit einem geschnitzten Holzgeländer, von dem einzelne Teilstücke herunterhingen, führte in die obere Etage.

»Schade, dass wir Napoleon nicht dabei haben. Er wäre uns bestimmt eine Hilfe«, sagte Sina und dachte wehmütig an ihren Hund. Jonas nickte, obwohl er eher an sein Smartphone dachte. Vielleicht hätte man damit herausfinden können, wo sie sich genau befanden. Doch das lag weit entfernt auf einem Nachtschränkchen in einem hübschen Haus in der Normandie. Und wo sollte er es aufladen? Verdammt, sie waren fern jeglicher Zivilisation.

Zögernd gingen sie weiter und erreichten eine zweite hölzerne Tür. Sie war verschlossen. Jonas versuchte, sie aufzudrücken. Er zog an dem Scharnier, das in Form zweier Eidechsen seitlich angebracht war. Vergebens! Die Tür bewegte sich keinen Millimeter. Er strich mit der Hand über das Holz und bemerkte, dass in der Mitte der Tür eine Vertiefung war.

Beim genaueren Hinsehen erkannte er einen doppelten, eingravierten Kreis. Zwei geflügelte Eidechsen aus Metall waren darin eingelegt. Er überlegte, wo er dieses Symbol schon einmal gesehen hatte. Na klar, an der Außentür, erinnerte er sich. Er machte Sina auf seine Entdeckung aufmerksam. Sie rüttelten und versuchten die Tür aufzustemmen, aber ohne Erfolg.

Resigniert steckte Sina ihre Hände in die Taschen, wo sie den Korken fühlte. Gedankenverloren zog sie ihn heraus, um ihn anzuschauen. Erstaunt stellte sie fest, dass sich auf ihm auch zwei Ringe mit den zwei geflügelten Eidechsen in der Mitte befanden. Seltsamerweise hatten die Symbole auf der Tür und dem Korken die gleiche Größe.

»Merkwürdig«, sagte sie, zeigte Jonas den Korken und hielt ihn wie einen Stempel auf den Kreis in der Tür. Kaum hatte dieser die Tür berührt, da sprang sie zum Erstaunen der Kinder mit lautem Quietschen auf. Verblüfft sahen sie sich an und betraten vorsichtig den neuen Raum. Der Anblick ließ sie vor Ekel erschaudern. Überall hingen dicke, graue Spinnweben von der Decke und an den Wänden des Raumes herunter. Sina schaute mit Grauen auf die fetten, schwarzen Spinnen in ihren Netzen und wollte sofort zurückgehen.

»Die tun uns nichts, wir beachten sie einfach nicht«, ermunterte Jonas sie und nahm seine Cousine an die Hand.

Zögerlich folgte sie ihm, Schritt für Schritt. Die Luft war so stickig, dass Sina husten musste. Sofort wirbelte eine dichte Staubwolke auf, die die beiden einhüllte. Ein grauer Schleier legte sich über Kleidung, Arme und Beine, Gesicht und Haare.

Der mit Holz getäfelte Saal, an dessen Wänden undeutlich wertvolle Schnitzarbeiten und Gemälde zu erkennen waren, musste ehemals prächtig anzusehen gewesen sein. Doch alles war mit den Netzen der achtbeinigen Webtierchen überzogen. Auch die Decke, auf der man bunt bemalte Ornamente noch schwach erahnen konnte, war unter einem Schleier von Spinnweben verborgen. In langen Fetzen hingen sie herab. Bei ihrem Anblick wagte Sina kaum noch zu atmen. Jonas hingegen schien gegen diese Tiere immun zu sein und zog Sina langsam weiter.

An der Rückseite des Raumes führte eine verwitterte Tür auf die halbverfallene Terrasse hinter dem Bau. Die mit Holzschnitzereien verzierte Tür war verschlossen. Nur die kleinen viereckigen Fenster verrieten, was hinter dem Ausgang lag.

»Das muss ja mal unglaublich ausgesehen haben«, meinte Jonas zu Sina, die sich ängstlich an seine Hand klammerte.

»Lass uns zurückgehen, ich find's hier eklig«, sagte sie zu Jonas. Genau in diesem Augenblick huschte irgendetwas zwischen ihren Füßen hindurch. Mit einem Aufschrei wollte sie panisch davonlaufen, meinte sie doch, eine der fetten Spinnen würde sich über sie hermachen. Doch zu ihrer grenzenlosen Erleichterung sah sie, dass es sich um eine kleine harmlose Eidechse handelte. Diese schien genau so erschrocken zu sein und brachte sich blitzschnell in Sicherheit. Sina atmete beruhigt auf und ging zögernd und vorsichtig weiter. Blieb aber nah an Jonas' Seite.

In der Mitte des Raumes stand ein großer ovaler Tisch, der von vier kunstvoll geschnitzten hölzernen Eidechsen getragen wurde. Unschlüssig blieben sie stehen und wollten den Raum gerade wieder verlassen. Da bemerkte Sina auf dem Tisch eine viereckige Erhebung. Unter der grauen Schmutzschicht war sie kaum zu erkennen gewesen. Ihre Neugier gewann schlagartig überhand, und vorsichtig ging sie einen Schritt auf den Tisch zu. Mit spitzen Fingern hob sie den Gegenstand auf. Die Bewegung wirbelte gleich eine Menge Staub auf. Als er sich langsam wieder legte, konnten sie erkennen, dass es sich um ein kleines geschnitztes Holzkästchen handelte.

»Wir nehmen es mit nach draußen, um es im Sonnenschein unter die Lupe zu nehmen. Vielleicht enthält es eine Nachricht für uns?«, schlug Sina vor.

Beide waren sichtlich erleichtert, diesen düsteren und übelriechenden Ort endlich verlassen zu können. Langsam schritten sie durch den Raum zurück. Sina klammerte sich mit einer Hand an Jonas. Mit der anderen hielt sie das kleine Holzkästchen fest. Sie achtete misstrauisch darauf, wohin sie trat, und jeder Blick galt den schwarzen Spinnen an den Wänden.

Als sie die Tür erreichten, meinten sie sich zu erinnern, dass sie diese beim Betreten nicht vollkommen verschlossen hatten. Jetzt war sie zu!

Mit jähem Entsetzen starrte Sina auf den Fußboden vor ihnen. Jonas folgte ihrem Blick. Nun sah er es auch. Genau vor der Tür saß eine riesengroße Spinne, so groß wie eine Tarantel. Sie hockte da und rührte sich nicht vom Fleck. Jonas überlegte fieberhaft, wie er sie beseitigen könnte. Sina sah gebannt auf dieses Scheusal und hielt vor Schreck die Luft an.

Dann begann das Tier langsam zu wachsen. Wie gelähmt standen sie da und sahen sie immer größer werden. Eine seltsame Machtlosigkeit überfiel sie. Wie ein unbegreiflicher Schleier legte sich die Ohnmacht über sie, sodass sie nicht mehr fähig waren, einen klaren Gedanken zu fassen. Sie drehten sich um und stellten mit Erschrecken fest, dass der ganze Raum plötzlich mit schweren Möbelstücken von oben bis unten zugestellt war. Es gab keinen Fluchtweg. Hinter ihnen, neben ihnen – nur eine schmale Gasse nach vorn zur Tür war frei. Genau hier saß dieses Ungeheuer und wurde nun immer größer. Auch die roten Augen, die jetzt wie Feuer glühten, schienen mitzuwachsen. Ganz langsam, wie in einem Albtraum, hob sie langsam ihre behaarten Beine und bewegte sich auf Sina und Jonas zu.

Sie saßen in der Falle. In ihrer Panik begann Sina laut zu schreien. Sie schloss die Augen und drückte sich Hilfe suchend an Jonas. Die hölzerne Dose hielt sie fest umklammert, während das Ungeheuer wie in Zeitlupe bedrohlich näher und näher kam.

Buchstäblich im letzten Augenblick erwachte Jonas aus seiner Starre. Mit einem Ruck schob er Sina nach hinten. In Sekundenschnelle ergriff er neben sich einen Hocker, der aus einem massiven Stück Holz gedrechselt war. Er ließ ihn von oben mit voller Wucht auf dieses ekelhafte Monster krachen.

Es gab einen dumpfen Laut – das widerliche Vieh war verschwunden. Doch stattdessen kamen sofort unter dem Hocker Schwärme von Fledermäusen mit roten Augen hervor, die lärmend und flatternd um die Köpfe der beiden schwirrten. Eine besonders große mit spitzen, langen Zähnen und aufgerissenem Maul kam Sina gefährlich nahe und versuchte, ihre Halskette zu fassen. Sofort beugte sich Jonas vor und es gelang ihm, die Kette mit einer Hand zu berühren und laut Dragards Namen zu rufen. Sina hatte die Hände, die immer noch das hölzerne Kästchen umklammert hielten, schützend vor ihr Gesicht gehalten. Bewegungslos stand sie da und erwartete das Schlimmste, als ganz abrupt das Zischen der Fledermäuse aufhörte. Was war geschehen? Ganz vorsichtig ließ sie die Hände sinken und traute ihren Augen nicht. Wie durch ein Wunder hatte sich der ganze Spuk aufgelöst. Wo war das widerliche Spinnenungeheuer, die gefährlichen Fledermäuse? Auch Jonas schaute seine Cousine ungläubig an. Sie drehten sich verwundert nach allen Seiten um – da saß sie: Auf dem Tisch, auf dem sie die Holzschachtel gefunden hatten, saß eine kleine Eidechse mit einem halben Schwanz.

»Das war Rettung in letzter Not«, sagte Dragard und betrachtete die beiden mit seinen grüngelben Augen.
»Es tut mir besonders leid für dich, Sina. Dieser Schrecken wäre euch erspart geblieben, wenn ihr mich rechtzeitig hättet rufen können. Aber Karatabar hat euch mit einem Zauber belegt, der euren Willen bricht. Zum Glück ist dieser nur zeitlich begrenzt, sodass ich immer noch helfend einspringen kann.«
»Wer ist Karatabar?«, fragte Jonas.
»Das ist der Zauberer, dem wir dieses Unglück zu verdanken haben«, erwiderte Dragard kurz angebunden.

»Und was war mit der Schlange?«, wollte Sina noch wissen.

»Die braucht ihr nicht zu fürchten. Sie hätte euch garantiert keinen Schaden zugefügt. Sie ist völlig harmlos. Ihr könnt ruhigen Gewissens das Haus jetzt verlassen.«

Nach diesen Worten breitete die Flugeidechse geschwind ihre kleinen Flügel aus, flog durch den Raum … und war verschwunden.

»Was hat das alles bloß zu bedeuten?«, wunderte sich Jonas und schüttelte den Kopf. Er nahm Sina die Schachtel aus der Hand, damit sie sich besser bewegen und den Spinnennetzen mit ihren schwarzen, langbeinigen Bewohnern ausweichen konnte. Die Gewissheit, dass Dragard sie beschützte, beruhigte sie allerdings ungemein.

»Glaubst du, dass die Schlange wirklich harmlos war? Ich nicht wirklich. Das ist doch alles zu seltsam«, meinte Sina und sah Jonas zweifelnd an.

Sie beeilten sich, dieses düstere und unheimliche Haus zu verlassen. Als sie in das gleißende Sonnenlicht hinaustraten, waren sie für einen Moment geblendet. Schnell gewöhnten sich ihre Augen aber wieder an die Helligkeit. Erstaunt stellten sie fest, dass der Staub von ihnen gewichen war. Keine Spur von Schmutz auf den Haaren, den Kleidern und den Armen. Nichts mehr war von all dem zu sehen.

Vor ihnen schimmerte das türkisblaue Meer. Es wehte ein warmer Wind. Sie gingen auf die Brandung zu, in welcher große, vom Meerwasser rund gewaschene Felsen lagen. Auf diese hohen Steine setzten sie sich, um in aller Ruhe das kleine Holzkästchen in Augenschein nehmen zu können.

Im Gegensatz zu ihnen war es noch völlig vom grauen Staub bedeckt. Jonas nahm es in beide Hände, hielt es in gebührendem

Abstand von sich und pustete kräftig. Sofort erhob sich eine Staubwolke, die der laue Wind fort wehte. Eine Schnitzerei kam auf der Oberfläche des kleinen quadratischen Holzkästchens zum Vorschein. Kunstvolle Verzierungen mit Blumen waren in das Holz eingelassen. In der Mitte befanden sich zwei zierliche grüngoldene Flugeidechsen aus Metall, die auch dieses Mal von zwei Doppelkreisen umgeben waren.

Sie mussten an Dragard denken, denn auch hier waren die Körper bis zum Schwanz mit winzig kleinen Diamanten besetzt, die im Sonnenlicht grell funkelten.

Bewundernd strich Sina darüber und versuchte, mit Daumen und Zeigefinger die Flughäute auf beiden Seiten zu ertasten. Im selben Moment sprang der Deckel des Kästchens auf. Verwundert schauten sie, was darin wohl verborgen lag.

Die magische Karte

»Raffiniert«, sagte Jonas, während er den Verschluss betastete. Dann hob er behutsam den Deckel an, um den Inhalt zu untersuchen.

Es kam eine smaragdgrüne Karte zum Vorschein. Sie war mit goldenen Blumenranken verziert. Die Ornamente ähnelten den Holzverzierungen auf dem Deckel. In der Mitte waren zwei goldene Kreise, die zwei Eidechsen umschlossen.

»Ich glaube, man kann die Karte nach rechts und links in der Mitte aufklappen«, rief Sina ganz aufgeregt.

Jonas öffnete sie und jetzt war der Hintergrund golden und mit schillernden Blumenmotiven verziert. Wieder befand sich in der Mitte der doppelte Ring.

Abermals gab es zwei neue Seiten zum Aufschlagen. Dieses Mal waren sie etwas kleiner. Zu ihrem Erstaunen ließ sich jetzt die Karte quer öffnen. Sie klappten auch diese Seiten auf und nun hatte die Karte die Form eines Kreuzes. Und abermals erschien der Doppelkreis mit den zwei geflügelten Eidechsen.

Als sie die Karte noch ein weiteres Mal aufgeklappt hatten, bemerkten die Kinder, dass der Kreis in der Mitte leer war.

»Merkwürdig«, flüsterte Jonas.

Als er versuchte, die Karte wieder zusammenzufalten, stellte er fest, dass auch hier innerhalb der Ringe nichts zu sehen war. Die Eidechsen waren einfach spurlos verschwunden, wie ausradiert. So sehr die beiden auch blätterten, es war überall nur noch ein weißer runder leerer Fleck in der Mitte.

»Ich verstehe das nicht«, entgegnete Sina.

Eine Ameise krabbelte an ihrem Fuß hoch. Sie bückte sich und versuchte sie abzustreifen. Dabei fiel der Korken heraus, den sie vorhin im Haus wieder in ihre Rocktasche gesteckt hatte. Sie hob ihn auf und zufällig fiel ihr Blick auf die Unterseite des Korkens.

»Schau mal. Soll ich ihn wieder wie einen Stempel in das leere Feld drücken?«

Sie wartete gar nicht erst auf eine Antwort, sondern drückte den runden Korken einfach auf den leeren Kreis inmitten der Karte. Sina und Jonas trauten ihren Augen nicht, als auf einmal ein Schriftzug mit fünf Buchstaben zu lesen war.

»*Natan*«, sagten sie Buchstabe für Buchstabe laut vor sich her.

»Was soll das heißen?«, fragte Jonas, als sie hinter sich eine Stimme vernahmen.

Erschrocken drehten sie sich um und sahen einen Jungen, der ungefähr in ihrem Alter war. Zwei dunkle mandelförmige Augen in einem braunen Gesicht strahlten Sina und Jonas freundlich an. Auf dem Kopf trug er eine goldene, nach oben spitz zulaufende Kopfbedeckung. Sie war über und über mit Goldplättchen besetzt, die ein wellenförmiges Muster ergaben. Dazu trug er ein bunt gemustertes, enganliegendes Gewand, das durch eine Schärpe in der Taille zusammengehalten wurde. Am auffälligsten jedoch war ein breiter, steifer Kragen, der wie eine kurze Pelerine den Oberkörper bedeckte. Man konnte grün und golden aufgestickte Eidechsen erkennen. An beiden Schultern standen die gebogenen

40

Enden weit nach oben, sodass sie fast wie kleine Flügel aussahen. Ein weites, gerafftes Tuch, das durch die Beine geschlungen war, erinnerte nur entfernt an eine Hose.

»Ich kann euch gar nicht genug danken, dass ihr mich befreit habt!«, sprach der fremde Junge zu den verdutzten Kindern.

Er verbeugte sich mit aneinander gelegten Händen ehrerbietig vor Sina und Jonas.

»Ich heiße Natan. Seit euch Dragard hierher gebracht hat, war ich immer da und habe euch beobachtet. Ich war auch in dem verfallenen Haus. Inständig hoffte ich, dass ihr die hölzerne Kassette findet und öffnen möget. Alle eure Gespräche habe ich mit angehört«, erklärte er und schaute die beiden mit seinen hübschen dunklen Augen an. Dann setzte er sich zu ihnen auf den Felsen.

»Das kann nicht sein! Wir haben dich nie gesehen«, meinte Sina.

»Das konntet ihr auch nicht, da ich in eine Eidechse verwandelt worden war.«

Sie schauten ihn ungläubig an.

»Sina, kannst du dich erinnern, als du in dem Haus beinahe auf eine Eidechse getreten bist? Das war ich. Ich war so furchtbar aufgeregt, dass ich beinahe unter eure Füße geraten wäre. Als ihr meinen Namen laut ausgesprochen habt, war der Bann gebrochen, und ich durfte wieder ein Mensch sein!«

»Dann ist Dragard also auch ein verwandelter Mensch?«, wollte Sina wissen, die sich wunderte, dass der Junge, der so merkwürdig aussah, ihren Namen kannte.

»Nein«, sprach Natan, »er ist wirklich eine Eidechse, aber eine sehr besondere. Er lag starr und verzaubert in dem mit Korken verschlossenen Glaskolben, bis ihr ihn gefunden habt.«

»Und wer hat dich nun verwandelt und wie konnte das alles bloß passieren?«, fragte ihn Jonas, noch immer entgeistert.

42

»Das war Karatabar, der Zauberer. Wenn ihr im Haus nicht Dragard um Hilfe gerufen hättet, wäre meine Erlösung um ein Haar missglückt. Er wollte euch das Holzkästchen wieder abnehmen. Es tut mir leid, dass ihr euch so erschreckt habt.«

»Wer ist dieser Karatabar?«, wollten die beiden es nun endlich genau wissen.

»Das ist eine lange Geschichte, die ich euch gern erzählen werde«, versprach Natan. »Aber ich denke, dass wir es uns dafür ein wenig im Haus bequem machen sollten.«

Bei diesen Worten erinnerte sich Sina mit Grausen an die dicken Spinnen in ihren Netzen und an den Schmutz in den düsteren, unheimlichen Räumen. Sie wollte gerade erklären, dass sie da auf keinen Fall wieder hineingehen würde. Voller Ekel drehte sie sich zum Haus um.

Doch ihr blieb der Satz regelrecht im Halse stecken, denn was sie da sah, war nicht zu fassen. Auch Jonas starrte auf das Gebäude. Der Baum, der wie ein Krake mit seinen Fangarmen das Dach und fast das ganze Haus umspannt hatte, war wie durch ein Wunder verschwunden. Alles strahlte vor Sauberkeit. Die Außenwände waren verputzt und teilweise wunderschön bemalt. Die Steinreliefs über den Fenstern wirkten wie neu. Das Gestrüpp, die Lianen und die zerbrochenen Steine vor dem Haus hatten einem gepflegten Weg Platz gemacht. Auch die angrenzende Steinterrasse machte einen ordentlichen Eindruck. Nur der dichte Dschungel, welcher das Haus umgab, der war geblieben.

Jonas und Sina legten die Karte wieder in das Holzkästchen und folgten dem Jungen. Als sie näherkamen und die Tür erreichten, staunten sie nicht schlecht. Auf dem lackierten und bemalten Holz erkannten sie nun ganz deutlich in der Mitte das Symbol des Doppelkreises mit den geflügelten Echsen. Die Holzfenster, die mit durchbrochenen Schnitzereien versehen waren, wirkten filigran und gepflegt. Jonas fiel auf, dass die Tür jetzt wieder fest verschlossen war. Wie aus dem Nichts hatte Natan einen runden Stempel in der Hand. Und auch er drückte ihn auf den doppelten Kreis der Metallplatte in der Mitte der Türe. Sogleich ließ sie sich mühelos öffnen.

Natan ging voran. Jonas folgte ihm. Nur Sina, mit dem Holzkästchen in der Hand, schloss sich ihnen etwas zögernd an. Sie dachte an die Spinnen. Doch beim Betreten des Flures blieb ihr vor Staunen der Mund offen stehen.

Alles war blitzsauber, hell und freundlich. Die hässlichen Spinnweben an Decken und Wänden gab es nicht mehr. Schmutzschicht und Grauschleier waren wie vom Erdboden verschluckt. Stattdessen schimmerten die kostbaren Malereien an den Wänden, besonders dort, wo das Sonnenlicht durch die Fenster fiel. Auch kein muffiger Geruch hing mehr in der Luft. An der Decke sah man die schönen Holzschnitzereien, die man vorher nur hatte erahnen können. Der Fußboden war mit bunten, glänzenden Fliesen ausgelegt und auch die Möbel waren nicht mehr wieder zu erkennen.

Während sie durch den Raum gingen und von Zeit zu Zeit stehen blieben, um sich umzusehen, betrachtete Natan lächelnd die verwunderten Gesichter der beiden. Er ging auf die breite, geschnitzte Tür zu, die zur hinteren Terrasse führte. Dort setzten sie sich an einen runden Tisch. Er bestand aus einer großen Baumscheibe. In dessen Mitte war wieder das runde Doppelkreissymbol eingelassen.

Sina jedoch stand wie angewurzelt in dem Raum mit den wunderbaren Schnitzereien. Andächtig betrachtete sie die Malereien an den Wänden. Sie stellten goldene prächtige Tempel in märchen-

haften Landschaften mit Seen, Bergen und fremdländisch geklei-
deten Menschen dar. So etwas hatte sie noch nie gesehen. Sie kam
sich vor wie in einer bunten Zauberwelt. Gedankenverloren legte
sie das offene Kästchen auf den Tisch, auf dem sie es gefunden
hatte. Dann ging auch sie hinaus zu den beiden.

»Natan, ich habe noch eine Frage«, sagte Jonas. »Wo ist die
schreckliche Schlange geblieben, die uns verfolgt hat? Ist das auch
jemand, der verwandelt wurde oder was hat es damit auf sich?«

Der Junge wurde sichtlich verlegen und man merkte ihm an, wie
er nach den richtigen Worten suchte.

»Nein, nein, die Schlange war und ist ein richtiges Tier. Sie heißt
Nagan und gilt als eine Schutzpatronin unseres Landes. Wir verehren sie und es gibt sogar Tempel, die für sie errichtet werden.
Diese Nagan ist folglich etwas ganz Besonderes. Ich werde euch
später davon ausführlicher berichten«, fuhr er fort. Er machte
eine Pause, dann besann er sich. »Aber ehe ich euch mehr erzähle,
denke ich, dass ihr sicher Hunger und Durst habt?«

Vor lauter Aufregung hatten sie gar nicht bemerkt, dass ihnen der
Magen knurrte und sie in der außergewöhnlichen Hitze auf dieser
tropischen Insel einen schrecklichen Durst bekommen hatten.

»Das wäre in der Tat super, wenn es hier etwas zu essen und vor
allen Dingen zu trinken gäbe«, erwiderte Jonas und Sina nickte.

»Gar kein Problem«, sprach Natan und klatschte dreimal in die
Hände.

Sofort erschien eine zierliche Frau mit ergrauten Haaren. Sie trug
einen langen farbenfrohen Rock, der mit vielerlei Stickerei ver-
ziert worden war, und blickte die fremden Kinder freundlich an.
Ihr volles Haar hatte sie im Nacken zu einem Knoten gebunden.
Sie sah vornehm aus und verbeugte sich mit aneinander gelegten
Handflächen höflich vor den drei Kindern.

»Assa, bitte bring uns etwas zu essen und zu trinken. Wir haben Gäste und wollen sie gut bewirten. Sie haben es verdient.« Die Frau verschwand so lautlos, wie sie gekommen war.

»Das ist meine gute Amme Assa. Ich denke, wir sollten erst etwas essen und dann werde ich euch in Ruhe alles schildern, denn es ist eine lange Geschichte«.

Eine ungewöhnliche Geschichte

Es dauerte nicht lange und die verschiedensten Speisen und eine unglaubliche Auswahl an Getränken wurden aufgetischt. Etwas verstört schauten Sina und Jonas auf die ihnen gänzlich unbekannten Gerichte.

Es sieht zwar wunderschön zubereitet aus, sehr exotisch, aber ob das auch schmeckt, grübelte Sina ein wenig misstrauisch? Jonas hatte schon den Reis entdeckt und wollte mit dem Löffel davon etwas auf seinen Teller bugsieren, doch der Reis blieb am Löffel hängen, so sehr er auch schüttelte.

»Das ist Klebreis«, erklärte Natan mit einem Lächeln und nahm sich mit den Fingern der rechten Hand eine kleine Portion aus der großen Schüssel und rollte diese zu einer Kugel. Dann lud er sich mit einem Löffel verschiedene Fleischgerichte mit roten und gelben Saucen auf seinen Teller. Er tauchte die Reiskugel hinein, um sie dann genüsslich in den Mund zu stecken.

Jonas beobachtete fasziniert diese fremde Art des Essens und machte es Natan nach.

»Hm, schmeckt prima, bloß ein bisschen scharf«, meinte er und saugte mit weit geöffnetem Mund Luft zum Abkühlen ein.

Natan beobachtete ihn amüsiert.

»Hier, nimm geraspelte Kokosnuss, die mildert die Schärfe im Mund. Und nimm von diesen Schüsseln, diese Currys sind nicht so scharf gewürzt«, erläuterte Natan, aber Jonas hatte beschlossen, alles zu probieren, denn es schmeckte ihm richtig gut. Genießerisch schob er sich ein Reiskügelchen nach dem anderen in den Mund. Er hatte, wie meistens, einen gesegneten Appetit. Sina beobachtete ihn sprachlos und machte ihrerseits wenig Anstalten, etwas anzurühren.

»Du solltest die Speisen vielleicht mal probieren, auch wenn du sie nicht kennst«, wandte sich Natan an Sina, der den zweifelnden Ausdruck in ihrem Gesicht sehr wohl wahrgenommen hatte.

»Oder möchtest du erst etwas trinken?« Er reichte ihr eine geöffnete Kokosnuss mit einem Trinkröhrchen aus Bambus.

Sina dachte mit Wehmut an eine eisgekühlte Cola, aber sie wollte den freundlichen, netten Jungen nicht kränken. Vorsichtig zog sie an dem Halm. Überrascht stellte sie fest, dass es gar nicht so übel schmeckte. Dann reichte ihr Jonas einen Becher mit Mangosaft, der wundervoll süß war. Vorsichtig probierte sie nach und nach doch noch einige der Speisen. Und auch diese waren zu ihrem Erstaunen durchaus schmackhaft.

Es gab noch wundervolle süße und ihnen natürlich ebenfalls völlig unbekannte Desserts zum Nachtisch. Diese schmeckten Sina und Jonas ganz besonders. Zum Schluss wuschen sich die drei ihre Hände in kleinen Schälchen mit Zitronenwasser und blickten einander satt und zufrieden an.

Doch nun wollten Sina und Jonas endlich etwas über das große Unglück, den Zauberer Karatabar und das Geheimnis Natans erfahren.

»Wie ich euch bereits gesagt habe, ist das eine lange Geschichte. Ich weiß nicht, wie viele Jahre seit dem schrecklichen Zauber vergangen sind, doch nun habt ihr Dragard gefunden und auch mich erlöst. Jetzt warten nur noch mein Vater und unser Reich Semirimes auf Rettung.

Früher war es ein reiches Land. Es wurde von meinem Urgroßvater, König Kuruk, regiert. Er war ein guter und gerechter Herrscher, der darauf achtete, dass es seinem Volk gut ging und alle im Wohlstand lebten. Schon damals – und das war für diese Zeit sehr selten – gab es Einrichtungen, in denen jeder Schreiben, Lesen und einen Beruf erlernen konnte. Wenn die Leute Sorgen hatten und Hilfe brauchten, konnten sie sich an den König und seine Minister wenden. Und dann wurde ihnen geholfen.

Auch gab es Häuser, in denen für wenig Geld jeder Kranke gleich und gut behandelt wurde. Für die alten Leute, die nicht mehr arbeiten konnten, wurde bestens gesorgt. Jeder war zufrieden, weil er genug zu essen hatte und keiner Armut kannte. König Kuruk hatte künstliche Seen, gleich riesigen Zisternen, anlegen lassen, die sich während der Regenzeit, dem Monsun, mit Regenwasser füllten. So konnten die Reisfelder immer bewässert werden und es gab drei Reisernten im Jahr. Selbst dann, wenn überraschend eine Trockenperiode kam, war immer genügend Wasser vorhanden. Jeder hatte genug zum Leben. Es war ein friedliches und tolerantes Miteinander in unserem Land.

So war es auch noch, als mein Vater, König Beseb, die Regierungsgeschäfte übernahm. Leider verstarb meine Mutter kurz nach meiner Geburt. Ich habe sie nie kennengelernt. Nur von den Erzählungen meines Vaters weiß ich, dass sie eine sehr schöne, gebildete und liebevolle Frau gewesen sein muss. Er hat nie wieder geheiratet.

Ich wuchs allein auf und meine Amme Assa, ihr habt sie vorhin kennengelernt, umsorgte mich wie ihr eigenes Kind. Glücklich lebte ich mit meinem Vater, seiner Schwester und seinen Bediensteten in einem großen Palast. Es gab wunderschöne Gärten mit prunkvoll verzierten Tempeln. Die gesamte Anlage befand sich auf einem Hügel, sodass man das Gold ihrer Dächer mit den glitzernden Edelsteinen schon von weitem in der Sonne leuchten sehen konnte.«

Er machte eine kurze Pause und fuhr dann mit seiner Erzählung fort:

»Bei uns im Schloss lebten unzählige Eidechsen. Das ist hier bei uns ja nichts Außergewöhnliches. Wie ihr sicher wisst, kann man sie in südlichen Ländern überall finden. Mit Vorliebe huschen sie über die warme Erde durchs Gestrüpp. Sie liegen auf den heißen Steinen und Mauern in der prallen Sonne, laufen an den Bäumen hoch oder halten sich an den Wänden im Inneren der Häuser auf. Unsere Eidechsen jedoch gehörten zu einer sehr ausgefallenen Art. Mein Urgroßvater König Kuruk erhielt zwei Exemplare davon als Geschenk von einem Fremden.

Der Fremde zeigte dem König zuerst eine wunderschöne goldene runde Schatulle mit einem Deckel. In dessen Mitte befanden sich zwei kunstvoll eingearbeitete goldene Eidechsen in einem eingravierten Kreis. Er nahm einen kleinen goldenen Schlüssel und schloss sie auf. Dann nahm er den Deckel ab und der König sah, dass eine zweite, kleinere goldene Dose darin lag. Der Fremde öffnete sie mit dem gleichen Schlüssel und zum Vorschein kamen zwei goldene Eidechsen, deren Rückenpanzer mit unzähligen grün schillernden Smaragden und glitzernden Diamanten verziert waren. Sie hatten hauchdünne filigrane Flügel, die sie eng am Körper angelegt hatten.

Er nahm sie vorsichtig heraus und legte sie meinem Urgroßvater behutsam auf die Handfläche. Der betrachtete ganz entzückt

50

dieses kleine Kunstwerk. Die beiden filigranen Echsen leuchteten und funkelten so unwirklich schön, dass sich der König an dieser goldenen Pracht nicht satt sehen konnte.

Der Fremde stand daneben und murmelte etwas Unverständliches. Daraufhin verloren die Echsen allmählich ihren leuchtenden Glanz und begannen sich zu recken und zu strecken. Mein königlicher Urgroßvater traute seinen Augen nicht, als er zwei quicklebendige Tiere in seinen Händen hielt. So etwas hatte er noch nie gesehen.

Wieder sagte der Fremde leise etwas vor sich hin. Plötzlich hörte man zwei klare, helle Stimmen:

›Eure Durchlaucht, erweist uns die Ehre, Euch als ergebenste Wächter aus dem Stamme der Draco volans magica von den Agamen dienen zu dürfen. Wir wissen, dass ein mächtiger Zauberer danach trachtet, euch Schaden zuzufügen. Deshalb werden wir das Reich beschützen. Wir sind immer für Euch da, wenn Gefahr droht. Außer der Gabe des Sprechens besitzen wir die Gabe des Hörens und Verstehens. Und wie Ihr sehen könnt, vermögen wir sogar zu fliegen.‹

Gleichsam um dies zu bestätigen, flog erst die eine, dann die andere Eidechse auf die Schulter des Königs und wieder zurück auf seine Hände. Wie verzaubert blickte der König auf die kleinen Tiere und schließlich auf den Fremden. Er war so verwirrt, dass er Mühe hatte, dem fremden Mann zu folgen. Dieser machte ihn eindringlich darauf aufmerksam, die zwei goldenen Dosen ganz besonders gut zu verwahren. Er händigte ihm den dazu passenden goldenen Schlüssel aus. Den dürfe er auf keinen Fall verlieren oder in fremde Hände geben. Die Eidechsen jedoch solle er ungehindert im königlichen Schloss und im Garten umher laufen lassen. Sie seien ein unentbehrlicher Schutz für alle.

›Wenn du diese Dosen verlierst, wird dich und dein Land ein Unglück treffen. Mein böser Bruder, der Zauberer Karatabar aus dem Reich der schwarzen Fledermäuse, wartet nur darauf, dir zu schaden‹, sprach er mit ernster Miene – und war nach diesen Worten spurlos verschwunden.«

»Nachdem sich mein Urgroßvater von diesem Wunder und der Aufregung erholt hatte, gab er sofort Anweisungen für die sichere Aufbewahrung der goldenen Dosen. Er ließ sie in 99 immer größer werdende hölzerne Behälter legen und 99 mal verschließen. Dann wurden sie in eine schwere, dicke Eisentruhe gelegt, die kein Mensch wegtragen konnte. 99 Schlüssel wurden in einem Geheimfach verwahrt, das nur Eingeweihte öffnen konnten. Den Schlüssel zur Truhe versteckte er im Beisein der beiden Echsen an einem vermeintlich sicheren Ort. Den kleinen goldenen Schlüssel für die Dosen jedoch trug er immer an einer goldenen Kette um den Hals«, berichtete Natan weiter. »Die zwei Tiere vermehrten sich und der Zauberer Karatabar konnte dem Königreich keinerlei Schaden zufügen. Nach vielen, vielen Jahren und mehreren Generationen dachte man kaum noch an die unheilvollen Prophezeihungen des Fremden. Trotzdem war es guter Brauch, dass jeder König seinem jeweiligen Nachfolger die goldene Kette mit dem Schlüssel in einem festgelegten Zeremoniell überreichte. Zur Besonderheit unseres Reiches gehört es, dass wir alle seit Generationen Namen tragen, die man vorwärts und rückwärts lesen kann. Und folglich wurden auch unsere Eidechsen in dieser Weise getauft.«

»Dann stammt Dragard auch von den zwei Eidechsen ab, die der Fremde damals dem König schenkte?«, wollte Sina wissen.

»Genau so ist es«, sagte Natan. »Die Eidechse, mit der ihr Bekanntschaft gemacht habt, war mein und meines Vaters ganz persönlicher Diener und immer bei uns im Schloss. Auch meine Tante wurde von ihm beschützt.«

»Konnten sich alle eure Eidechsen so groß machen wie Dragard?«, fragte Sina nun neugierig.

»Nein, diese Fähigkeit wurde immer nur an eine Eidechse in jeder Generation weitergegeben. Zu unseren Zeiten war es einzig Dragard, welcher diese Gabe hatte.«

Karatabar

»Wie konnte euch dann dieser Zauber treffen, wo es doch die Eidechsen gab und die Dose so sicher verwahrt wurde?«, fragte Jonas gespannt, und da fuhr Natan auch schon mit seinem Bericht fort:

»Eines Tages kam ein Wanderer und bat die Schlosswächter um Einlass. Er wünschte, dem König vorgestellt zu werden, um ihm ein wundervolles und sehr seltenes Geschenk zu machen. Er sagte, dass er ein ganz besonderes Kaleidoskop habe. Eines, durch das man Wunder schauen könne, die noch nie ein Mensch gesehen habe.«

»Durch ein Kaleidoskop?«, wollte Sina wissen und meinte, dass sei ja nun nichts Besonderes. »Es ist eine von beiden Seiten verschlossene Röhre, die an einem Ende ein Sichtfenster hat. Man muss hindurchsehen und sie dann drehen. Durch eine Spiegelung bunter Glasscherben am anderen Ende kann man immer neue, leuchtende Farbmotive erkennen.«

»So ein Ding habe ich mir mal mit meinem Freund selbst gebaut«, fügte Jonas hinzu.

»Ja schon, wenn es sich um ein normales Kaleidoskop handelt, aber hier lag der Fall anders«, entgegnete Natan und erklärte:

»Denn kaum hatte der Fremde das Schloss betreten, wurden die Eidechsen von einer ihnen unbekannten Trägheit getroffen. Sie alle spürten einen eisigen Luftzug, der durch das Schloss fegte. Dragard war der Erste, der erfasste, dass hier etwas nicht stimmte. Er versuchte, sich sofort auf den Weg zum König zu machen, wäre da nicht diese unerklärliche Kälte gewesen, die auch ihn befallen hatte. Es lag buchstäblich in der Luft, dass hier Gefahr im Verzug war. Die anderen Echsen rührten sich schon nicht mehr von der Stelle. Sie reagierten auch nicht mehr auf seine Rufe.

Dragard nahm alle seine Kräfte zusammen. Mühsam versuchte er, die Gänge in Richtung Thronsaal entlang zu kriechen. Seine Flughäute ließen sich nicht mehr entfalten, und bald konnte er sich nur noch wie in Zeitlupe bewegen.

Auch ich spürte die Veränderung. Ich hörte Dragards verzweifelte leise Rufe. Als ich ihn endlich fand, konnte er nur noch stoßweise, bei jedem Wort um Luft ringend, vor der nahenden Gefahr warnen. Es müsse mit einer fremden Person zusammenhängen. Ich nahm Dragard in meine Hand und rannte so schnell ich konnte zu meinem Vater. Da ich selbst fröstelte, konnte ich Dragards Starre nur unwesentlich lindern.

Als wir endlich den König erreichten, sahen wir dort einen Fremden stehen. Er trug eine schwarze, weite Faltenhose. Darüber eine graue, enganliegende Jacke mit weit abstehenden Rockschößen. Die gepolsterten, nach oben geschwungenen Schultern ließen ihn mächtig und imposant erscheinen. Ein breiter silberner Ledergürtel hielt die Gewänder zusammen. Die Schnalle hatte die Form einer Fledermaus. Seine Füße steckten in schwarzen, kurzen Stiefeln, deren Fußspitzen kunstvoll nach oben gebogen waren.

Der Fremde war gerade dabei, meinem Vater das Kaleidoskop zu überreichen. Ich sah noch, wie auch mein Vater seinen Umhang enger zusammenhielt, als sei ihm kalt. Doch schon forderte der fremde Mann meinen Vater auf, durch das Kaleidoskop zu schauen. Er könne wunderbare Dinge erkennen, die noch nie einer gesehen hätte. Neugierig hob mein Vater es empor, um hindurchzusehen. Ich rief ihm zu, dass er warten solle. Aber es war schon zu spät. Ich sah, wie mein Vater blass wurde.

›Ich sehe unsere Schatzdose. Du hast sie gestohlen!‹

Zornig wandte er sich an den Fremden. Erst jetzt erkannte er die Gürtelschnalle in Form einer Fledermaus, dem Wahrzeichen des Zauberers. Karatabar! Wo hatte er nur vorher seine Augen gehabt? Doch im selben Moment riss Karatabar meinem Vater den goldenen Schlüssel zu der Dose, den alle Herrscher seit Generationen an einer Kette trugen, vom Hals. Dabei lachte er laut und schrill.

Und wie von Zauberhand waren im selben Moment mein Vater, der Palast, die königlichen Gärten, die Tempel und das ganze Reich und seine Bewohner verschwunden. Stattdessen gab es überall nur undurchdringlichen Urwald und das Meer. Einzig das Haus meiner Amme, in dem ich meine frühesten Jahre verbracht hatte, gab es noch. Aber in welch erbärmlichem Zustand!

Und ich stand noch da mit Dragard auf der Handfläche und starrte entsetzt auf den Fremden. Er wandte sich mit flammendem Blick mir zu. Ich schaute in seine hässlichen gelben und lauernden Augen. Das konnte nur der Zauberer Karatabar sein, von dem mir mein Vater von Kindesbeinen an erzählt hatte. Mir lief ein Schauer über den Rücken.

›Auf diesen Augenblick habe ich so lange gewartet‹, sagte Karatabar mit einer unangenehmen, hohen Stimme, bei der jedes Wort wie von einem Echo widerhallte.

›Beinahe hättest du mich um meinen Triumph gebracht, du kleines Scheusal‹, wandte er sich an mich.

›Deshalb habe ich mir etwas besonders Schönes für dich ausgedacht. Du wirst als gewöhnliche Eidechse mit deiner Amme in ihrem Haus wohnen. Ich habe es extra für euch richtig gemütlich gemacht – wie es sich für einen Prinzen gehört‹, fügte er höhnisch hinzu. ›Deine Eidechsenamme wartet schon sehnsüchtig auf dich. Sie wird dir leckere Spinnen fangen, damit du schön dick und fett wirst.‹

Sein Lachen donnerte mir entgegen. Dann zeigte er mit seinem knochigen, gelben Zeigefinger auf Dragard, den ich in der Hand hielt. Er war inzwischen schon vollkommen steif und starr geworden.

›Und für die Eidechse habe ich auch eine Überraschung parat: Sie wird in einer versiegelten Rolle in einem gläsernen Behälter solange über die Meere schaukeln, bis jemand das Glas findet und sie aus ihrem Gefängnis befreit. Leider steht es nicht in meiner Macht zu verhindern, dass Dragard nach seiner Erlösung alle seine Fähigkeiten zurückerhält. Er kann dann gehen und fliegen wohin er will‹, fügte er mit einem Bedauern hinzu. ›Aber selbst wenn einer euch befreien sollte, was schrecklich unwahrscheinlich ist, so werde ich die goldene Dose und den Schlüssel an einem geheimen Ort irgendwo auf dieser Welt verstecken. Damit wird sie für euch unauffindbar bleiben.‹

Zufrieden betrachtete er Dragard, der sich bereits in der versiegelten Rolle in dem Glasbehälter befand. Im hohen Bogen schleuderte er die Flasche weit hinaus ins Meer.

›Aber was sage ich? Ihr werdet sowieso keinen finden, der diese Aufgabe lösen wird‹, sagte er garstig grinsend zu sich selbst und war wie vom Erdboden verschwunden.

Zu meinem Entsetzen merkte ich, wie ich immer kleiner wurde. Ich schrumpfte, bis ich auf allen Vieren auf der Erde lag. In

Windeseile wuchs mir ein langer Schwanz. Meine Gliedmaßen wurden so kurz, dass nur noch vier kleine Beine mit fünf Zehen daran zurückblieben. Ich war unübersehbar zu einer Eidechse geworden. Verzweifelt kroch ich vorwärts. Zu meinem Erstaunen ging das schneller, als ich befürchtet hatte. Ich lief auf das Haus zu. Dort traf ich auf meine verwandelte Amme Assa. Ich sah, wie ihr dicke Tränen in die Augen traten. Wir rechneten damals tatsächlich niemals mit einer Erlösung.«

»Wie Karatabar an die 99 Schlüssel und schließlich an die Dose gelangen konnte, bleibt mir ein Rätsel«, schüttelte Natan nachdenklich den Kopf.

»Vielleicht hatte er einen Eidechsenspion in euren Palast eingeschleust?«, mutmaßte Jonas.

»Möglich«, nickte Natan.

Plötzlich zuckten alle zusammen, weil sie hinter sich ein leises Geräusch vernahmen. Sie drehten sich um und sahen, wie eine Eidechse mit einem kurzen Stummelschwanz an einer Stuhllehne blitzschnell hochkletterte.

»Dragard!«, rief Sina.

Und richtig, die Eidechse krabbelte über Jonas' Rücken zu Natan hinüber, der dicht neben ihm saß.

»Nun kennt ihr die Geschichte. Ihr solltet jetzt keine Zeit mehr verlieren und euch auf die Suche nach der Dose machen«, sprach er erregt und flog von Natans Schulter auf den Tisch, von wo aus er die Kinder erwartungsvoll fixierte.

Dragard sieht aus wie ein kleiner fliegender Drache, dachte Sina bei sich und schaute auf das zierliche Tierchen. Doch ihr fiel beim besten Willen nicht ein, wo sie mit der Suche nach der Dose beginnen sollten, um Natan und seinem Vater zu helfen.

Sie blickte sich um, ob nicht von irgendwoher ein Zeichen sich ihnen offenbaren wollte. Dabei fiel ihr Blick auf den weißen Steinelefanten mit dem Jungen.

»Was hat es mit dem weißen Steinelefanten auf sich? Ist er auch ein verwandeltes Wesen?«, wollte Sina wissen.

»Ja, aber das spielt im Moment keine Rolle«, antwortete Natan.

Die Straße des
Silbernen Bambuszweiges
und des
Smaragdgrünen Jadedrachens

Sina und Jonas fühlten sich wie erschlagen von der Geschichte, dem großen Zauberer und den Ereignissen der letzten Stunden. Sie waren nun schon so tief in dieses Abenteuer verwickelt – sie mussten helfen. Kein anderer konnte den Zauber lösen. Ganz kurz schoss es Jonas durch den Kopf, dass er seinen Freund beneidete. Der saß jetzt sicher friedvoll zu Hause und langweilte sich für den Rest der Ferien. Aber schnell schob er diese trübseligen Gedanken beiseite. Wichtiger war es jetzt zu überlegen, wie sie die goldene Dose und den dazugehörigen Schlüssel finden könnten. »Ich glaube, ich hab's!«, rief Jonas und sah sich suchend um. »Wo ist das Kästchen mit der Karte? Daran habe ich gar nicht mehr gedacht.«

»Es liegt drin auf dem Tisch«, sagte Sina.

Er stand auf, um es zu holen. Als er zurückkam und den kleinen Holzkasten auf den Tisch stellte, traute Sina ihren Augen nicht.

»Er war offen, als ich ihn abgestellt habe. Das weiß ich genau«, rief Sina.

»Aber nun ist er verschlossen. Wir werden ihn gleich wieder öffnen. So, wie wir es schon einmal getan haben«, meinte Jonas zuversichtlich. Er suchte den Kreis in der Mitte der Schachtel mit den kleinen vergoldeten Metalleidechsen. Aber da war kein Kreis, waren keine Eidechsen mehr, so sehr er auch die Schachtel nach allen Seiten umdrehte. Auch Sina, die kopfschüttelnd neben ihm stand, konnte nichts entdecken.

Jonas ließ seine Finger über die Rückseite mit den geschnitzten Ornamenten gleiten. Kaum wahrnehmbar entdeckte er in der Mitte eine runde, eingelegte Scheibe. Spielerisch strich er darüber. Ruckartig hörte er jedoch damit auf, denn er glaubte etwas entdeckt zu haben: In der Mitte der Scheibe meinte er, ein Ornament mit einer Fledermaus zu erkennen. Jonas sah genauer hin. War das nur Einbildung? Nein, jetzt konnte er es deutlich sehen.

Hatte Natan nicht erzählt, dass der Zauberer einen Gürtel mit einer Fledermaus trug? Wortlos zeigte er ihm seine Entdeckung. Bei diesem Anblick zuckte Natan zusammen und nickte.

Auch Dragard hatte Jonas' Untersuchungen aufmerksam verfolgt und richtete sich auf, um alles besser beobachten zu können. Jonas strich nun mit dem Finger über die Scheibe und drückte sie etwas fester. Die Scheibe bewegte sich und sprang ein wenig hervor. Vorsichtig wollte er daran ziehen, doch es gelang ihm nicht sofort. Er versuchte es immer wieder und dann ließ sie sich endlich herausdrehen.

Sie trauten ihren Augen nicht, als sie in der Vertiefung einen winzigen kleinen, goldenen Schlüssel fanden.

»Das ist der Schlüssel meines Vaters!«, rief Natan völlig außer sich. Er nahm ihn mit zitternden Händen heraus.

»Jetzt fehlt uns dazu nur noch die doppelte goldene Dose«, sagte Jonas und begann sofort, das geschnitzte Holzkästchen zu untersuchen. Er drehte es nach allen Seiten. Mit Erstaunen stellte er fest, dass die runde Öffnung auf der Rückseite, in der der goldene Schlüssel lag, nun nicht mehr vorhanden war. Auch diese Seite des Kästchens war wieder vollständig mit Schnitzereien überzogen. Die herausgedrehte Scheibe jedoch lag noch auf dem Tisch. Er legte das Kästchen daneben.

»Das bringt uns auch nicht weiter. Ohne die goldene Dose nützt uns auch der Schlüssel nichts«, meinte er resigniert.

Während Sina und Jonas überlegten, wie es weitergehen sollte, nahm Sina gedankenverloren das Kästchen in die Hand und drehte es hin und her.

»Das gibt's doch nicht!«, rief sie plötzlich und alle schauten sie fragend an. »Der runde Kreis mit den zwei Metalleidechsen ist wieder auf dem Deckel!«

Sofort versuchte sie, das Kästchen durch kräftiges Drücken auf die Eidechsenflügel zu öffnen. Tatsächlich sprang das Kästchen mühelos auf und darin lag wieder die Schatzkarte. Sie nahm sie heraus und legte sie auf ihre Knie. Erstaunt stellte sie fest, dass es dieses Mal eine andere Karte war. Nicht die, die sie anfangs, vor Natans Erlösung, gefunden hatten. Jetzt zierten Ornamente, silbern und schwarz auf hellgrauem Untergrund, die Karte. Und in der Mitte war ein weißer, kreisrunder, leerer Fleck. Sie klappte die anderen Seiten auf und wieder zu, doch jedes Mal erschien der weiße, runde leere Kreis. Verwirrt schauten Sina und Jonas auf die Karte.

»Ich hab's«, überlegte Sina laut. Sie kramte den Korken aus ihrer Rocktasche. Triumphierend schaute sie alle an und legte ihn auf den leeren Kreis. Als sie ihn erwartungsvoll wieder herunternahm, war immer noch der weiße, leere Kreis zu sehen. Enttäuscht steckte sie ihn wieder weg.

»Dass ich nicht sofort darauf gekommen bin«, murmelte Jonas. Er nahm die herausgedrehte Metallscheibe vom Tisch. Wie einen Stempel legte er sie auf den leeren Kreis. Sie passte haargenau. Als er die Scheibe wieder abnahm, waren plötzlich fremde Schriftzeichen zu erkennen. Sina und Jonas konnten nichts damit anfangen.

»Sieht aus wie chinesisch«, meinte Sina und blickte Natan und Dragard fragend an.

»Das ist ja unglaublich«, war alles, was Jonas herausbrachte. Unbewusst fasste sich Sina an den Hals und spürte das Amulett. Sie öffnete das Kleinod und nahm Dragards metallenes Schwanzende heraus. Nachdenklich wog sie es in ihren Händen.

»Dragard kann uns nicht helfen, aber vielleicht dieses Schwanzende!«

Mit diesen Worten nahm sie den Metallschwanz und strich damit über den runden Kreis mit den chinesischen Zeichen. Und wie durch ein Wunder erschienen jetzt deutlich und gut lesbar die Buchstaben:

PEKING

STRASSE DES SILBERNEN BAMBUSZWEIGES

HAUS DES SMARAGDGRÜNEN FEUERSPEIENDEN JADE-DRACHENS

Ungläubig starrten die Kinder darauf. Sollte das eine Botschaft sein? War dies womöglich das Versteck der goldenen Dose?

Im Reich der Mitte

Jonas musste an seine Mutter, Tante Petty, Onkel Manuel und das Haus mit dem Turmzimmer am Strand denken. Es war eine Mischung aus Heimweh und schlechtem Gewissen. Die Flaschenpost hatte sie in eine verdammt heikle Situation gebracht. Ob Marie schon ihr Verschwinden bemerkt und Sinas Eltern und seine Mutter benachrichtigt hatte? Zudem: Was würde sie noch erwarten? Er wandte sich an Dragard.

»Bisher ist ja alles gut gegangen, und wir möchten Natan bei der Suche nach seinem Vater auch wirklich gern behilflich sein. Aber müssten wir denn nicht bald wieder zu Hause sein? Vielleicht werden wir schon vermisst und sie machen sich schreckliche Sorgen!«

»Lieber Jonas«, begann Dragard, »ich will dir etwas erklären. Wir befinden uns inmitten einer Zauberwelt. Da läuft die Zeit viel schneller als bei euch. Du musst dir das wie den Ablauf eines Traumes vorstellen. Du träumst nur ein paar Sekunden oder Minuten. In diesem kurzen Zeitraum kannst du unglaublich viele Dinge erleben. Normalerweise könnten sie in dieser Geschwindigkeit gar nicht stattfinden. Genau in einem solchen Zeitraffertempo bewegen wir uns jetzt. Ich kann dir versichern, dass es bei euch zu Hause noch lange, lange Nacht sein wird. Ihr werdet zur rechten Zeit wieder zurück sein. Alle werden dann noch schlafen.«

Jonas blickte fragend in Sinas Richtung. Als diese zustimmend nickte, war er sich auch wieder sicher, dass das Abenteuer weitergehen musste. Sie konnten jetzt nicht kehrtmachen. Zu viel war geschehen.

»Ihr werdet mir also bei der Suche nach meinem Vater helfen?«, fragte Natan leise. Besorgt hatte er Jonas und Dragard gelauscht.

»Wir werden dich nicht im Stich lassen«, erwiderten die beiden wie aus einem Mund.

»Aber wie kommen wir nach China?«, fragte Jonas.

Natan schaute erst Dragard und dann die beiden an.

»Ganz einfach, so wie ihr hierher gekommen seid. Dragard wird euch auf den Rücken nehmen und die Reise geht durch die Luft«, erwiderte er lächelnd.

Kaum hatte er den Satz beendet, als die kleine zierliche Eidechse, genau wie schon im Turmzimmer, zu wachsen begann. Sie wurde größer und größer. Selbst ihr fehlendes Schwanzende war anscheinend nachgewachsen, vielleicht nicht ganz so lang wie das alte, aber immerhin. Sina und Jonas rückten eng aneinander, um noch Platz für Natan zu machen. Doch der rührte sich nicht und schaute Jonas und Sina traurig an.

»Was ist mit dir, warum kommst du nicht mit?«, fragte Jonas ungeduldig. Er beugte sich vor, um Natan heraufzuziehen.

»Es ist nur euch allein bestimmt, mir und meiner Familie zu helfen. Nur ihr könnt den Zauber brechen, um meinen Vater zu erlösen. Ich würde so gern mit euch fliegen. Doch bis zur Erlösung ist mein Platz hier an der Seite meiner Amme«, sprach er betrübt.

Sina und Jonas schüttelten energisch ihre Köpfe, denn sie wollten nicht alleine auf die große Reise gehen, doch da erhob sich

Dragard schon in die Lüfte. Ihr neuer Freund, der ihnen von unten zuwinkte, wurde kleiner und immer kleiner, bis er auch als Punkt nicht mehr zu sehen war. Wieder flogen sie immer höher hinauf. Erstaunlich, wie schnell sie sich an das Fliegen gewöhnt hatten.

Erst schien das Wasser gar nicht enden zu wollen, dann überflogen sie Städte, Seen, schneebedeckte Gebirgsketten und fremdartige Landschaften. Gebannt schauten Sina und Jonas in die Tiefe. Sie hielten sich an Dragards schuppiger Haut und den Flügeln fest. Es kam ihnen wie eine Ewigkeit vor, bis sie spürten, dass die fliegende Eidechse an Höhe verlor. Sie näherte sich langsam der Erde. Es fing an zu dämmern. Eine schroffe Gebirgskette, über die sich kurvenreich eine riesige Mauer schlängelte, wurde unter ihnen sichtbar. Fasziniert schauten sie auf dieses imposante Bauwerk hinab.

»Du, vielleicht ist das die Chinesische Mauer?«, meinte Jonas zu Sina.

Wie ein Lindwurm wand sie sich mit ihren gezackten Mauerkronen durch die Landschaft. Unterbrochen wurde sie in Abständen von massiven, viereckigen Wachtürmen, aus denen hier und da weißer Rauch aufstieg.

»Wow, so riesig habe ich sie mir nicht vorgestellt. Weißt du eigentlich, dass man sie vom Mond aus sehen kann?«, erwiderte Sina.

»Es ist ein Schutzwall«, klärte Dragard seine beiden Begleiter auf, »und genaugenommen sind es viele verschiedene Mauern. Das Bauwerk soll die nomadischen Völker des Nordens abwehren. Der chinesische Name für dieses Bauwerk lautet Zehntausend Li lange Mauer und das bedeutet sinngemäß: unvorstellbar lange Mauer.«

Dann überflogen sie eine Stadt, in der sich inmitten niedriger Hütten und Häuser eine riesige Palastanlage befand. Die glänzenden, gelben Ziegel wurden von den letzten Sonnenstrahlen golden beleuchtet. Schließlich verschwand die Sonne endgültig am Horizont und die Dämmerung setzte ein.

»Ist das ein toller Palast da unten! Wie er in der untergehenden Abendsonne geglitzert hat. Wohnt da jemand drin?«, fragte Sina in Richtung Dragard.

»Ja, er gehört dem Kaiser von China. Nur er darf für seine Gebäude gelbe Dachziegel verwenden. Man sagt, dass sein Palast die Verbotene Stadt genannt wird. Er soll 9999 Zimmer haben, weil 9 die Glückszahl der Chinesen ist. Die Stadt unter uns ist Peking. Kein Haus darf höher gebaut werden als die Palastanlage. Der Kaiser wird vom Volk verehrt wie ein Gott«, erklärte Dragard.

»Die Chinesen haben aber keinen Kaiser mehr«, warf Sina ein.

»Doch, vielleicht nicht bei euch, aber hier und jetzt sehr wohl. Wir befinden uns im alten China ein paar Jahrhunderte früher. Dieses Land hat eine jahrtausende alte und hochentwickelte Kultur. Es hat sich im Laufe der Dynastien entwickelt. Ihr werdet selbst sehen, dass es hier Vieles zum Staunen und Wundern gibt«, erwiderte Dragard und verlor wieder ein ganzes Stückchen an Höhe. Den Palast hatten sie inzwischen überflogen. Er war nur noch undeutlich zu erkennen. In der einsetzenden Dunkelheit konnten sie schemenhaft schmale, enge Straßen und Häuser sehen. Sie wurden von roten Laternen beleuchtet. In ihrem matten Lichtschein sah man geschäftige Menschen. Doch Dragard flog weiter. Unter ihnen, im Dunklen kaum zu erkennen, lief eine gerade Linie mitten durch die Gegend. Als sei sie mit dem Lineal gezogen.

»Unter uns befindet sich der Kaiserkanal, der Südchina mit dem Norden verbindet. Er ist künstlich angelegt und ist etwa tausendachthundert Kilometer lang. Auf ihm werden Waren aller Art transportiert. So werden dem Kaiser, der seinen Palast im Norden des Landes hat, im Winter die süßesten und seltensten Früchte aus Südchina angeliefert. Und das zu jeder Jahreszeit!«, erklärte Dragard.

»Na, der hat's vielleicht gut«, meinte Sina neidisch.

Die Nacht war nun vollends über sie hereingebrochen. Durch das Licht des aufgegangenen Mondes konnten sie noch unscharf die Umrisse der Landschaft unter ihnen wahrnehmen.

Aber da hatten sie auch den Kaiserkanal hinter sich gelassen. Ab und zu sahen sie die flachen Dächer von einzelnen Dörfern. Wie Schwalbennester hingen sie an steilen Hügeln. Als der Mond hinter einer dichten Wolkendecke verschwand, wurde es so finster, dass sie ihre Hand nicht mehr vor Augen sehen konnten.

Harte Landung

Nachdem sie eine Zeitlang durch die Finsternis geflogen waren, meinten sie ein schwaches Leuchten in der Ferne zu erkennen. Nur wenig später setzte Dragard auch schon zur Landung an. Sie kamen so heftig und unsanft zum Stehen, dass Sina beinahe das Gleichgewicht verlor. Jonas konnte sich noch rechtzeitig festhalten.

»Verzeiht mir bitte. Ich glaube, ich war zu lange in der engen Glasröhre eingesperrt. Da können Schwierigkeiten mit der Koordination schon mal auftreten«, sagte Dragard entschuldigend zu den Kindern.

In der Dunkelheit konnten sie zuerst kaum etwas erkennen. Doch dann sahen sie die Umrisse einer Mauer vor sich und auch ein Tor zeichnete sich ab. Über dessen Eingang hingen zwei Laternen, die etwas Licht spendeten.

Zum Glück verzogen sich die Wolken und der Mond kam wieder zum Vorschein. Sie standen in einer schmalen Straße, und auf der anderen Straßenseite ragten dicht aneinandergedrängt hohe Bäume in den Himmel. Mit ihren dünnen, bleichen Stämmen erinnerten sie Sina und Jonas an eine Armee von Soldaten. Ihre silbrigen Blätter bewegten sich im Mondlicht hin und her. Leises

Rascheln und Knistern erfüllte die unheimliche Stille. Es war wie ein Raunen, Wispern und Flüstern. Ein kühler Luftzug ließ die Kinder frösteln.

»Dragard, wo sind wir und was sollen wir hier?«, fragte Sina ängstlich. Erschrocken stellte sie fest, dass die Eidechse nirgends zu sehen war.

»Das darf doch nicht wahr sein!«, fluchte Jonas. »Er ist wieder mal verschwunden, ohne sich zu verabschieden.«

»Mir gefällt es hier nicht, es ist unheimlich«, flüsterte Sina.

»Ich finde es auch nicht gerade gemütlich«, stimmte Jonas ihr zu. Doch dann erinnerten sie sich gegenseitig an die Worte Dragards, dass ihnen nichts passieren würde. Zur Not müssten sie ihn einfach rufen. Sie hatten ja das Amulett. Entschlossen fassten sie sich an den Händen und gingen auf das Tor zu. Es war über drei Stufen zu erreichen. Rechts und links davon befanden sich zwei hohe, quadratische Steinsäulen. Verbunden waren sie mit einer darauf liegenden Steinplatte. Darüber ruhte ein überstehendes Dach mit runden Ziegeln. An den nach oben geschwungenen Enden des Daches hingen die beiden Laternen. Auf der Steinplatte über den Torflügeln befand sich ein reliefartiger steinerner Drachen. Sie meinten, ihn in der schwachen Beleuchtung grün schimmern zu sehen. In die beiden Säulen waren chinesische Schriftzeichen eingraviert. Vor den Säulen wachte je ein mächtiger Löwe. Die rote Farbe der Tür mit den zwei Holzflügeln war in der Dunkelheit nur zu erahnen. Auf beiden Seiten waren Löwenköpfe aus Messing befestigt. In ihren Mäulern hielten sie schwere Ringe als Türklopfer.

»Wenn wir doch bloß die chinesischen Schriftzeichen lesen könnten. Dann wüssten wir wenigstens, ob wir hier richtig sind«, flüsterte Jonas.

70

In diesem Moment erinnerte Sina sich an die Zauberkarte und griff nach dem Amulett an ihrem Hals. Sie musste sich etwas auf die Zehen stellen, um mit dem Schwanzende von Dragard über die Zeichen auf der linken Säule zu streichen. Es klappte auch diesmal. Wie von Geisterhand verschwand die chinesische Schrift und es erschienen Buchstaben, die sie nun entziffern konnten:

Du, Wanderer, gehst suchend durch die Welt,
erreichst das Tor der Strasse geschwind.
Die Zweige des Bambus vom Mond silbern erhellt,
sie wiegen sich im Abendwind.

Nachdem sie alles gelesen hatten, standen sie ratlos davor.
»Verstehst du das?«, fragte Sina.
»Nö, scheint ein Gedicht zu sein, aber ich weiß nicht, was das soll. Ich bin kein Dichter«, erwiderte Jonas und griff nach dem Schutzamulett. Er strich damit über die Zeichen der rechten Säule und wieder gaben lateinische Buchstaben den Inhalt preis:

Ich bin zuhaus in jenem Stein,
der Kopf aus Jade kann Feuer spein,
smaragdgrün leuchtet der Körper des Drachen,
die Wahrheit tausendfach,
sie lässt den Wanderer erwachen.

Auch dies gab für sie keinen Sinn. Kopfschüttelnd lasen sie die Gedichte immer wieder von Neuem und konnten beim besten Willen nichts damit anfangen.
Sie waren kurz davor, sich geschlagen zu geben, als Jonas etwas auffiel.

»Ich glaube, ich hab's!«, sagte er zu Sina und erklärte:

»Auf der ersten Inschrift finden sich die Worte Straße, silbern und Zweige des Bambus. Kapiert?«

»Schlaues Kerlchen«, meinte Sina anerkennend und begann das Gedicht auf der anderen Säule zu deuten.

Nun waren sich beide sicher, dass die Worte auf die Straße des silbernen Bambuszweiges und auf den smaragdgrünen Jadedrachen anspielten. Sie waren am Ziel.

Auf einmal hörten sie Schritte, die immer näherkamen. Sie versteckten sich auf der anderen Straßenseite im Schatten der hohen Bäume. Im Schein der Laternen sahen sie zwei dünne Gestalten mit einer Sänfte heran eilen. Mit tänzelnden Schritten bewegten sie sich schnell vorwärts und gingen auf das Tor zu. Dort angekommen, setzten sie die Sänfte ab. Einer der Träger klopfte mit einem der dicken Metallringe laut und heftig gegen das Tor. Es dauerte nicht lange und die beiden Flügel wurden geöffnet. Die Träger nahmen die Sänfte wieder hoch und trugen sie durch das Tor. Danach wurde es hinter ihnen wieder verschlossen.

Sie lauschten den Geräuschen, die langsam verebbten. Dann kehrte die Stille zurück.

»Ob dem Mann in der Sänfte das Haus gehört?«, fragte Sina.

»Kann sein. Fest steht, dass wir dort hinein müssen.«

Erst jetzt wurde ihnen bewusst, dass es tiefste Nacht war und es zunehmend kälter wurde, zumal sie noch immer in die leichten Sommersachen von der Insel gekleidet waren.

»Ich vermute, dass wir uns vor dem richtigen Haus befinden. Wir werden einfach klopfen und sehen, ob man uns öffnet, denn hier können wir nicht ewig stehen bleiben«, meinte Sina und zog sich das dünne Hemdchen fester um ihren Körper.

Dann ging sie auf das Tor zu. Jonas folgte ihr. Kurz entschlossen ergriff sie einen der schweren Ringe, die an dem Löwenkopf befestigt waren. Sie klopfte erst zaghaft, dann aber heftiger an das hölzerne Tor. Sie warteten gespannt. Nach einer Weile näherten sich Schritte und es wurde geöffnet. Ein alter Mann mit einem spärlichen Kinnbart und einer Laterne in der Hand stand vor ihnen. Er trug ein langes graues Gewand mit weiten Ärmeln. Bevor sie etwas fragen konnten, murmelte er etwas, legte die Hände aneinander und deutete eine Verbeugung mit einem Nicken des Kopfes an. Er machte ihnen ein Zeichen, ihm zu folgen.

Seltsamerweise hatten sie das Gefühl, dass sie erwartet wurden. Der Torwächter ging wie selbstverständlich mit schlurfenden Schritten vor ihnen her. Er drehte sich nicht einmal um, ob sie hinter ihm hergingen.

Überrascht stellten sie fest, dass sich direkt hinter dem Tor noch eine Mauer befand. Sie verdeckte die Sicht auf alles, was dahinter lag. Umständlich mussten sie darum herumgehen. Dahinter stand ein von Laternen erleuchtetes, niedriges Haus. Der alte Mann, dessen Haar hinten im Nacken zu einem langen, geflochtenen Zopf zusammengebunden war, ging direkt darauf zu.

Es wurde immer kälter und sie waren froh, als sie das Gebäude erreichten. Im Schein der Laternen konnten sie das überhängende, nach oben geschwungene Dach erkennen. Ohne, dass sie anklopften, wurde die verzierte Holztür von unsichtbarer Hand geöffnet. Völlig unerwartet stand eine zierliche, kleine Frau mit einer Laterne dahinter, die sie mit einer Verbeugung empfing. Auch hier hatten sie das Gefühl, dass sie erwartet wurden. Sie machte die beiden mit einer energischen Handbewegung darauf aufmerksam, nicht auf die fußhohe Türschwelle zu treten. Sie mussten darüber steigen.

Die Frau hatte ihr schwarzes Haar kunstvoll mit bunten Spangen und Kämmen hoch gesteckt. Sie trug ein bis zu den Füßen reichendes graues Seidengewand, auf dem leuchtend grüne Drachen aufgestickt waren. Ihr Gesicht war wie eine Maske weiß geschminkt. Ihre schwarzen schlitzförmigen Augen blickten die beiden kalt an. Ihr Mund war blutrot bemalt.

Unfreundlich forderte sie Sina und Jonas auf, sich ihr anzuschließen. Ganz ohne Worte. Als sie sich nach dem Torwächter umsahen, war von ihm nichts mehr zu sehen.

Sie hatten kaum Zeit, sich in dem Vorraum, einer Halle mit einem großen Schrein und bunten Bildern, umzusehen. Nachdem sie ihn durchquert hatten, kamen sie über ein paar Stufen hinab auf einen breiten, gepflasterten Hof. Ringsherum standen Blumen und kleine Bäume in riesigen Keramikkübeln. An beiden Längsseiten des Hofes erstreckten sich niedrige Gebäude. An ihren überhängenden Dächern hingen Laternen, die im Wind hin und her schaukelten. Gespenstisch erhellten sie den Hof mit ihrem Licht- und Schattenspiel.

Frierend folgten sie der Frau, die mit trippelnden Schritten vor ihnen herging. Sie durchschritten mehrere Häuser und Höfe. Sie begegneten keiner Menschenseele. Jonas fiel auf, dass am Saum ihres Kleides kleine silberne Fledermäuse eingewebt waren. Aber da ging es auch schon weiter. Nun erreichten sie eine Gartenanlage. Auch hier sorgten unzählige Laternen für Beleuchtung. Sie liefen an künstlich angelegten Felsformationen und Wasserläufen vorbei, über die sich zierliche Bogenbrücken spannten. Das alles glich im flackernden Licht einer unwirklichen Theaterkulisse. Staunend und zugleich zitternd vor Kälte schritten Sina und Jonas hinter der Frau her. Sie wünschten sie nichts sehnlicher als endlich einen Raum zum Aufwärmen.

Ihre Begleiterin steuerte auf einen größeren Teich zu. Ein Steg führte im Zickzack über das Wasser zu einer kleinen Insel, auf der ein Pavillon stand. Die Anlage war von einem weißen Steinzaun umgeben. Sie mussten durch die große, kreisrunde Öffnung eines Torbogens gehen, der die Form eines Mondes hatte. Dann gingen sie auf den Eingang eines Hauses zu. Das Ziegeldach wurde rundherum von mehreren roten, dünnen Holzsäulen gestützt.

Ihre Begleiterin öffnete eine schön verzierte Tür und winkte ihnen, ihr zu folgen. Sie betraten einen prunkvoll ausgestatteten Raum mit kostbar lackierten und wunderbar bemalten Möbeln. Doch das Beste waren zwei kleine Kohlebecken, die sich an den Wänden gegenüberstanden. Sofort bei ihrem Eintreten empfing sie eine herrliche Wärme. Fragend wollten sich Sina und Jonas an die Frau wenden. Doch zu ihrem Erstaunen war sie, wie schon der Torwächter, einfach spurlos verschwunden.

Sie schauten sich fragend um und erschraken heftig. Hinter ihnen saß ein alter Mann regungslos auf einem Stuhl. Er hatte einen dünnen und langen weißen Kinnbart. Er starrte die beiden mit schmalen, schwarzen Schlitzaugen lauernd an. Mit einer herrischen Geste befahl er ihnen, sich zu setzen. Zögernd nahmen sie Platz und blickten ihn unsicher an. Ein graues Gewand, auf dessen Vorderteil zwei grüne Drachen mit Goldstickerei eingewebt waren, reichte ihm bis zu den Füßen. Seine Hände hatte er in weiten Ärmeln versteckt. Die grauen Haare waren am Kopf hochgebunden und wurden mit einer Kappe zusammengehalten. Der Alte ist mir unsympathisch, dachte Jonas, und auch Sina betrachtete ihn mit Furcht und Widerwillen.

»Ich habe euch erwartet«, begann er – merkwürdigerweise in einer Sprache, die die Kinder verstanden.

»Die Schrift habt ihr entziffert, ich muss schon sagen, ihr seid schlau«, fügte er hinzu. Seine listigen, kalten Augen verengten sich, als er Sinas Amulett an der Halskette fixierte.

»Eine wunderschöne Arbeit«, sagte er schmeichlerisch. Aus seinem Ärmel kam eine hässliche, knöcherne Hand hervor, mit der er auf Sinas Amulett zeigte. »Würdest du sie mir einmal reichen, damit ich sie etwas näher betrachten kann? Man sieht nicht alle Tage so etwas Besonderes«, bat er und beugte sich zu Sina.

Diese sah den lauernden Blick seiner Augen und war so erschrocken, dass sie instinktiv und blitzschnell mit einer Hand nach dem Amulett griff und es fest umschlossen hielt. Sie erinnerte sich an Dragards Worte, das Amulett nie aus der Hand zu geben. Noch ehe sie etwas sagen konnte, ließ er seine Hand sinken. Dann setzte er in einem höhnischen Tonfall fort:

»Na schön, wenn du nicht willst, dann lass es bleiben. Obwohl mir dein unhöfliches, abweisendes Verhalten missfällt. Schließlich seid ihr meine Gäste.«

»Wir würden gern wissen, wer Sie sind und wo wir uns befinden«, versuchte Jonas mit fester Stimme, den Mann auf ihr eigentliches Anliegen zu bringen.

»Gut, ich will es euch erklären«, entgegnete dieser unwirsch und strich sich über seinen schütteren Bart. »Ihr befindet euch im China des 15. Jahrhunderts. Es ist die Zeit der Ming-Dynastie. Bei euch ist zu dieser Zeit tiefstes Mittelalter. Das Schießpulver ist von uns erfunden worden. Wir können schon seit mehreren Dynastien Porzellan herstellen und verarbeiten seit Jahrhunderten Seide.

Marco Polo, der Venezianer, brachte euch von seinen Reisen unsere Nudeln mit, unter anderem Spaghetti, die bei euch unbekannt waren. Er berichtete in Europa von unserer hochentwickelten Kultur. Nur wurde er bei euch als Lügner verhöhnt, weil ihm keiner glauben wollte, dass es solche Schätze im Reich der Mitte gab. So nämlich nennt sich unser Land. Wir haben einen Kaiser, der sich von seinen Untertanen wie ein Gott verehren lässt und der in dem

Palast wohnt, den ihr von oben gesehen habt.«

Wie konnte der Alte wissen, wie sie hergekommen waren?, fragten sich die beiden. Erst jetzt fielen Sina die kleinen silbernen, kunstvoll gewebten Fledermäuse auf, die in die Borte seines Gewandes eingearbeitet worden waren.

»Die große Mauer, die ihr überflogen habt, hat der erste Kaiser von China, Qin Shi Huangdi, zum Schutz gegen die einfallenden Mongolen gebaut. Sie ist mehrere tausend Kilometer lang und entstand während der Qin-Dynastie, im Jahre 221 vor eurer Zeitrechnung. Es wird immer noch daran gebaut.«

»Was ist eigentlich eine Dynastie?«, wollte Sina wissen, die ihre Sprache wiedergefunden hatte. Sie erinnerte sich, dass auch Dragard bei ihrem Flug über den Kaiserpalast davon gesprochen hatte.

»Das ist eine Herrscher- oder Regierungsperiode«, erklärte er knapp und erhob sich unvermittelt, als wolle er das Gespräch beenden, noch ehe es begonnen hatte.

Der geheimnisvolle Gang

»Das mag ja alles sehr interessant sein, aber Sie haben unsere Frage immer noch nicht beantwortet: Wer sind Sie?«, fragte Jonas beharrlich.

Doch der Alte überhörte das. Er machte eine abweisende Handbewegung, die seinen Unwillen zum Ausdruck brachte, und murmelte unfreundlich: »Es liegt nun an euch, wie Ihr hier zurechtkommt.«

Gebieterisch nahm er einen kleinen metallenen Klöppel, der neben ihm auf dem Tisch lag, und schlug damit auf einen Gong, der an der Wand hing. Sofort erschien eine alte, kräftige Frau mit einem pockennarbigen Gesicht. Sie verbeugte sich unterwürfig vor dem alten Mann. Ohne ein Wort zu sagen, signalisierte er ihr, die Kinder fortzubringen. Sie erhoben sich, verließen den kleinen Pavillon und liefen den gleichen Zickzack-Pfad zurück. Unzählige Wege führten durch diesen Garten, der ihnen wie ein Labyrinth vorkam. Völlig orientierungslos folgten sie der Dienerin, die plump vor ihnen her watschelte. Wieder froren sie erbärmlich und waren froh, als sie endlich auf einer Anhöhe ein kleines Haus erreichten. Das geschwungene Dach wurde ganz wie der Pavillon des alten Mannes von zierlichen, roten Holzsäulen getragen und die gemauerten Außenwände waren ebenso kunstvoll bemalt. Ehe sie das Haus betraten, wurden sie wieder mit einer Handbewegung darauf aufmerksam gemacht, nicht auf die Türschwelle zu treten. Gehorsam stiegen sie darüber. Der Raum, den sie nun betraten, war warm und wurde wie das Haus des Alten mit Kohlebecken geheizt. Erleuchtet wurde er, wie auch der ganze Garten, von einer Vielzahl Laternen.

Sie schauten sich um und hatten erst jetzt Gelegenheit, die Frau näher zu betrachten. Unpassend zu ihrer unförmigen Gestalt und ihrem unansehnlichen Gesicht war sie in ein leuchtend blaues, kostbares Seidengewand mit eingestickten goldenen Drachen und chinesischen Ornamenten gewandet. Die dünnen grauen Haare waren wie bei der anderen Dienerin kunstvoll mit bunten Kämmen hochgesteckt. In ihren wachen Augen lag Trauer. Sie blickte die Kinder nachdenklich, ja fast ein wenig mitleidig an.

»Willkommen in diesem Haus«, sagte sie mit einer unerwartet klaren und melodischen Stimme, die so gar nicht zu ihrem Äußeren passen wollte. Und fügte hinzu: »Man nennt mich Orchideenblüte und ich begrüße euch, Sina und Jonas.«

Warum sprach auch diese Frau ihre Sprache und warum wusste sie, wer sie waren?

»Sie kennen unsere Namen?«, fragte Jonas und sah sie neugierig an.

»Das ist unwichtig«, entgegnete sie ausweichend und ging auf eine große, breite Liegefläche zu, die wie ein Bett aussah und in einer Ecke des Raumes stand.

»Hier könnt ihr schlafen. Man nennt es Kang. Es ist eine gemauerte Schlafstatt und innen hohl, damit man dort ein Holzkohlenfeuer machen kann, um die Schlafstelle von unten zu erwärmen. Durch die Glut bleibt sie die ganze Nacht angenehm warm und die Decken, die darauf liegen, sorgen für ein weiches Lager«, erklärte sie den beiden.

Als sie auf zwei Stühle zuging, auf denen Kleidungsstücke hingen, sah Sina, wie sich eine Falte ihres Gewandes beim Gehen ein wenig öffnete. Sie erkannte eine kleine eingestickte, grüngoldene Eidechse.

»Hier sind warme Kleider für euch, damit ihr nicht frieren müsst.« Dann ging sie zu einem Tisch, auf dem kleine, bunte Schalen mit Speisen standen. Essstäbchen lagen daneben. Auch eine Teekanne sowie Schälchen aus hauchdünnem blau bemaltem Porzellan fehlten nicht.

»Wenn ihr Hunger und Durst habt, könnt ihr euch hier bedienen«, sprach sie und blieb erwartungsvoll vor ihnen stehen.

»Danke, das ist alles sehr nett von Ihnen, aber zuerst möchten wir doch gern noch mehr erfahren. Wem gehört das hier alles und wo sind wir?«, wollte Sina wissen.

Doch anstelle ihre Frage zu beantworten, begann sie weiter zu erzählen.

»Das Tor zum smaragdgrünen Jade-Drachen, durch das ihr zuerst gegangen seid, ist das Tor von und zu der Welt«, fuhr sie unbeeindruckt fort. »So zumindest sagt man hier in China. Und die Mauer, die gleich dahinter steht und die Sicht auf die Wohngebäude verdeckt, ist eine sogenannte Geistermauer. Denn die bösen Geister können nur geradeaus gehen. Sie müssen vor der Mauer stehen bleiben. So können sie die Häuser nicht erreichen und den Bewohnern keinen Schaden zufügen.«

Sie machte eine kleine Pause.

»Wenn man euch darauf aufmerksam macht, beim Betreten eines Hauses nicht auf die bei uns stark erhöhten Türschwellen zu steigen, so hat auch das seinen Sinn. Zum einen würde es dem

Besitzer Unglück bringen und zum anderen dient ihm die Schwelle zum Schutz vor den bösen Geistern. Diese können ihre Beine nicht heben. Sie müssen deshalb draußen bleiben.«

»Und das glauben die Menschen wirklich?«, unterbrach Sina ungläubig den Bericht der Frau.

»Ja natürlich, denn China hat eine sehr alte Tradition, die sich über viele Dynastien und Jahrhunderte weiterentwickelte«, entgegnete Orchideenblüte. »Für euch ist das vielleicht unverständlich. Doch der Glaube an die bösen und guten Geister und die Schatten der Ahnen ist trotz der hohen Kultur immer mitgewachsen und geblieben«, versicherte sie den Kindern.

Sina schüttelte den Kopf, doch Jonas sah das von der praktischen Seite.

»Eigentlich schade, dass unsere Lehrer nicht nur geradeaus gehen können. Dann würden wir Scheinmauern vor der Schule aufstellen. Sie würden sich die Köpfe daran einrennen und die Schule bliebe für immer geschlossen«, meinte Jonas grinsend.

»Und Ihr würdet nie etwas lernen. Keine gute Idee«, entgegnete die alte Dienerin bedächtig und wackelte mit ihrem Kopf hin und her. »Der Zickzackweg durch den Teich zum Pavillon wurde übrigens auch angelegt, um die Geister zu vertreiben, die nur geradeaus gehen können«, setzte sie ihre Erklärungen fort. »Und die Halle, die ihr zuerst betreten und durchquert habt, das ist die Halle der Ahnen. Sie werden in China besonders verehrt. Vielleicht habt ihr den großen Schrein bemerkt, der dort an einer Wand steht?«

Sie hatten ihn natürlich nicht bemerkt. Sie waren viel zu aufgeregt gewesen. Außerdem hatten sie auf dem Weg zu dem alten Mann jämmerlich gefroren.

»Ein Schrein ist ein Altar, mit dem die Ahnen verehrt werden. Auf einem Sockel davor werden täglich Opfergaben – Essen und Blumen, wie zum Beispiel Lotosblüten – abgelegt, damit die Verstorbenen am Leben der Hinterbliebenen teilhaben können. Meistens stehen auch Behälter mit Räucherstäbchen davor. Ein Ahnenschrein ist in jedem chinesischen Haus zu finden«, fuhr Orchideenblüte mit ihren Erklärungen fort.

»Ihr habt aber sicher den auffälligen Gang der Frau bemerkt, welche euch in Empfang genommen hat. Das ist ebenfalls eine alte Tradition. Den Mädchen in den wohlhabenden und vornehmen Familien werden die Füße schon im Kindesalter abgebunden. Vorher werden die Zehen gebrochen, außer der großen Zehe. Diese wird unter die Fußsohle gebogen. Mit Bandagen werden die Füße eng umschlungen, um das Wachstum zu verhindern. Man versucht die Schmerzen zu lindern, indem die Füße mit Kräutern und Alaun gebadet und anschließend massiert werden. Dann werden sie wieder fest gebunden. Man nennt diese verkrüppelten Füße Lotusfüße. Die Frauen können sich dann nur noch unter Qualen mit kleinen Trippelschritten bewegen und keine weiten Strecken zurücklegen. Wenn sie alt sind, können sie sich nur noch mit Hilfe eines Stockes vorwärts bewegen.

Auf dem Land hingegen gibt es Ausnahmen, da werden robuste, kräftige Füße für die hart arbeitenden Bäuerinnen gebraucht«, führte die Dienerin aus.

»Das ist ja eine Gemeinheit!«, empörte sich Sina, die mit einem Schaudern auf ihre gesunden Füße hinabblickte.

»Und wofür sollen solche Quälereien gut sein?«, fragte Jonas.

»Das ist das Schönheitsideal. Je kleiner die Füße sind, desto begehrenswerter ist eine Frau und umso leichter ist es, sie zu verheiraten«, fügte sie hinzu.

»Wie, dürfen sich die Frauen den Mann etwa nicht selbst aussuchen?«, fragte Sina aufgebracht.

»Nein, das bestimmen die Eltern, und wenn eine Frau keine Söhne bekommt, dann taugt sie sowieso nicht viel«, setzte sie hinzu. »Der Mann nimmt sich dann eine oder mehrere Zweitfrauen. Diese nennt man Konkubinen.«

»Entsetzlich, ich würde davonlaufen«, empörte Sina sich.

»Mit solchen Füßen? Geht gar nicht«, erwiderte Jonas und warf Orchideenblüte einen prüfenden Blick zu. Vermutlich war sie ein Bauernmädchen, denn sie war nicht nur kräftig gebaut, sie hatte auch gesunde Füße.

»Es gibt aber auch manches Gute zu berichten«, fuhr die Dienerin fort. »So kann bei uns jeder aus dem Volk, wenn er nicht gerade ein leibeigener Bauer ist, ein Beamter und Gelehrter werden. Wenn er die schwierigen und sehr anspruchsvollen Prüfungen besteht, kann er sich sogar zu einem hoch bezahlten Diener des Staates hocharbeiten.«

»Die Frauen auch?«, wollte Sina sogleich wissen.

»Nein!«, war die knappe Antwort.

»Dann wäre das hier kein Land für mich«, stellte Sina kurz entschlossen fest und sah Orchideenblüte herausfordernd an. Diese hörte aber einfach nicht hin und ließ sich nicht beirren.

»Ein großes Vorbild ist der berühmte Gelehrte Konfuzius, dessen Lehre auch heute noch in der Gesellschaft gültig ist«, sprach sie und wollte weiter ausholen. Doch den beiden war es nun ziemlich gleichgültig, wer dieser Mann mit dem komischen Namen war, und sie begannen ungeduldig zu werden. Sina ergriff daher das Wort.

»Sie haben uns jetzt eine Menge von der chinesischen Kultur erzählt. Das mag ja alles ganz interessant sein und auch der alte Herr vorhin hat uns alle möglichen Sachen aus dem alten China erzählt. Aber wir wissen immer noch nicht, wer dieser Mann ist, bei dem wir waren. Und wo genau sind wir hier?« Sie schauten Orchideenblüte fragend an.

»Ich denke, dass ich euch alle Fragen beantwortet habe«, entgegnete sie ausweichend und machte Anstalten zu gehen.

»Nein, haben Sie nicht«, rief Jonas. »Könnte vielleicht der Zauberer …«, sagte er, doch er kam nicht mehr dazu, den Satz zu beenden, denn da war die Dienerin schon wie vom Erdboden verschluckt. Verdutzt sahen sich die beiden an und schüttelten den Kopf.

»Merkwürdig. Immer, wenn man etwas erfahren will, verschwinden alle«, stammelte Jonas.

»Das fing schon mit Dragard so an«, seufzte auch Sina und ließ sich aufs Bett fallen.

»Diese Orchideenblüte weiß bestimmt mehr. Wahrscheinlich kann oder darf sie nicht mehr sagen«, warf Jonas ein.

»Hast du auch die Fledermäuse im Gewand des alten Chinesen bemerkt? Ich glaube, dass wir es mit Karatabar höchstpersönlich zu tun haben«, bemerkte Sina.

»Anzunehmen. Aber zumindest lässt uns der alte Zauberknabe nicht verhungern und erfrieren«, meinte er.

Er drehte sich um und ging auf den Tisch mit den Speisen zu.

Wie von der Tarantel gestochen sprang Sina vom Bett auf und lief auf Jonas zu.

»Und wenn der Alte uns vergiften will?«

»Dann wird das Dragard zu verhindern wissen. Außerdem werden wir noch dringend gebraucht«, entgegnete er seelenruhig. Und er machte Anstalten, sich eine Schüssel und die Essstäbchen vom Tisch zu nehmen.

»Du hast vielleicht Nerven!« Sie beobachtete ihn sorgenvoll und sah misstrauisch zu, wie er sich mehr oder weniger geschickt kleine Fleischstückchen mit den Stäbchen in den Mund schob.

Erleichtert sah sie, dass er nicht, wie befürchtet, tot umfiel. Stattdessen pickte er weiter mit großem Appetit in den zahlreichen Schüsselchen und Tellern herum. Er war halt einfach verfressen, dachte sie und schüttelte den Kopf.

»Wenn du nicht verhungern willst, solltest du dich beeilen, bevor ich alles aufgegessen habe«, nuschelte er mit vollem Mund und schenkte sich sorgfältig eine Schale Tee ein.

»Wie immer, ganz der besorgte große Gönner«, entgegnete sie ironisch und besah misstrauisch den Inhalt der kleinen Schüsselchen.

Na ja, sieht ja ganz gut aus und riecht auch nicht schlecht, dachte Sina. Vorsichtig wollte sie mit den Stäbchen ein Fleischstückchen herausfischen, doch es fiel ihr immer wieder herunter. Jonas beobachtete sie mit schadenfrohem Grinsen. Er entdeckte einen kurzen, breiten Porzellanlöffel neben einem flachen Teller.

»Schade, ich habe mir eigentlich immer eine intelligente und geschickte Cousine gewünscht. Aber man muss im Leben manchmal Abstriche machen«, sagte er mit einem gespielten Seufzer und reichte ihr den Löffel.

»Blöder Affe«, zischte Sina. Trotzdem nahm sie ihn und begann, von den Gerichten zu kosten. Durchaus genießbar, dachte sie, und griff nun ordentlich zu.

Was hatte der Alte, wenn es denn Karatabar sein sollte, mit ihnen vor?, fragten sich die beiden, während sie sich über das Essen hermachten. Da stimmte doch etwas nicht.

Als sie sich nach der Mahlzeit den Mund abwischte, fiel Sinas Blick auf eine kleine flache Stofftasche. Sie hing zusammen mit den Kleidern über dem Stuhl. Der grüngoldene Stoff glänzte wie Seide. Sie erhob sich und nahm die Tasche in die Hand. Ist die aber hübsch, dachte sie und beschaute das Fundstück von allen Seiten.

»Sieh mal, was ich hier gefunden habe!«

»Eine Tasche für kleine Mädchen, wie niedlich«, feixte Jonas. »Das ist etwas für dich, aber nichts für Männer.«

»Wo sind denn hier Männer? Ich sehe nur einen blassen schlaksigen Jungen«, konterte Sina schlagfertig und drehte sich suchend im Zimmer um. Dann aber begann sie die Tasche näher zu untersuchen. Eine kleine Klappe, die mit einem Knopf verschlossen war, ließ sich öffnen. Erstaunt entdeckte sie darin die grüngoldene Karte, die sie in dem hölzernen Kästchen gefunden hatten, bevor Natan aufgetaucht war.

»Das gibt's doch nicht!«, rief sie und schaute sich nach Jonas um, der jetzt an einer Laterne herumfingerte, die nur noch flackerte und zu verlöschen drohte.

»Was gibt's nicht?«

»Na, hier, sieh mal, unsere Karte, sie steckte in dieser Stofftasche!«

»Merkwürdig. Lass mal sehen«, erwiderte Jonas, neugierig geworden.

Wieder klappten sie die einzelnen Seiten auf. Jedes Mal erschienen in dem inneren weißen Kreis die zwei grünen Eidechsen. Dann waren sie weg und es gab, wie beim ersten Mal, nur leere weiße Kreise in der Mitte.

»Das haben wir gleich«, meinte Sina selbstsicher und holte den Korken aus ihrer Rocktasche.

Sie drückte ihn auf den leeren Kreis – doch nichts geschah. Verwundert und enttäuscht schauten beide auf die Karte. Resigniert drehten sie die Karte nach allen Seiten, als sie sich langsam grau zu färben begann. Statt der grüngoldenen Muster zeigten sich nun graue und schwarze Ornamente. In dem leeren Kreis war jetzt eine hässliche Fledermaus mit scheußlichen Krallen, roten Augen und weit aufgerissenem Maul mit spitzen, langen Zähnen zu erkennen.

»Abartig«, entfuhr es Sina.

Sie klappten die Karte weiter um. Immer war dieses kleine Scheusal in der Mitte des weißen Kreises. Dann aber war auch dieses verschwunden und nur der leere weiße Kreis war zu sehen. Wie sie es drehten und wendeten, es änderte sich nichts. Noch einmal versuchte Sina den Korken auf die Mitte zu drücken, aber nichts geschah. Nur der leere runde Fleck war zu sehen. Unschlüssig wollten sie die Karte gerade beiseitelegen, als Jonas eine Idee hatte. Er kramte in seiner Hosentasche und brachte die graue Scheibe zum Vorschein. Vorsichtig drückte er sie auf den leeren Kreis in der Mitte. Sie erwarteten dieses Mal nichts, doch dann geschah etwas. Wie durch ein Wunder erschienen fremdartige Zeichen.

»Das haben wir gleich«, meinte Sina voller Hoffnung, nahm ihr Amulett und holte Dragards Schwanzende hervor. Sie strich über die merkwürdigen Strichformationen und augenblicklich erschien die Botschaft:

WOHIN DU AUCH GEHST,

AUF SCHRITT UND TRITT,

DIE UNERGÜNDLICHEN AUGEN,

SIE FOLGEN DIR MIT.

»Was soll das nun wieder heißen?«, fragte Sina etwas verwirrt.

»Ist mir auch egal. Immer dieses doofe Rätselraten. Ich bin müde und möchte mich schlafen legen«, erwiderte Jonas genervt. »Wir werden morgen früh Orchideenblüte fragen. Wenn sie denn erscheinen sollte. Vielleicht kann und will sie uns ja helfen. Alle blöden Karatabars können mir jetzt gestohlen bleiben«, murmelte er vor sich hin. Trotzdem konnte er nicht verhindern, dass ihm der Spruch nicht aus dem Kopf ging, und er ihn in Gedanken immerfort wiederholte.

Sina schob die Karte wieder in die Stofftasche und legte sie auf die Kleider. Dann kletterte sie mit einem Gähnen auf das merkwürdige Bett, den Kang, wie die Dienerin es genannt hatte. Die Laternen hatten sie bis auf eine gelöscht. Der Lichtschein gab ihnen eine beruhigende Sicherheit. Sie lagen auf den Decken, durch die sich eine wohlige Wärme unter ihnen ausbreitete.

»Hast du die kleine gewebte Eidechse am Saum des Unterkleides von Orchideenblüte gesehen?«, fragte Sina schläfrig.

»Nö, habe ich nicht«, murmelte Jonas kaum hörbar und war schon eingeschlafen.

Sina musste noch an den Alten denken, der ihr Amulett nicht aus den Augen hatte lassen können. Sie strich darüber und legte sich dann instinkiv auf den Bauch zum Schlafen. Sie war zu müde, sich weiter den Kopf darüber zu zerbrechen und fiel in einen tiefen Schlaf.

Sie wussten nicht, wie lange sie geschlafen hatten, als Sina von einem Geräusch geweckt wurde. Erschrocken fuhr sie hoch, als sie einen Schatten direkt vor ihrer Bettstelle wahrnahm. Sie wollte schreien, aber eine Hand legte sich auf ihren Mund und sie konnte nur wild um sich schlagen. Von den Geräuschen geweckt, öffnete nun auch Jonas seine Augen. Er stellte mit Entsetzen fest, dass jemand vor ihnen stand. Gelähmt vor Angst war er unfähig, ein Wort herauszubringen. Sein Herz klopfte wie wild. Im selben Moment hörten sie die leise, beschwichtigende Stimme einer Frau, die ihnen bekannt vorkam und die sie schon einmal gehört hatten. Orchideenblüte, schoss es Jonas durch den Kopf und im selben Moment legte sich eine Hand beruhigend auf seinen Arm.

»Habt keine Angst, ich bin gekommen, um euch zu helfen«, flüsterte sie und nahm die andere Hand von Sinas Mund.

»Karatabar und alle seine Leute schlafen. Ich muss mich beeilen, bevor er wach wird. Ihr seid in Gefahr und müsst schnellstens verschwinden. Ich bin Natans Tante. Mich hat der Zauberer in diese hässliche Frau verwandelt. Er hat seinen Spaß daran, mich zu demütigen und zu erniedrigen. Zieht euch schnell an, los, los!« Doch zuerst nahm sie die kleine Stofftasche, die oben auf den Kleidern lag.

»Ich habe euch die Stofftasche mit der Karte gestern auf die Kleider gelegt. Ihr braucht sie unbedingt. Wie ich in Erfahrung bringen konnte, habt ihr sie bereits entziffert«, sprach sie und reichte ihnen die bunte Tasche. »Einer von euch beiden sollte sie sich mit diesen beiden Bändern um den Bauch binden und unter der Jacke verstecken«, erklärte sie hastig.

»Ich trage das Amulett, Jonas, nimm du sie!«, schlug Sina vor.

Dann reichte Orchideenblüte ihnen die gewöhnungsbedürftigen Kleidungsstücke. Immerhin waren sie warm und sie mussten nicht mehr frieren.

Während sich die Kinder ankleideten, erzählte sie ihnen im Flüsterton, dass sie den kleinen schwarzen Schrank öffnen sollten. Darin befände sich ein Geheimgang und dieser führe direkt zu einem wichtigen Tempel.

»Was hat der Spruch von der Karte damit zu tun?«, fragte Sina flüsternd.

»Das werdet ihr noch früh genug herausfinden. Wichtig ist, dass ihr die kleine, goldene Dose findet, die uns alle erlösen wird.«

»Und woher wissen wir, dass Sie uns nicht in eine Falle locken?«, fragte Sina misstrauisch.

»Erinnere dich. Ich habe dir gestern das Zeichen offenbart. Hier könnt ihr es sehen.« Schnell hob sie ein wenig ihr Gewand, sodass die beiden die grüne gewebte Eidechse sehen konnten.

»Es ist unser Erkennungszeichen, das uns auch Karatabar nicht nehmen kann. Seine Leute erkennt ihr an den Fledermäusen. Aber das wisst ihr ja bereits.«

Dann griff sie in eine ihrer aufgesetzten Taschen. Mit einer blitzschnellen Handbewegung befestigte sie am Gürtelende eines jeden eine winzige grüne Eidechse aus Seide.

»Die bringt euch zusätzlichen Schutz und wird euch helfen«, sagte sie eilig.

Sina fuhr der Gewohnheit folgend mit einer Hand in die Tasche ihrer Jacke. Und da fühlte sie den Korken, der ihnen bisher so gute Dienste geleistet hatte. Er war also auch mit dem erneuten Wechsel der Garderobe nicht abhanden gekommen. Wahrscheinlich war auch hier Karatabars Macht Grenzen gesetzt. Erleichtert schloss sie ihre Finger darum.

»Außerdem stehe ich, seitdem Ihr Dragard erlöst habt, mit ihm in Verbindung. Ihr seht, ich weiß genau Bescheid und warte, wie Natan und die ganze Familie, auf unsere Erlösung. Alle unsere Hoffnungen erfüllen sich durch euch«, versicherte Orchideenblüte eindringlich.

»Wenn Ihr nicht mehr weiter wisst, denkt an das Medaillon von Dragard«, hörten Sina und Jonas sie noch sagen und schon war sie verschwunden.

Unschlüssig gingen die Kinder auf das schwarze Möbel zu, das an einer Wand des Raumes stand.

»Das muss es sein.« Jonas nickte Sina zu und zog sie mit sich. Vor ihnen stand ein schwarz lackiertes Schränkchen mit kostbaren Perlmuttintarsien. Am Abend hatten sie dem Möbelstück keine Beachtung geschenkt. Vergebens versuchten sie, die Türen zu öffnen. Sie zogen an den kleinen Ringen, die an silbernen Scharnieren hingen. Doch sie wollten sich nicht öffnen lassen.

Jonas begann schon nervös zu werden, als Sina an ihre Halskette griff und aus dem Amulett Dragards Metallschwanz hervorholte. Schnell nahm sie ihn und strich damit über die Ringe. Sofort ließ sich der Schrank mühelos öffnen. Sie bückten sich, um hineinzusehen. Es war zum Glück nicht so dunkel, wie sie befürchtet hatten. Im diffusen Licht konnten sie eine gewundene Treppe erkennen, die abwärts führte.

»Ich habe Angst«, flüsterte Sina, und Jonas ging es nicht viel besser. »Egal. Aber wir müssen von hier weg, das ist unsere einzige Chance«, flüsterte er zurück.

»Vorausgesetzt, dass alles stimmt, was uns Orchideenblüte gesagt hat«, fügte er kleinlaut hinzu, ehe er sich in den Schrank zwängte. Die kleine Laterne, die neben ihrem Bett gehangen hatte, hielt er dabei etwas ungelenk in der Hand.

Auch Sina blieb nichts anderes übrig. Sie hatte Dragards Schwanzende wieder in das Amulett gelegt. Dann duckte sie sich und kroch Jonas hinterher.

Als sie durch den Schrank gestiegen waren, stellten sie überrascht fest, dass man stehen konnte, ohne mit dem Kopf an die Decke zu stoßen. Sie befanden sich in einem winzigen, gemauerten Raum, von dem eine Treppe in die Tiefe führte. Kaum bewegten sie sich auf diese zu, schlossen sich die Schranktüren lautlos hinter ihnen. Den beiden blieb fast das Herz vor Schreck stehen.

»Wir sind gefangen«, hauchte Sina.

»Vielleicht ist es gut so. Wenn die Türen geschlossen sind, wird man unsere Flucht nicht sofort bemerken. So können wir einen Vorsprung herausschlagen«, meinte Jonas zuversichtlich und zog sie mit sich.

»Hoffentlich«, seufzte Sina wenig überzeugt und löste sich aus ihrer Erstarrung.

Sich mit den Händen seitlich am kalten Mauerwerk abstützend, gingen sie vorsichtig die Treppe hinunter. Im fahlen Licht der Laterne mussten sie doppelt achtgeben, denn die Stufen waren ziemlich hoch. Nach einer letzten Windung der Treppe eröffnete sich vor ihnen ein langer Gang.

»Geh bitte vor mir, das ist mir lieber. Ich leuchte dir den Weg«, schlug Jonas vor.

Viel konnte Sina in dem matten Schein der Laterne nicht erkennen. Nur so viel, dass Jonas jetzt eine graue Hose trug, mit einer langen, dicken Jacke darüber. Sie schien blau gemustert zu sein. Sie erinnerte sich beim Anziehen, dass ihre Jacken jeweils von einem roten Gürtel in der Taille zusammengehalten wurden, an dessen Enden Orchideenblüte ja jedem von ihnen eine kleine Eidechse befestigt hatte. Eilig sah sie an sich herunter und stellte fest, dass sie ganz ähnlich bekleidet war wie er. Zu einer dunklen Hose hatte sie eine lange, gesteppte Seidenjacke an, die im flackernden Licht blassgelb schimmerte. Ihre Füße steckten in dicken Strümpfen und halbhohen Schnürstiefeln. Die Haare hatten sie hastig unter eine feste, graue Kappe gesteckt.

Der Gang wurde jetzt enger und so uneben, dass sie aufpassen mussten, nicht zu stolpern. Jonas hatte das Gefühl, dass der matte Lichtschein nach und nach schwächer wurde. Er schaute nervös auf seine Laterne, als Sina vor ihm jäh aufschrie. Vollkommen unerwartet fing sie wie wild an, mit einem Arm herumzufuchteln, als wenn sie nach etwas schlagen wollte. Sie sprang und drehte sich um ihre eigene Achse und versuchte schreiend, vor irgendetwas davonzulaufen und es abzuwehren.

»Was ist los?«, rief Jonas erschrocken und hob die Laterne ein wenig höher. Für einige Augenblicke konnte er sehen, dass es eine Fledermaus war, die mit einer ungeheuren Schnelligkeit immer wieder auf Sina zuflog und sie angriff. Dann sah er mit Entsetzen, wie ein ganzer Schwarm von Fledermäusen zischend um Sinas Kopf herumschwirrte. Er wollte ihr nacheilen, um ihr zu helfen. Aber in panischer Angst rannte sie immer schneller den Gang entlang, um ihren fliegenden Peinigern zu entkommen. Und ohne, dass er es sich erklären konnte, war sie in der Dunkelheit verschwunden. Er hörte noch ihre verzweifelten Schreie, die langsam in der Ferne verhallten. Doch so geschwind er ihr auch mit der Laterne hinterher hastete, sie schien wie vom Erdboden verschluckt.

Irrwege

Kopflos lief er immer weiter. Wieder und wieder rief er ihren Namen, ohne eine Antwort zu erhalten. Mit Schrecken stellte er fest, dass sich der Gang nun in mehrere Richtungen aufteilte. Jetzt wusste er nicht mehr, wo er sie suchen sollte. Verzweifelt und erschöpft lehnte er sich an die kalten Mauersteine. Laut rief er immer noch Sinas Namen, der wie ein langanhaltendes Echo aus allen Gängen widerhallte. Es hörte sich schaurig an, bis der letzte, immer leiser werdende Ton verklungen war. Dann legte sich abermals die unheimliche Stille des geisterhaften, dunklen Gemäuers um ihn. Gedankenverloren strich er mit der Hand über seinen Gürtel und fühlte die aufgesteckte Eidechse. Eine seltsame Ruhe überkam ihn. Erleichtert stellte er fest, dass der Docht seiner Laterne noch lang genug und auch das Ölgefäß noch fast bis zum Rand gefüllt war.

Wie von einer geheimnisvollen Kraft getrieben, löste er sich aus seiner Erstarrung und Ohnmacht. Irgendeinen Weg musste er jetzt einschlagen. Ohne lange nachzudenken, leuchtete er mit der Laterne in den rechten dunklen Gang hinein. Er beschloss, diesen Weg zu nehmen. Auch noch im Laufen rief er unaufhörlich Sinas Namen. Seltsamerweise blieb das nun ohne Echo. Er meinte, hinter sich ein zischendes Geräusch zu hören und drehte sich hastig um. Dann spürte er einen kalten Luftzug, konnte aber nichts entdecken. Wieder wurde es geradezu unheimlich still. Als er weiter vorwärts gehen wollte, stolperte er beinahe über einen großen Felsbrocken, der den Weg versperrte. Mühsam kletterte er darüber. Kaum hatte er das Hindernis überwunden, lagen nun überall kleine und große spitze Steine herum. Sie bohrten sich schmerzhaft durch die Sohlen. Er musste höllisch aufpassen, wohin er trat. Immer noch rief er Sinas Namen, ohne jedoch in dieser erdrückenden Stille eine Antwort zu erhalten.

Der Weg wurde enger. Bald stand er vor einem schmalen Spalt, durch den er nicht mehr hindurch kam. Er leuchtete hinein und sah enttäuscht, dass der Gang hier endete. Er zwängte sich wieder zurück. Doch auf einmal kam ihm der Weg wesentlich breiter vor. Als er noch weiter zurückging, stellte er verwundert fest, dass die spitzen, gefährlichen Steine alle verschwunden waren. Auch den riesigen Felsblock, über den er geklettert war, gab es nicht mehr. Seltsam. Er erreichte wieder die Kreuzung mit den vielen Abzweigen.

Dann versuche ich eben, weiter geradeaus zu gehen, beschloss er hoffnungsvoll. Wieder und wieder rief er Sinas Namen. Einsam und verloren lief er durch die unheilvolle Dunkelheit. Sie wurde nur vom spärlichen Schein seiner schaukelnden Laterne unterbrochen. Gespenstische Schattenbilder tanzten bei jedem Schritt an den schwarzen Steinmauern links und rechts neben und hinter ihm. Wie Verfolger bewegten sich diese Geister- und Spukerscheinungen, ihm immer dicht auf den Fersen. Ab und zu hielt er an, um nach einer Antwort von Sina zu lauschen. Aber vergebens. Enttäuscht eilte er weiter, nur seine Schritte hallten auf dem unebenen Steinfußboden wider.

Plötzlich horchte er auf. Er vernahm aus weiter Ferne das Rauschen von Wasser. Je weiter er ging, desto deutlicher wurde es. Der Gang nahm kein Ende. Er lief und lief, konnte aber nichts entdecken. Die Luft wurde feuchter und das donnernde Tosen von Wassermassen ließ sich immer lauter vernehmen. Aus den Mauerwänden trat Feuchtigkeit aus, die im Laternenschein glitzerte. Er hatte Mühe, nicht auszurutschen, denn der Fußboden wurde nass und glitschig.

Als der schmale Gang eine scharfe Biegung machte, sah er endlich, woher der Lärm kam. Er hob die Laterne, um besser sehen zu können. Durch einen feuchten Nebelschleier konnte er unscharf erkennen, dass der Gang zu Ende war. Er stand in einer Felsenhöhle. Vor ihm schossen von allen Seiten riesige Wassermassen aus verschiedenen Löchern hervor. Sie stürzten in einen tiefen Schacht, der von der Dunkelheit fast verschluckt wurde. Nur das Wasser aus den Wänden, das mit einem donnernden Getöse über die Felsvorsprünge aufschlug, um dann mit einem ohrenbetäubenden Lärm in einen Abgrund hinabzustürzen, reflektierte den Schein der Laterne. Unendlich weit unten hörte man schaurig das Aufklatschen der Wassermassen in der unheimlichen schwarzen Tiefe.

Neugierig geworden, wollte er vorsichtig noch einen Schritt vorwärts gehen. Erschrocken hielt er an, als etwas im hohen Bogen genau vor seine Füße sprang. Erleichtert sah er, dass es eine dicke, fette Kröte war. Er hielt die Laterne ein wenig tiefer, um sie zu betrachten. Mit Entsetzen stellte er fest, dass sie nur wenige Zentimeter vor dem Abgrund saß. Hätte er sich tatsächlich noch einen Schritt weiter nach vorn begeben, wäre er in die Schlucht gestürzt. Die Kröte hatte ihm das Leben gerettet! Eine panische Angst überfiel ihn. Ohne noch einen Blick auf das Tier zu werfen, drehte er hastig um. Er war so erschrocken, dass er in grenzenloser Furcht und mit klopfendem Herzen den langen Gang so schnell er konnte wieder zurückrannte. Das Rauschen der Wassermassen klang immer entfernter. Ganz allmählich beruhigte er sich und blieb keuchend stehen.

Hätten sie sich beide doch nie auf dieses blöde Abenteuer eingelassen!, dachte er. Er verfluchte die verdammte Flaschenpost und wünschte sich nichts sehnlicher, als mit Sina wieder zu Hause zu sein.

Ach ja, Sina! Vor lauter Schreck hatte er gar nicht mehr an sie gedacht. Ob sie auch so Fürchterliches erleben musste oder gar in akuter Gefahr war? Eine grässliche Ahnung überfiel ihn, und verzweifelt rief er wieder ihren Namen. Aber es erreichte ihn keine Antwort. Erschöpft und deprimiert war er wieder am Kreuzungspunkt angelangt.

Er lehnte sich gegen die kalte Steinwand und dachte noch einmal über alles nach, was er gerade erlebt hatte. Sein Kopf wurde auf einmal klarer und er konnte besser denken. Es konnte kein Zufall gewesen sein, dass die Kröte genau vor seine Füße gesprungen war. Das hatte Dragard sich ausgedacht, um ihn zu beschützen. Er hatte ihn nicht rufen können, weil Karatabar seine Gedanken mit dem Zauber gelähmt hatte. Aber er war dagewesen, um ihn zu retten. Hatte er nicht immer wieder versichert, dass sie unter seinem Schutz standen? Dann bestand ja noch Hoffnung, dass er Sina unverletzt wiederfinden würde.

Kraft und Zuversicht schöpfend beschloss er, einen weiteren Abzweig zu erforschen. Wieder rief er Sinas Namen laut und hörte dabei seine eigenen Schritte, die unheilvoll in der Stille widerhallten. Auch diesmal vernahm er hinter sich ein Wispern und Flüstern. Wenn er sich umsah, konnte er jedoch nichts und niemanden entdecken. Dann waren die geheimnisvollen Geräusche verschwunden. Er spürte nur die beängstigende Einsamkeit und die Düsternis des Ganges.

Vorsichtig hob er seine Laterne, um in die Dunkelheit hineinzuleuchten. Wieder bildeten sich durch den Lichtschein an den schwarzen Steinwänden gespensterhafte Schatten, die zu wachsen schienen. Zögernd ging er weiter.

Und dann versperrte ihm – wie aus dem Nichts aufgetaucht – ein riesiger steinerner Höllenhund mit weit aufgesperrtem Rachen den Weg. Er bleckte die Zähne so schrecklich, als wolle er ihn leibhaftig verschlingen. Bei genauem Hinsehen wand sich ein ekelhaft großer, glänzender Wurm aus seinem Maul. Gelähmt schaute er auf dieses sich windende Scheusal. Dann begann es, sich auf ihn zuzubewegen. Jonas machte auf der Stelle kehrt und rannte erneut um sein Leben. Die Angst, dass dieser Lindwurm von Karabatar geschickt worden war und es auf ihn abgesehen hatte, saß ihm in den Knochen.

Keuchend und schwer atmend war er endlich wieder am Kreuzungspunkt angekommen. Vor Erschöpfung ließ er sich in die Hocke fallen. Er sah sich nach allen Seiten um, doch zu seiner großen Erleichterung war von dem widerlichen Vieh nichts mehr zu sehen. Was würde noch alles passieren, bevor sie hier wieder herauskamen? Niedergeschlagen hielt er die Laterne in die Höhe.

»Den rechten Weg bin ich zuerst gegangen. Dann den in der Mitte mit dem Abgrund. Nun diesen mit dem Hund und dem scheußlichen Wurm«, sagte er halblaut vor sich hin und beschloss, in den Gang ganz links einzubiegen.

Er überzeugte sich noch einmal, dass es wirklich der Weg war, den er noch nicht kannte. Sollte das etwa die Lösung sein? Die Mauern waren dunkel und abweisend, wie in den anderen Gängen zuvor. Mit einem feinen Unterschied: Ab und zu gab es hier kleine ausgeschlagene Nischen, in denen winzige Buddhas und andere Steinfiguren standen.

Vorsichtig ging Jonas den Gang Stück für Stück weiter. Immer darauf gefasst, dass irgendein Hindernis sich ihm in den Weg stellen würde. Aber nichts dergleichen geschah. Nur wenn er Sinas Namen rief, wurde die geisterhafte Stille unterbrochen. Er bekam einfach keine Antwort. Bald erreichte er eine Wegbiegung. Die gemauerten Wände hörten auf und mündeten in einen aus Stein und Felsen gehauenen breiten Gang. Er wirkte nicht mehr so düster, denn der Stein war hell und von unregelmäßigen bräunlichen und gelben Maserungen durchzogen. Hier und da hingen von der hohen Decke kurze und lange zu Stein gewordene Stalaktiten herab. Sie ähnelten spitzen Eiszapfen. Jonas schielte sorgenvoll zur Decke. Nicht, dass ihm einer auf den Kopf fiel.

Er wurde von einem Geräusch aufgeschreckt. Mit einem Ruck blieb er stehen. Seltsamerweise war jetzt kein Ton mehr zu hören. Doch er war überzeugt, etwas vernommen zu haben. Es war nicht das mysteriöse Wispern und Rascheln, das ab und zu die bedrückende Stille und Einsamkeit unterbrach. Aber wahrscheinlich spielten ihm seine angespannten Nerven einfach nur einen Streich.

Er hielt inne. Doch da hörte er es wieder. Nun war er sich sicher, und je weiter er schritt, desto deutlicher konnte er es ausmachen. Es klang wie ein Wimmern. Er begann zu rennen. Der Weg machte eine neuerliche Biegung. Danach wurde er immer breiter und unversehens stand er in einem riesigen Raum, einer Felsenhöhle. Er versuchte sie mit seiner hochgehaltenen Laterne auszuleuchten. Überall hingen die steinernen Zapfen zu Hunderten von der Decke herab. Lange, dicke, dünne und kurze, dazu haufenweise zersprungene Zapfen, die bereits abgebrochen auf dem Boden herumlagen.

Vorsichtig stieg er über diesen Haufen von Stalaktiten. Doch nun wurden die Zapfen länger, je tiefer er in die Höhle vordrang, sie berührten teilweise schon den Boden und hingen immer dichter. Wie ein steinerner Wald standen sie vor ihm, versperrten ihm den Weg und die Sicht. Er musste die schmalen freien Stellen suchen, um sich hindurchzuzwängen.

Plötzlich hörte er ein leichtes Stöhnen. Jetzt vernahm er zudem seinen Namen, unverkennbar. Es war die verzweifelte Stimme von Sina. Er wollte sofort losrennen, doch die Stalaktiten hinderten ihn daran. Sie standen so dicht, dass an ein Durchkommen gar nicht mehr zu denken war. Wie eine undurchdringliche Wand versperrten sie ihm den Weg. Hilflos stand er da. Er hob die Laterne, um besser durch die Ritzen sehen zu können. Dabei hatte sich sein Gürtelende in der Laterne verfangen. Er nahm es in die Hand und sein Blick fiel wie zufällig auf die aufgesteckte Eidechse von Orchideenblüte. Ein Gedanke schoss ihm durch den Kopf. Natürlich, das war die Rettung. Als er die Steinzapfen mit der Eidechse berührte, teilten sie sich wie ein Vorhang, sodass er ganz mühelos vorankam.

Und dann entdeckte er sie. Vor einer Felswand, am Ende der Höhle, lag Sina in einer Nische. Bis zu den Armen und Beinen mit Steinbrocken zugedeckt! Und über ihr an der Felswand zeichneten sich, einer Höhlenmalerei gleich, die Konturen einer Fledermaus ab. Er rannte zu ihr.

Sina brach in lautes Schluchzen aus. Als er die Laterne in die Höhe hob, um sie besser betrachten zu können, sah er, dass auf ihrer Hand, die das Amulett umklammert hielt, ein dicker Stein lag. Bei dem Anblick seiner unter Felsbrocken begrabenen Cousine kamen ihm die Tränen, und er konnte zunächst keinen klaren Gedanken fassen.

Zum Glück fiel ihm die Eidechse wieder ein. Schnell strich er mit ihr über die Steine. Und wie von Zauberhand fielen sie von Sina ab. Er zog sie vorsichtig hoch und Sina fiel ihm um den Hals.

»Danke, Jonas. Ich muss geschlafen haben. Als ich dann durch dein Rufen aufwachte, merkte ich mit Schrecken, dass ich eingeklemmt und bewegungsunfähig am Boden lag. Ich hatte keine Schmerzen, mein Körper war vollkommen taub. Als ich dir antworten wollte, wurde mir bewusst, dass ich auch keine Stimme mehr hatte. Ich war auch noch stumm. Doch als dein Rufen immer näher kam, war wie durch ein Wunder die Lähmung im Mund verschwunden.«

»Hast du dich verletzt, tut dir etwas weh?«, erkundigte sich Jonas besorgt. Sina verneinte.

»Gut, dass deine Hand immer noch auf dem Amulett lag. Karatabar hätte es dir sonst entwenden können«, sinnierte Jonas.

»Aber sag mal, wie ist das denn alles passiert?«, wollte er nun wissen.

»Was nach dem Angriff der Fledermäuse geschah, das weiß ich selbst nicht. Es muss das Zauberwerk Karatabars sein«, mutmaßte Sina.

»Arme Sina! Auch ich habe merkwürdige und scheußliche Dinge erlebt, die ich dir später erzählen werde. Aber erst einmal müssen wir hier schleunigst verschwinden. Meinst du, dass du laufen kannst?«, fragte er sie.

»Ich denke schon. Es ist, als wenn nichts gewesen wäre«, antwortete sie und machte unsicher ein paar Schritte.

Jonas griff behutsam nach ihrer Hand, um mit ihr zurück durch den Steinwald zu gehen. Doch als er sich umdrehte, stellte er erstaunt fest, dass alle Stalaktiten verschwunden waren.

Die große Entdeckung

Sie befanden sich aber immer noch in der großen Steinhöhle. Doch gab es keine Stalaktiten und kein umherliegendes Geröll mehr, nur nackten Lehmboden. So sehr sie auch suchten, sie konnten keinen Gang und keine Öffnung entdecken. Auch von dem Weg, den Jonas gekommen sein musste, war nichts mehr zu erkennen.

»Wie sollen wir hier jemals wieder herauskommen?«, jammerte Sina.

»Wir werden die Wände absuchen und abtasten«, versuchte Jonas sie beide zu beruhigen.

Mit Erstaunen blieben sie bald vor einem riesengroßen Steinblock stehen. Er sah von weitem aus, als sei er mit der Felswand verbunden. Sie erkundeten ihn genauer und entdeckten eine schmale Öffnung in der Wand dahinter, gerade so breit, dass sich Jonas mit seiner Laterne hindurchzwängen konnte. Sina blieb stehen und verfolgte besorgt, wie er in der niedrigen Felsritze verschwand.

»Komm mit. Ich glaube, ich hab' etwas gefunden, hier scheint ein Gang zu sein«, rief Jonas. Im Schein der Laterne tastete er sich geduckt voran. Sina blieb dicht hinter ihm. Kaum hatte er ein paar Schritte getan, als ihm ein Schwarm Fledermäuse entgegen geflogen kam und sich wie ein schwarzer Schleier über das Licht legen wollte. Geistesgegenwärtig schlug er mit dem Gürtelende auf sie ein. Dank der aufgestickten Eidechse war der Spuk augenblicklich beendet. Erleichtert schaute er auf die noch brennende Laterne.

»Ohne das Licht wären wir verloren gewesen, und genau das hatte das alte Zauberekel beabsichtigt«, schimpfte Jonas.

»Es ist aber wahrscheinlich auch ein Zeichen dafür, dass wir den richtigen Weg gefunden haben«, entgegnete Sina, die nun wieder Mut gefasst hatte. Mit einer Hand umklammerte sie fest das Amulett.

Je weiter sie in den Gang vordrangen, desto breiter und höher wurde er. Anfangs hatten sie noch die Köpfe einziehen müssen. Nun konnten sie bereits aufrecht gehen. Der Fußboden hier war moosbewachsen, und sie mussten vorsichtig einen Fuß vor den anderen setzen, um nicht auszurutschen.

Der Weg machte jetzt eine Biegung. Als Jonas die Laterne hochhielt, um ihn besser ausleuchten zu können, zuckten beide unwillkürlich zusammen. Eine riesige Gestalt versperrte den Durchgang. In jeder Hand hatte sie eine Keule. Mit weit hervorquellenden Augen, einem aufgerissenen Mund und furchterregendem Grinsen starrte das Ungeheuer auf die beiden herab. Sie wollten bereits die Flucht ergreifen, als sie erkannten, dass es sich nur um eine überdimensionale Wächterfigur aus Stein handelte.

»Wir sind auf dem richtigen Weg«, ergriff Jonas das Wort, als sie sich von ihrem Schreck erholt hatten.

Sie gingen nun misstrauisch auf die grässliche Statue zu. Und tatsächlich, beim Näherkommen stellten sie fest, dass man um sie herumgehen konnte und dass der Gang hinter dem steinernen Wächter weiterführte.

Auf beiden Seiten der Felsenwände waren überall riesige furcht-erregende Figuren in den Stein gehauen. Sie sahen wie tanzende

Dämonen aus. Mit verzerrten Fratzen glotzten sie auf Sina und Jonas herab.

»Man kann sich an den Anblick fast gewöhnen«, versuchte es Jonas mit Galgenhumor.

Im Schein der Laterne konnten sie erkennen, dass die Wände vom Boden bis zur Decke mit kleinen Nischen übersät waren. Darin saßen Hunderte von buntbemalten, kaum handgroßen Buddhas aus Stein. Erleichtert stellten sie fest, dass es heller wurde. Ein unbekannter, süßlicher Geruch stieg ihnen in die Nase. Dann sahen die das Licht. Jäh endete der Gang und unvermittelt standen sie in einer riesigen Tempelhalle, die von Tageslicht erhellt wurde. Neugierig blieben sie stehen. Ihr Blick fiel auf eine fast zehn Meter hohe, sitzende, bunt bemalte Buddhastatue aus Stein. Unter halb verschlossenen Augenlidern starrte sie mit unergründlicher Miene auf sie herab. Beim Anblick dieses riesigen, steinernen Kolosses kamen sie sich winzig klein und verloren vor. Unwillkürlich griff Sina nach Jonas' Hand. Durch einen Säulengang, der ins Freie führte, drang Licht in den großen Raum.

Der mächtige Buddha saß mit gekreuzten Beinen auf einem Mauersockel inmitten eines Kranzes aus hölzernen Lotosblüten. Eine Hand ruhte auf seinem Knie, die andere hielt er wie mahnend erhoben vor seinen Körper. Sein rot bemaltes, prächtiges Gewand fiel ihm in Falten über Schultern und Knie. Sein Mund schien entrückt und geheimnisvoll zu lächeln.

Auf dem Mauersims stand ein großer messingfarbener Kessel auf drei Beinen. In ihm steckten die Räucherstäbchen, die den durchdringenden süßlichen Duft erzeugten. Vor dem Buddha lagen zahlreiche Lotosblumen und Knospen auf der Mauer. Schalen mit Reis und andere Opfergaben hatten Gläubige gespendet und dort abgelegt. Jonas schritt vor dem Altar hin und her.

Plötzlich blieb er stehen:

»Schau mal, Sina. Wenn ich nach rechts laufe, verfolgt mich der Blick des Buddhas. Und in die andere Richtung ebenso.«

Sina tat es Jonas gleich und tatsächlich, der Blick verfolgte auch sie bei jeder Bewegung. Ihr wurde mulmig zumute.

»Wohin du auch gehst, / auf Schritt und Tritt, / die unergründlichen Augen, / sie folgen dir mit«, murmelte Jonas. »Sagt dir das nicht was?« Er sah Sina fragend an.

»Der Spruch vom gestrigen Abend. Na klar, die Augen des Buddhas waren gemeint. Aber wie sollen wir das verstehen? Und wie geht es nun weiter?«, fragte Sina.

Unschlüssig blieben sie vor dem Buddha stehen. Dann stieg Jonas die Stufen, welche in den Sockel gehauen waren, hinauf und beugte sich über die Mauerbrüstung. Er meinte, eine Bewegung an einem der hölzernen Lotosblütenblätter wahrgenommen zu haben. Es war aber nur ein grüngoldener Käfer, der sich in einem Spinnennetz verheddert hatte und nun frei strampeln wollte. Sina sah zu, wie Jonas den Finger ausstreckte und den Käfer vom klebrigen Faden befreite. Als dieser seine Freiheit wiedererlangt hatte, war er blitzschnell verschwunden.

»Das darf doch nicht wahr sein«, meinte Jonas.

Sina sah ihn fragend an.

»Siehst du den runden, eingeritzten Doppelkreis mit den zwei aufgemalten Eidechsen in der Mitte auf diesem Blatt?«, wandte er sich zu ihr um. Er ließ seinen Finger darüber gleiten.

»Das gibt's doch nicht«, murmelte Sina, die sich zu Jonas gesellt hatte, und strich über das Holz. Dann tastete sie das Lotosblatt mit zwei Fingern ab und spürte, dass sich etwas bewegte. Sofort verstärkte sie den Druck. Zu ihrem und Jonas' Erstaunen gab das Holz nach. Vorsichtig drückte Sina das Blatt weiter nach unten,

sodass jetzt eine handgroße, dunkle Öffnung sichtbar wurde. Noch wagten sie nicht hineinzugreifen. Unschlüssig standen sie davor. Jonas war der erste, der seine Hand vorsichtig in das Loch steckte. Erschrocken zog er sie sofort wieder zurück, denn er hatte etwas Kühles berührt.

Beide starrten nun für einige Zeit auf den Spalt, in der Sorge, dass sogleich ein scheußliches Wesen herauskriechen würde. Aber nichts dergleichen geschah. Jonas fasste sich ein Herz und griff erneut in das geheimnisvolle Dunkel. Und wieder fühlte er den kalten Gegenstand. Diesmal zog er die Hand nicht zurück, sondern versuchte, ihn vorsichtig abzutasten. Er ließ sich hin- und herschieben. Dann gelang es ihm, ihn ganz herauszuziehen. Ein wunderschönes goldenes Kästchen lag in seiner Hand. Es war mit filigranen Blumenornamenten verziert. Der bekannte doppelte Kreis war mittig platziert und in ihm prangten die beiden goldenen Eidechsen. In die Schuppen waren winzige grüne Smaragde und Diamanten eingearbeitet. Der Anblick war so wunderschön, dass die beiden kaum ihre Augen davon lassen konnten.

»Wir haben die goldene Schatulle gefunden!«, entfuhr es Sina.

Ehrfurchtsvoll drehte Jonas den Gegenstand hin und her. Gerade, als er ein zierliches kleines Schloss entdeckte, legte sich ein Schatten über die goldene Schatulle. Erschrocken drehten sie sich um und sahen entsetzt in die gelblichen Augen eines alten Mannes.

»Das könnte euch so passen«, hörten sie die bekannte hohe Stimme sagen. Schon beugte sich eine knorrige, krallenartige Hand über sie und entriss ihnen die Dose.

Gelähmt vor Entsetzen konnten sie nur noch sehen, wie die hagere Gestalt, in eine rote Mönchskutte gewandet, zwischen den Holzsäulen ins Freie verschwand.

»Karatabar«, brachte Jonas mühsam hervor.

»Los, hinterher!«, rief Sina und schon rannten sie dem flüchtenden Mönch hinterher. Geblendet vom Tageslicht hatten sie Mühe, ihn ausfindig zu machen.

Doch dann erspähten sie das rote Gewand und sahen, wie er durch ein großes Tor lief. Sie eilten ihm nach. Er lief eine Straße hinunter, die beidseitig von niedrigen, zweigeschossigen Holzhäusern gesäumt war. Im Erdgeschoss befanden sich Verkaufsläden, die Waren aller Art feilboten. Die oberen Stockwerke schienen Wohnräumen vorbehalten zu sein. Die Fenster waren mit geschnitzten Holzgittern versehen.

Auf der Straße herrschte geschäftiges Treiben von Männern und Frauen. Sie hockten in wattierten Jacken und weiten Hosen geduldig am Straßenrand. Lautstark priesen sie die Dinge an, die sie verkaufen wollten. Armselige Gestalten balancierten auf ihren Schultern Bambusstangen, an denen auf beiden Seiten Waren an Seilen hingen. Sie eilten geschickt in tänzelnden, gleichmäßigen Schritten durch die Menschenmenge, ohne dabei jemanden anzurempeln. Ein Rikscha-Kuli zog einen Karren an zwei Holzgriffen hinter sich her.

»Da ist er!«, rief Sina und zeigte auf den Karren. Doch da war der Rikscha-Mann mitsamt seinem Kunden bereits von Händlern verdeckt worden. Diese hatten ihre Körbe, Krüge und sonstigen Waren auf der Erde ausgebreitet und redeten laut gestikulierend aufeinander ein.

»Mist«, schimpfte Jonas. Er versuchte sich durch das Menschengewühl zu kämpfen. »Gib mir deine Hand, damit wir uns nicht verlieren«, schrie er Sina zu.

Die Rikscha kam wieder zum Vorschein, aber der Karren war leer.

»Das gibt's doch nicht«, stöhnte Sina und sie blieben einen Moment stehen, um zu verschnaufen.

»Dort, am Eingang steht er, mit dem alten Mann. Der mit dem langen weißen Bart!«, rief Jonas und zeigte auf den Mönch, der sich mit dem Alten zu unterhalten schien.

Die Kinder wollten losrennen, wurden aber von einer humpelnden, alten Frau aufgehalten. Sie bewegte sich mit einem Stock mühsam vorwärts. Auf Füßen, die fürchterlich klein und verkrüppelt waren. Beinahe hätten sie die Alte umgerannt. Als sie aufblickten, sahen sie, wie der Mönch sich vor dem alten Greis verbeugte und in der Menschenmenge verschwand. Ab und zu blitzte fortan das leuchtende Rot seines Gewandes auf.

Da ertönte monotones Trommeln und eine Ausruferstimme war zu vernehmen. Sofort blieben alle Menschen wie angewurzelt stehen. Ein Mann, in kostbare Kleidung gehüllt, rief der Menge etwas zu. Hinter ihm wurde eine Sänfte sichtbar, die vier Träger im Eilschritt trugen. Sobald die Leute sie sahen, fielen sie auf die Knie und warfen sich in den Straßenstaub. Einem humpelnden Alten fiel es sichtlich schwer, sich hinzuknien. Mit einem Fußtritt wurde er von dem Ausrufer bedacht, sodass er laut jammernd zu Boden ging.

Kopfschüttelnd standen die Kinder da und schauten ungläubig auf dieses komische Schauspiel. Irgendjemand riss auch sie zur Erde. Als sie sich wieder berappelt hatten, war von der Sänfte mit dem hohen Würdenträger nichts mehr zu sehen.

»So ein Mist«, wetterte Jonas, »nun ist uns der Mönch entkommen.«

»Und mit ihm unser Goldkistchen«, fluchte Sina.

Enttäuscht standen sie auf der belebten Straße. Als wenn nichts geschehen wäre, herrschte wieder die alte Geschäftigkeit und das alltägliche Treiben. Langsam gingen sie weiter. Vorbei an kleinen Garküchen, wo in Tiegeln, schwarzen Töpfen, Blechschüsseln und undefinierbaren Gefäßen wohlriechende Gerichte gebraten und gekocht wurden. Verlockende Düfte stiegen den beiden in die Nase. Ein Nudelzieher zog aus einer dicken Teigrolle in ein paar Minuten so viele dünne Nudeln, dass ihnen vor Staunen der Mund offen stehen blieb.

»Ein Königreich für alle diese Köstlichkeiten«, sagte Jonas wehmütig. Sehnsüchtig schaute er auf die leckeren Fleischspieße.

»Erst einmal müssen wir ein verlorenes Königreich von diesem furchtbaren Zauber befreien. Und außerdem, womit sollten wir hier etwas einkaufen?«, fragte sie und zog ihn weiter.

Irgendwann wussten sie nicht mehr, welchen Weg sie einschlagen sollten. Unschlüssig bogen sie in eine Seitenstraße ein. Hier gab es keine Läden mehr, stattdessen standen auf der einen Straßenseite einfache, niedrige Hütten. Es war sehr viel ruhiger geworden. Ab und zu sah man einzelne Gestalten, die armselig gekleidet waren. Manche zogen hölzerne Handkarren hinter sich her, die über und über mit Waren beladen waren. Andere gebeugte, dürre Männer schleppten auf ihren Schultern schwere Säcke.

Ein wandelnder, riesiger Reisstrohhaufen kam ihnen entgegen. Sie mussten ausweichen. Der Wagen war so hoch und breit beladen, dass der alte Mann darunter kaum zu sehen war.

»Ich könnte schwören, dass ich etwas Rotes zwischen dem Stroh gesehen habe«, rief Jonas aufgeregt. Und auch Sina zeigte jetzt auf den Alten mit der Karre. Schlagartig rannten sie wieder los. Die Jagd ging weiter.

Falsches Spiel

Sie waren Karabatar dicht auf den Fersen. Wie aus dem Nichts huschte eine Katze laut maunzend über den Weg. Jonas kam ins Straucheln und konnte sich in letzter Minute noch mit der Hand abfangen, um nicht der Länge nach hinzufallen.

»Blödes Vieh«, schimpfte er und rieb sich seine schmerzenden Hände.

Auch Sina war erschrocken stehengeblieben und froh, dass Jonas nichts passiert war. Sie sah noch, wie die Katze kläglich miauend in einer Toreinfahrt verschwand. Inzwischen zog der Alte seinen vollbeladenen Karren an ihnen vorbei. Aber sie konnten nichts Rotes mehr entdecken. Ratlos schauten sie sich um. Plötzlich hörten sie ein lautes gequältes Jammern, wie von einem verwundeten Tier.

»Ob sich die Katze verletzt hat?«, fragte Sina nachdenklich. Sie zog Jonas mit sich, um den Schmerzenslauten auf den Grund zu gehen. Sie schienen aus der Richtung des Tores zu kommen, in welchem die Katze verschwunden war. Der eine Torflügel stand offen und ihr Blick fiel auf eine baufällige Geistermauer, die ihnen die Sicht versperrte. An der Wand waren verwitterte Fliesen zu erkennen. Sie zeigten noch Bruchstücke eines grünen Drachens auf blauem Grund. Ängstlich spähten sie an der Mauer vorbei. Immer noch vernahmen sie den Katzenjammer. Doch kaum waren sie in dem Innenhof angelangt, hörte das schreckliche Wehklagen auf. Von der Katze war weit und breit nichts zu sehen.

Sie standen in einem Hof mit zwei heruntergekommenen Gebäuden. An den Dachbalken der geschwungenen Ziegeldächer hingen rote getrocknete Paprikaschoten, die im Wind hin und her schaukelten. Vor den Hausmauern lagen allerlei Gerätschaften verteilt. Große Berge von geerntetem Mais waren zum Trocknen auf der Erde ausgebreitet. Im Hintergrund befand sich eine rote Mauer mit einem runden Durchgang, einem Mondtor. Der Hof war nicht gepflastert, sondern bestand aus festgetretenem Lehmboden. In der Mitte stand ein großer Baum. An einem seiner Äste hing ein Vogelkäfig, in dem ein kleiner bunter Vogel fröhlich vor sich hinträllerte. Darunter saßen an einem langen, niedrigen Tisch auf kleinen Holzschemeln mehrere alte Männer. Sie spielten ein chinesisches Brettspiel. Benutzt wurden dazu kleine viereckige Steinchen aus Elfenbein. Sie waren mit verschiedenen Motiven, Mustern und chinesischen Schriftzeichen bunt verziert.

Unschlüssig standen die Kinder da und wollten gerade umkehren, als einer der Männer den beiden ein Zeichen gab. Er winkte sie freundlich zu sich und bot ihnen einen Platz auf zwei kleinen, niedrigen Schemeln an.

Eigentlich wussten sie nicht, was sie da sollten. Doch sie folgten der Einladung. Jonas setzte sich neben den Chinesen, der ihn zufrieden mit einem kurzen Blick betrachtete. Sina nahm über Eck Platz. Sobald sie saßen, nahm der alte Mann keine Notiz mehr von ihnen. Er und die anderen konzentrierten sich auf das Spiel. Die kleinen, etwa zwei Zentimeter großen Würfel wurden mit knorrigen Händen eifrig hin- und hergeschoben. Jonas meinte sich zu erinnern, dass er von dem Spiel schon einmal gehört hatte, es musste Mahjong sein.

Er ließ seine Blicke umherschweifen. Immer noch in der Hoffnung, den alten Mönch zu entdecken. Alles ging ziemlich schweigsam vor sich. Nur manchmal redeten die Männer mit ihren hohen singenden Fistelstimmen.

Ein Spieler fiel Jonas besonders auf. Denn er konnte sehen, wie dieser blitzschnell einen Stein in seinem Ärmel verschwinden ließ. Genauso schnell und von den anderen unbemerkt, hatte er zwei neue aus dem anderen Ärmel hervorgeholt. Flink setzte er sie auf das Brett. Der spielt doch falsch, dachte Jonas und betrachtete den Mann eingehend.

Die Reihe schien an ihm zu sein. Im selben Moment rutschte der Ärmel seines Gewandes nur einen winzigen Augenblick nach oben und es leuchtete darunter rot auf. Jetzt fielen ihm auch die hässlichen, gelben Finger auf. Als ihm der Alte für den Bruchteil einer Sekunde aus kalten Augen einen Blick zuwarf, wusste er Bescheid. Ihm fuhr ein Schauer über den Rücken. Doch wie sollte er Sina seine Entdeckung mitteilen, ohne dass es auffiel? Er durfte den Mann nicht mehr aus den Augen lassen.

Sina hatte die Hoffnung aufgegeben, die Spielregeln zu verstehen. Stattdessen besah sie sich nun den freundlichen Mann, der neben Jonas saß, eingehender. Weshalb hat er uns zu sich gewunken?, wunderte sie sich. Er war besser gekleidet als die anderen Männer. Ihr gefiel der grün gemusterte kurze Seidenumhang mit dem roten Schalkragen. Irgendwie wirkte er vornehmer. Da fiel ihm auf einmal ein Steinchen herunter. Es rollte in ihre Richtung. Schnell bückte er sich, um es vom Boden aufzuheben. Während er sich bückte, sah sie auf seinem Rücken zwei in den Umhang eingewebte goldene Eidechsen. Das darf doch nicht wahr sein,

dachte sie. Nun ahnte sie auch, weshalb dieser alte Mann sie zu sich gerufen hatte. Sollte die Geschichte mit der Katze wirklich ein Zufall gewesen sein?

Während sie noch überlegte, schreckte sie auf. Ein Tumult war am Tisch entbrannt. Alle redeten durcheinander, es musste um das Spiel und die Einhaltung der Regeln gehen. Der freundliche Chinese sprang auf. Er rannte um den Tisch zu dem Mann, der neben ihr saß. Er packte ihn am Kragen, um ihn von seinem Sitz hochzuziehen.

Dann ging alles sehr schnell. Sina sah, dass er auf einem kleinen eingewickelten Gegenstand gesessen hatte. Nun versuchte er mit einer Hand den Chinesen abzuwehren, während er mit der anderen rückwärts nach dem Päckchen griff. Zu ihrer Überraschung kam ihm sein Angreifer zuvor. Mit einer blitzschnellen Geste nahm er das Ding und ließ es in Sinas abstehende Rocktasche fallen. Er gab ihr einen kleinen Schubs und machte ihr und Jonas mit einer Kopfbewegung ein Zeichen zu verschwinden.

Die Alten redeten jetzt heftig auf den Falschspieler ein. Sie hatten ihn eingekreist. Sina und Jonas rannten los. Sie umquerten die Geistermauer, eilten durchs Tor und nahmen einfach den Weg rechter Hand. Sina drehte sich noch einmal schnell um, um zu überprüfen, ob sie verfolgt wurden. Aber außer ein paar alten Frauen, die schwere Körbe auf ihrem Rücken trugen, konnte sie nichts sehen.

Ohne lange zu überlegen, bogen sie danach in die nächste Quer-straße ein. Links und rechts standen einfache Hütten und niedrige Häuser. Sie waren teilweise von Gebüsch und Bäumen verdeckt. Die Gegend schien menschenleer zu sein. Unvermittelt wurde Sina langsamer. Vor einem dichten Bambusstrauch hielt sie an und zog Jonas schnell zu sich und hinter den Busch. Sie holte den

Gegenstand aus der Rocktasche hervor, den der Alte ihr hinein-
gesteckt hatte. Als sie ihn aus dem Stoff wickelte, staunten sie
nicht schlecht. Es war die goldene Schatulle. Nun konnte auch
Jonas von seiner Entdeckung berichten, und ihnen war auf einmal alles klar.

Dann schien es ihnen, als hörten sie Schritte.

»Komm, wir müssen weiter«, sagte Jonas leise zu Sina, während er
die Dose vorsichtig wieder einwickelte.

»Nimm du sie in deine Jackentasche, da ist sie sicher«, meinte Sina.

»Nö, will ich aber nicht. Ich trage schon diese Mädchentasche um
den Bauch«, protestierte Jonas kurz.

»Richtig, Männer müssen Verantwortung übernehmen«, erwiderte Sina ein wenig schadenfroh grinsend.

Widerwillig gab er sich geschlagen und steckte die Dose in seine
Tasche.

Sie rannten wieder los, durch Tore, um Ecken und unbekannte Straßen entlang. Durch Ansammlungen von Menschen, leere
Gassen und immer weiter. So weit ihre Füße sie trugen.

Sie waren schon vollkommen außer Puste, als sie bemerkten, dass
der Weg nicht mehr weiterführte. Unvermittelt standen sie an der
breiten Anlegestelle eines Flusses mit zahlreichen Kähnen und
Dschunken. Graue Bauten standen dichtgedrängt bis ans Wasser,
zumeist mit eigenem Anlegesteg. Fischer hatten ihre Netze zum
Trocknen aufgehängt, manche hatten Körbe mit Fischen und andere ihre gemischten Waren auf den Rampen abgestellt. Auf den
schmalen Stufen waren Frauen damit beschäftigt, ihre Wäsche zu
waschen. Eifrige Träger balancierten an einer biegsamen Stange
Wasserbehälter oder Körbe mit Gemüse und anderen Dingen
auf ihren Schultern. Besser gekleidete Händler feilschten mit den
Verkäufern laut um den Preis der Produkte.

»Das ist bestimmt der Kaiserkanal, über den wir mit Dragard geflogen sind. Erinnerst du dich?«, fragte Jonas.

Sie schoben sich durch das lärmende und dichte Menschengetümmel. Etwas entfernt konnten sie eine hohe Bogenbrücke erkennen, die die beiden Ufer verband. Da wollten sie instinktiv hin. Als sie sich noch einmal umdrehten, schrie Sina auf. Sie zeigte mit dem Finger auf etwas. Nur für einen ganz kurzen Augenblick gaben die vielen Leute um sie herum die Sicht auf die Straße und den Tordurchgang frei, durch den sie gekommen waren. Dies genügte, um die Gestalt auszumachen. Es war ihr Verfolger.

Um sich zu verstecken, mischten sich die beiden unter die Leute, die in der Regel kaum Notiz von ihnen nahmen. Just in diesem Moment legte ein Boot mit einem aufgespannten Segel am Kai an. Sie fühlten, wie sie angerempelt, geschoben und dann plötzlich in den Kahn gestoßen wurden. Fremde Hände zogen sie in das Dunkel einer hölzernen Bretterkajüte. Alles ereignete sich blitzschnell. Kaum an Bord, spürten sie auch schon, wie sich die Planken des Bootes schaukelnd vorwärts bewegten. Sina klammerte sich ängstlich an Jonas fest. Er war genauso überrascht und verwirrt. Sie hörten die Bugwellen an die Bootswände klatschen und lagen reglos in der Dunkelheit.

Nach und nach gewöhnten sich ihre Augen an das Dämmerlicht. Durch das undichte Bretterdach der Kajüte drang spärliches Tageslicht. Draußen konnte man das Stimmengewirr der Leute vernehmen, das ein wenig ruhiger wurde, je weiter sie sich von der Anlegestelle entfernten.

Jonas griff in seine Jackentasche. Erleichtert stellte er fest, dass nichts verloren gegangen war. Das kleine Kästchen ruhte noch an derselben Stelle. Dann versuchte er, die Lage zu peilen und spähte aus der Kajütenöffnung hinaus. Zu seiner Überraschung blickte

er direkt in das lächelnde, freundliche Gesicht eines Mannes. Es war der nette Chinese vom turbulenten Mahjong-Spiel im Innenhof. Der Mann bedeutete ihnen, sich still zu verhalten und da zu bleiben, wo sie waren. Gehorsam robbte Jonas wieder an seinen Platz zurück.

Sie wussten zwar nicht, was das alles zu bedeuten hatte, aber immerhin waren sie Karabatar entwischt. Sina sah durch ein Astloch in der Holzwand, wie sich ein Ruder in regelmäßigen Abständen hin- und herbewegte. Sie hörten Stimmen und Gemurmel. Bald wurde es stiller. Nur das eintönige Wellenschlagen und das Knarren der Planken des Bootes waren zu vernehmen. Sina strich gedankenverloren über die gestickte Eidechse ihres Gürtels. Es war ein beruhigendes Gefühl. Jonas war diese Geste nicht entgangen, als unvermittelt sein Magen knurrte.

»Ob die kleine Eidechse uns wohl etwas zu essen besorgen kann?«, fragte er Sina leise.

»Du bist unmöglich! Ich bin heilfroh, diesem Scheusal von Karatabar entkommen zu sein, und du denkst schon wieder ans Essen. Wie kann man nur so verfressen sein?«

Klar, auch sie war hungrig, aber das konnte und wollte sie nicht zugeben.

»Das verstehst du nicht. Mein Kopf braucht Nahrung, damit er den Verstand gezielt einsetzen kann«, erwiderte er grinsend.

»Und du meinst, dass du welchen hast?«, lächelte sie ihn verschmitzt an.

Noch ehe er etwas darauf antworten konnte, vernahmen sie leise Stimmen. Ein Mann kniete mit einem Tablett vor der Kajütenöffnung. Er reichte ihnen mehrere vollbeladene Teller und duftende, gebackene Teigröllchen. Dazu zwei Schalen mit heißem Tee. Jonas konnte sein Glück nicht fassen und dankte insgeheim allen netten Eidechsen dieser Welt, die seine Gedanken und Hilferufe erhört hatten.

Mit leisem Bedauern stellte er fest, dass er sich diese Köstlichkeiten mit Sina teilen musste.

»Also mir hat mal jemand gesagt, dass Chinesen alles essen, was den Rücken zum Himmel trägt.«

»Auch Menschen?«, flüsterte Sina.

»Laufen wir auf allen Vieren?«, entgegnete Jonas.

»Nö, eigentlich nicht.«

»Aber wie wär's mit Hunden, Ratten, Mäusen und vielleicht sogar Schlangen?«, zischelte Jonas und sah, wie seine Cousine, die sonst so frech und keck sein konnte, sich ihm unsicher zuwandte.

»Schon mal etwas von gerösteten Schildkrötenaugen gehört? Oder lecker in Aspik eingelegten Rattenschwänzen? Ein Dessert aus gezuckerten Madenwürmern mit kandiertem Ziegeneuter soll eine absolute Delikatesse bei den Asiaten sein«, fuhr Jonas mit seinen Aufzählungen freudig fort.

»Halt die Klappe«, fauchte Sina, die sich eines Besseren besonnen hatte. »Du willst mir den Appetit verderben. Um alles allein aufzufuttern«, maulte sie und fügte noch etwas Garstiges auf Französisch hinzu, das er leider nicht verstand.

»Das kann ja sein«, gab Jonas zu und versuchte eine Unschuldsmiene aufzusetzen. »Aber Chinesen essen wirklich vieles, was wir nie essen würden.«

Ohne etwas zu erwidern, nahm sich Sina gleich zwei Röllchen, einfach um ihn zu ärgern. Egal, ob sie jetzt eine Katze, eine Ratte oder sonst etwas aß. Dann hielt sie ihm die Rollen unter die Nase.

»Mit Karatabars Fingernägeln gemahlen und pikant gewürzt«, frotzelte sie, biss in die Rollen und fing genüsslich an zu schmatzen. Der Cousin sollte ihre Fantasie bloß nicht unterschätzen.

Als der Mann kam, um ihnen die leeren Schüsseln abzunehmen, wollten sie sich für das Essen bedanken. Sie legten ihre Hände aneinander, wie sie das nun so oft schon gesehen hatten. Dazu neigten sie ihre Köpfe. Zu ihrer Verblüffung erwiderte ihr Gegenüber die Geste und nickte freundlich.

Nach und nach wurde es in der kleinen Kajüte dunkel und die Kälte kroch ihnen in die Glieder. Sie wickelten sich in die Decken, auf denen sie gesessen hatten. Ein Schatten ließ sie zusammenzucken. Es war aber wieder nur der freundliche Chinese, der vor der offenen Kajüte kniete. Er winkte sie heraus, sich neben ihn zu setzen. Sie sahen, dass noch zwei Männer in dicken Umhängen auf dem Deck saßen. Sie nickten und lächelten ihnen zu.

Wortlos ließen sich Sina und Jonas nieder. In der rasch fortschreitenden Dämmerung erkannten sie, dass sie sich nicht mehr auf dem engen Kanal befanden. Das Wasser war jetzt viel breiter. Es gab keine Häuser mehr am Ufer, sondern Wiesen, Büsche und Bäume. Anstelle der zahlreichen Boote mit Rudern und niedrigen Kajüten sah man hier auch größere Dschunken mit rechteckigen oder halbrunden Segeln am Mast. Außerdem wurde das Boot nun nicht mehr gerudert, sondern vom Wind vorwärtsgetrieben.

Lautlos glitten sie durchs Wasser. Die Nacht senkte sich über die Landschaft und es breitete sich ein wunderbarer Sternenhimmel mit einem hellen Mond über ihnen aus. Noch immer hatte keiner ein Wort gesprochen. Die Stille wurde nur durch das Plätschern des Wassers, die anderen vorbeifahrenden Boote oder den Schrei eines Vogels unterbrochen.

Sina gähnte und auch Jonas merkte, dass er allmählich müde wurde. Sie krochen zurück in ihre Kajüte. Einer der Männer gab ihnen noch zwei zusätzliche Decken.

Sie wussten nicht, wie lang sie geschlafen hatten, als sie durch einen heftigen Stoß geweckt und gegen die Kajütenwand geschleudert wurden. Ein Boot musste sie gerammt haben. Gezeter und Geschrei erscholl. Sekunden später erschien der nette Chinese in der Öffnung der Kajüte. Er machte ihnen ein Zeichen, sich still zu verhalten und ihm schnellstens zu folgen. Die im fahlen Mondlicht fluchenden und zankenden Gestalten am Bug des Schiffes konnten sie beim besten Willen nicht erkennen. Auf allen Vieren robbten sie hinter ihm her, zum hinteren Teil des Bootes. Das Heck war durch den Zusammenstoß an das Ufer gedrückt worden. Der Mann vor ihnen kletterte geschwind über die Bordwand an Land. Im Eiltempo zog er Sina und Jonas hinterher. Zum Glück war das Ufer dicht mit hohen Bambussträuchern und Büschen bewachsen. So hatten sie Sichtschutz und krochen, um nicht entdeckt zu werden, auf Händen und Füßen durch das hohe Gras. Zweige und Äste schlugen ihnen dabei unentwegt ins Gesicht und verursachten brennende Schmerzen.

Die Geschichte des Hu Fuh

Sie hatten keine Ahnung, wie lange sie nun schon so geduckt gelaufen waren, als sie ein Licht in der Ferne sahen. Als sie näher kamen, sahen sie vor sich eine Mauer. In einem Torbogen schaukelte eine rote Laterne im Wind. Kaum standen sie vor dem geschlossenen Tor, als sich die riesigen Türflügel auf ein geheimes Zeichen hin öffneten. Ihr Retter bedeutete Sina und Jonas, vor ihm einzutreten. Sie gingen hindurch und drehten sich fragend nach ihm um. Er war wie vom Erdboden verschluckt und der Eingang schloss sich hinter ihnen.

Verunsichert und ängstlich schauten sie sich um. War der freundliche Chinese doch kein Freund? Wo waren sie gelandet? Sie kamen sich vor wie Gefangene. Vor ihnen befand sich eine lange Mauer, die ihnen jegliche Sicht nahm. Wieder einmal: eine Geistermauer. Zögernd schritten sie an ihr vorbei und standen in einem von vielen Laternen und Lampions erleuchteten Hof.

Ehe sie etwas sagen konnten, kam ein alter Mönch in roter Kutte auf sie zu. Er sah vornehm aus. Auf dem Kopf trug er eine rote spitz zulaufende Kappe. Sie war wie sein rotes, langes Gewand mit einer gelben Borte eingefasst. Es wurde um die Taille von einem reichverzierten breiten Gürtel zusammengehalten. Ein langer, grauer Schnurrbart hing beidseitig der Mundwinkel herab. Sein dünner Kinnbart reichte ihm bis zur Brust. Aus seinem faltigen, braunen Gesicht schauten zwei schwarze Schlitzaugen freundlich auf Sina und Jonas, die stumm und verunsichert vor ihm standen.

»Mein Name ist Hu Fuh und ich bin der Abt dieses Klosters. Ihr seid bei mir in Sicherheit«, erklärte er ihnen, zu ihrer Verwunderung auch wieder in ihrer Sprache. Dabei machte er eine Handbewegung und zeigte auf das Gebäude hinter sich. Erst jetzt fiel ihr Blick auf das imposante Bauwerk. Unter seinen weit geschwungenen, übereinanderliegenden Dächern konnte man das kunstvoll geschnitzte Gebälk im Licht der Laternen erkennen. Ein breiter Weg führte zum Eingang, an dessen Seiten links und rechts zwei große Löwen mit weit aufgerissenen Mäulern aus Stein ruhten.

Jonas, noch immer etwas misstrauisch, schaute den Abt erwartungsvoll und neugierig an. Dieser forderte die Kinder mit einer Geste auf, ihm zu folgen.

Dank der allmählich einsetzenden Morgendämmerung konnten sie nun besser erkennen, wohin sie geführt wurden. Sina drehte sich noch einmal nach dem Tor um, durch das sie gekommen waren. Über dem Torbogen konnte sie den Kopf eines steinernen Drachen ausmachen. Sein endlos langer Körper setzte sich noch ein ganzes Stück weiter oben auf dem angrenzenden Mauersims fort.

Vor ihnen lag das Kloster, dessen weit vorspringendes Dach an den vier äußeren Kanten in typisch chinesischer Bauform nach oben geschwungen war. Links und rechts neben dem Eingang hing je ein großer schwerer Gong aus Kupfer in einer kunstvollen Metallverankerung. Daran war ein großer Klöppel befestigt.

Als der Abt ihnen die Eingangstür aufhielt, stiegen sie mit einem gekonnten Schritt über die hohe Holzschwelle. Der Abt sah es und nickte zufrieden. Sie befanden sich in einem weiten Raum. Ihr Blick fiel sofort auf einen Altar mit einem sitzenden goldenen Buddha auf einer goldenen Lotosblüte. Wie schon in dem Höhlentempel lagen darauf Opfergaben. In silbernen Schalen waren kunstvoll Lebensmittel bereitgestellt. Räucherstäbchen erfüllten mit ihrem süßlichen Geruch den Raum. Aus einem bereitstehenden Gefäß entnahm der Abt drei neue Stäbchen. Zwei gab er Sina und Jonas, das letzte behielt er für sich. Entzündet wurden sie an einer Laterne, die auf einem Podest stand. Anschließend steckte der Abt sie in eine hohe, mit Sand gefüllte Schale. Unwillkürlich zuckten sie zusammen, als genau in diesem Augenblick draußen dreimal der Gong mit einem dumpfen, fast unheimlichen Klang ertönte. Als sie den Tempel durchschritten hatten, hallte sein tiefer durchdringender Ton immer noch nach.

Auf der Rückseite des Gebäudes befand sich eine Tür, die über eine kurze Treppe zu einem großen rechteckigen Innenhof führte. Der Boden war mit Mosaiksteinchen kunstvoll gepflastert. Darauf standen riesige Tonkrüge mit Blumen und kleinen Büschen. In etlichen Bäumen hingen Käfige mit bunten und exotischen Vögeln. An beiden Seiten wurde der Hof durch niedrige Gebäude begrenzt.

»Hier wohnen die Mönche«, erläuterte der Abt und zeigte auf die seitlich liegenden Häuser. Sie überquerten den Hof und liefen auf ein größeres Anwesen zu.

»Das ist mein Haus. Ich lasse uns erst einmal einen Tee servieren. Danach werde ich euch eine Menge zu erzählen haben«, sagte Hu Fuh.

Wie auf Bestellung stand ein Mönch in ehrfurchtsvoller Haltung da und nahm die Wünsche des Abtes in chinesischer Sprache entgegen. Als sie sich gesetzt hatten, betrachtete Jonas den alten

Mann eingehend. Sein Gesicht war von vielen Furchen durchzogen. Seine ruhige Art wirkte vertrauensvoll und langsam verschwand sein anfängliches Misstrauen.

»Sicher seid Ihr erstaunt, dass ich eure Sprache spreche. Ihr müsst wissen, dass ich euch, Sina und Jonas, erwartet habe! Der freundliche Mann, der euch hierher brachte, ist von Dragard beauftragt worden. Er heißt Weng Li und hatte die Aufgabe, euch in Sicherheit zu bringen. Mein Verwandter Karatabar setzt alles daran, euch zu schaden, damit ihr den Zauber nicht brechen könnt.«

Den Kindern blieb vor Staunen der Mund offen stehen, denn nun verstanden sie nichts mehr. In welchem Zusammenhang standen Dragard und ein Verwandter Karatabars? Der nette Abt und dieses Scheusal von Karatabar waren verwandt? Das sollte einer verstehen. Hu Fuh bemerkte ihre Verwirrung.

»Ihr habt ganz richtig verstanden«, lächelte er.

»Wie in fast jeder Familie gibt es auch bei uns schwarze Schafe. Unser Urgroßvater war sehr vermögend und hatte die Gabe des Zauberns. Er benutzte sie jedoch nur zu guten und sinnvollen Zwecken. Ihr erinnert Euch an Natans Geschichte, die er euch erzählte? Sein Sohn war der Fremde, welcher König Kuruk damals die zwei Eidechsen schenkte.

Nun hatte unser Urgroßvater mehrere Kinder. Für ihn war es immer eine große Freude, wenn wieder eines geboren wurde. Er schenkte aus diesem Anlass jedem zur Geburt ein großes Anwesen. So sollten sie sich später ein hohes Ansehen durch gute Taten erwerben. Es war ihm durchaus bewusst, dass er ihnen die Fähigkeiten des Zauberns vererbt hatte. Auch dieses Talent sollten sie in diesem Sinne einsetzen. Das Unglück wollte es aber, dass er die Geburt seines jüngsten Sohnes nicht mehr erleben sollte. Er verstarb kurz zuvor. Und so gab es keinen, der ihm ein Stück

Land vererbte. Und genau das war der Anfang von Karatabars Verderbnis.«

»Und Ihre Urgroßmutter, hat sie das nicht regeln können?«, warf Sina ein.

»Leider nein. Sie war in so tiefer Trauer über den Tod ihres Mannes, dass sie sich um nichts mehr kümmerte«, erklärte der Abt. »So gingen die Jahre dahin. Die Geschwister wurden älter und ihrem kleinen Bruder wurde bewusst, dass er nichts erben würde. Er veränderte sich mehr und mehr, leider nicht zum Guten. Sie wurden erwachsen und seine Geschwister zogen auf die vom Vater geschenkten Ländereien. Nur Karatabar musste daheim bleiben und seine Gedanken verfinsterten sich zunehmend. Er wurde schlussendlich bitter und böse.

Unser Familienzeichen sind seit Ewigkeiten die zwei Eidechsen im Kreis, während sich Karatabar die Fledermäuse als sein Symbol erkor. Eigentlich gelten sie in China als große Glücksbringer. Sie werden aber auch als schlau angesehen, und so hat er sie zu seinem Wahrzeichen erwählt. Doch seine Fledermäuse bringen kein Glück, sie sind bösartig und verschlagen, so wie er.

Wenn Karatabar auch kein Land hatte, so kultivierte er seine Zauberkraft, die weitaus stärker ausgeprägt war als bei den anderen Geschwistern. Vielleicht war es ein Ausgleich für das fehlende Erbe. Womöglich nutzte er seine Künste auch vor allem, um seine Macht auszubauen. Irgendwann verstarben alle meine Vorfahren. Nur Karatabar musste es gelungen sein, sich ein Mittel zu zaubern, sodass er nun schon Generationen überleben konnte. Und so kann er sein Unheil immer weiter treiben.«

Sina schaute den Abt fragend an.

»Wenn Karatabar so gut zaubern kann, warum ist er nicht mit der goldenen Dose in dem Tempel verschwunden und hat sie einfach an einem anderen Platz versteckt? Wieso mussten wir ihm hinterherlaufen? Und wieso zaubert er sie jetzt nicht einfach wieder zu sich zurück?«

Jonas nickte zustimmend.

»Gute Frage, Sina. Ihr müsst wissen, dass es auch für Zauberer Regeln gibt, die es einzuhalten gilt. Karatabar hatte damals zu Natan und Dragard gesprochen, dass, sobald diese erlöst seien, Dragard all seine Fähigkeiten zurückerhalten würde und die Möglichkeit bestünde, dass der böse Zauber ein Ende fände.

Doch wie ihr erleben musstet, ließ Karatabar sich alle nur denkbaren Finten einfallen, um genau das zu verhindern. Ihr habt die goldene Schatulle dennoch gefunden. Normalerweise hätte er sich nun geschlagen geben müssen. Das ist wie bei einer Wette. Derjenige, der verliert, muss zu seinem Wort stehen. Aber nicht so Karatabar. Er hatte nicht damit gerechnet, dass ihr die Dose finden würdet. Und jetzt sollte er klein beigeben? Der große Zauberer ein Verlierer? Nein, das kommt für ihn nicht in Frage. Und weil er somit gegen geltende Zaubergesetze verstoßen hat, ist es ihm nicht möglich, sie irgendwohin zu zaubern.

Ihr müsst euch aber nicht sorgen. Hier in meinem ummauerten Anwesen und Bereich ist er absolut machtlos und ihr seid vor ihm sicher!«

Während er den Kindern seine Geschichte erzählte und ihre Fragen beantwortete, goss der Mönch in drei zierliche, hauchdünne Porzellanschälchen Tee ein. Er benutzte kein Sieb und die Teeblätter schwammen in den Schalen.

Sina schaute irritiert auf ihre Tasse, die so dünn war, dass sie Angst hatte, sie anzufassen. Der Abt erklärte den beiden, dass man in China den Tee immer so trinkt. Die Blätter setzten sich nach einer Weile nach unten ab und dann könne man ihn trinken, ohne dass sie mit in den Mund gelangen. Und das Porzellan sei erstaunlich robust, auch wenn es sehr zerbrechlich wirken würde. Während Sina immer noch misstrauisch die hauchdünnen Schälchen betrachtete und darauf wartete, dass sich die Blätter endlich auf dem Boden absetzten, fuhr der Abt mit seiner Erzählung fort: »So habe ich von meinen Vorfahren dieses große Stück Land geerbt. Ich habe unter anderem ein Kloster darauf gebaut und mich den Lehren Buddhas zugewandt. Wir betreiben Landwirtschaft und veredeln unsere Ernte, und es gibt so manches Handwerk auf dem Gelände. Wenn ihr wollt, werde ich euch ein wenig umherführen«, sagte der Abt und stand auf.

»Ich habe noch eine Frage«, entgegnete Jonas, der ebenfalls aufgestanden war. »Haben wir auch Ihren Schutz, wenn wir das Gelände verlassen und uns außerhalb der Mauern aufhalten?«

»Leider nein. Karatabar kann euch dann wieder schaden«, sagte der Abt mit sichtlichem Bedauern.

»Dann bleiben wir eben hier. Aber wir haben die Dose und müssen dringend mit Dragard oder Natan Kontakt aufnehmen«, schob Sina selbstbewusst nach.

»Ich werde selbstverständlich alles in meiner Macht Stehende tun, um euch zu helfen, verlasst euch darauf«, murmelte der Abt und machte Anstalten, vorauszugehen.

Nachdem sie mit ihm die Hälfte des Innenhofes durchschritten hatten, ging er ein paar Stufen hinauf, den Gang entlang und blieb vor dem ersten Gebäude stehen. Durch eine offenstehende Tür kamen sie in einen hellen Raum. Dort saßen an langen Holztischen drei Mönche. Sie malten mit Pinseln chinesische Schriftzeichen gekonnt von oben nach unten auf eine Schriftrolle aus weißem Papier. »Sieh mal«, sagte Sina zu Jonas, »er schreibt von oben nach unten und nicht wie wir von links nach rechts.«

»Es sind Poeten und sie schreiben Gedichte«, unterbrach ihn der Abt. »Aber sie können nicht nur dichten. Sie sind auch Meister im Schönschreiben, der sogenannten Kalligraphie.«

Interessanter fanden Sina und Jonas die zwei anderen Künstler, die wunderschöne Landschaftsbilder mit feinen Pinseln auf dünnes Reispapier malten. Dieses lag wie eine endlose Rolle quer vor ihnen. Die eine Seite blieb noch zum Bemalen und die andere Seite wurde mit den fertigen Gemälden aufgerollt.

Sie gingen weiter zum nächsten Gebäude und auch dort saßen einige Mönche an braunen Holztischen. Sie bemalten Porzellan mit Motiven wie Drachen und Blumen und andere Ornamente. Der Abt nahm eine Schale aus hauchdünnem Porzellan und schlug mit dem Fingernagel dagegen. Ein heller schwingender Ton, der noch eine ganze Weile nachklang, ertönte.

»Man nennt es Eierschalenporzellan, weil es so dünn wie eine Eierschale ist«, erklärte er.

»Dann waren die Teeschalen, aus denen wir vorhin getrunken haben, auch aus diesem Porzellan?«, fragte Sina.

»Ganz richtig«, sagte er und ging weiter.

Sie näherten sich einem Raum, aus dem ein ziemlicher Lärm kam. Als sie ihn betraten, sahen sie, dass er von mindestens neun Webstühlen verursacht wurde.

»Das hier ist eine Seidenweberei. Wir stellen die kostbarsten Stoffe her, die ausschließlich dem Kaiser und seinem gesamten Hofstaat geliefert werden. Hier könnt ihr die Stoffe sehen«, sagte der Abt. Er führte die Kinder in einen Nebenraum. Dort lagen die schönsten und buntesten Seidenstoffe mit wunderbaren Drachen- und Blumenmotiven.

»Sind die schön!«, sagte Sina bewundernd und strich liebevoll über die glatte und dünne Seide, die in allen Farben schillerte. Sie fühlte sich angenehm kühl an. Hu Fuh erklärte ihnen, dass die Seidenfäden von Seidenraupen gewonnen wurden, die man extra hierfür züchtete, wie sie gleich sehen sollten.

Und tatsächlich, als sie den nächsten Raum betraten, sah man auf riesigen Holzgestellen in mehreren Etagen unendliche Mengen grüner Blätter liegen, die sich aus unerklärlichen Gründen zu bewegen schienen. Der Abt forderte sie auf, näherzutreten. Sie bemerkten, dass überall dicke weiße Raupen umherkrochen, welche unaufhörlich Blätter fraßen.

Sina wäre am liebsten so schnell wie möglich wieder aus dem Raum gelaufen. Aber Jonas fand nichts dabei und sah fasziniert einer besonders fetten Raupe zu, wie sie mit ihrem Maul, einer Säge gleich, Löcher in ein Blatt fräste. Sie verschlang es in einer unglaublichen Geschwindigkeit.

»Das sind die Seidenraupen, die sich von den Blättern des Maulbeerbaumes ernähren. Wenn sie sich dick und fett gefressen haben, wickeln sie sich mit einem Seidenfaden ein. Er wird von ihren Drüsen abgesondert. Man nennt das einen Kokon. In ihrem Inneren verwandelt sich die fette Raupe in eine Larve. Diese wiederum entwickelt sich zu einem Schmetterling. Er würde dann den Kokon zerstören, um ans Tageslicht zu kommen und alles begänne von vorne. Aber weil die Menschen festgestellt haben, dass man diesen Faden von dem Kokon abwickeln und verspinnen kann, um daraus Stoffe zu weben, werden die Larven noch im Kokon abgetötet. Man legt sie dafür in siedendes Wasser.«

Dann verließen sie die Räume und gingen in Richtung der Gemächer des Abtes. Als sie in das Wohnhaus des Abts zurückkamen, wurde dieser von einem Mönch erwartet, der etwas auf Chinesisch zu ihm sagte. Bedauernd erklärte der Abt Sina und Jonas, dass soeben ein Bote des Kaisers da gewesen sei. Er habe den

Befehl erhalten, dem Kaiser persönlich und unverzüglich eine Warenlieferung an Seidenstoffen zu überbringen.

»Dem Befehl eines Kaisers darf man sich nicht widersetzen«, sagte der Abt zu den beiden.

»Was wird aus uns und wie lange werden Sie fortbleiben? Wir möchten Natan so schnell wie möglich die goldene Dose überbringen und ganz gerne auch mal wieder nach Hause«, erklärte Jonas ein wenig ungeduldig.

»Ich verstehe euch nur zu gut«, sagte der Abt mit aufrichtigem Bedauern. »Macht euch keine Sorgen, ich kehre schnellstmöglich zurück. Während meiner Abwesenheit wird für euch gesorgt, ihr seid meine Gäste und in absoluter Sicherheit.«

Er betrachtete die beiden nachdenklich.

»Ich möchte euch aber noch einmal eindringlich davor warnen, das Gelände zu verlassen. Karatabar wartet nur darauf, euch die Dose wieder abzujagen!«

»Könnte uns Dragard nicht einfach abholen? Wir bringen Natan das kleine goldene Kästchen und dann werden sein Vater und das ganze Reich erlöst«, wollte Sina nun wissen.

Wieder schaute Hu Fuh die beiden mit diesem merkwürdigen Blick an, den Jonas vorhin schon einmal bemerkte hatte. Er gewann den Eindruck, dass der freundliche Abt mehr wusste, als er bereit war zu sagen. Aber was konnte es nur sein? Hatte er etwas zu verheimlichen? Konnte man ihm doch nicht vertrauen? Weshalb hielt man sie hier solange fest? Auch Sina fiel das auf. Sie sah Jonas fragend an. Doch der Abt machte keine Anstalten, ihnen Näheres zu erklären und murmelte nur vor sich hin:

»Zu dumm, dass mich der Kaiser gerade jetzt aufhält.«

An Jonas gewandt wollte er noch wissen, ob er die goldene Schatulle für ihn an einem sicheren Ort aufbewahren solle. Dann müsse

Jonas sie nicht in der Jackentasche herumtragen. Woher wusste der Abt bloß, dass er sie in der Jackentasche trug?, wunderte sich Jonas. Er entgegnete freundlich, dass er sie lieber selber aufbewahren wolle. Und der Abt nickte verständnisvoll.

»Einer meiner Mönche wird euch jetzt euer Zimmer zeigen.«

Mit einer leichten Verbeugung legte er die Hände vor der Brust zusammen und ging mit eiligen Schritten auf eines der Handwerkerhäuser zu.

Noch einmal drehte er sich nach ihnen um und blieb stehen.

»Denkt an meine Worte! Verlasst auf keinen Fall diesen Ort, denn hier steht ihr unter meinem persönlichen Schutz.« Damit war er in einem der Häuser verschwunden.

Das Labyrinth

Zu ihrer Überraschung kehrte der Abt in Begleitung eines Mönches zurück. »Ich vergaß, euch Deng Ho vorzustellen, der sich um euch kümmern wird. Er ist der Einzige, der ein wenig eure Sprache spricht. Er hat sie vor Jahren von einem Reisenden erlernt«, erklärte der Abt freundlich und entfernte sich mit einer Verbeugung.

Der Mönch signalisierte den beiden, ihm zu folgen. Er führte sie zu einem kleineren Gebäude. Links und rechts vom Treppenaufgang thronten steinerne Schildkröten, oberhalb dieser ruhte auf Säulen ein Relief mit einem liegenden Drachen. Deng Ho blieb stehen, zeigte lächelnd mit der Hand auf die Schildkröten und sagte zu den beiden:

»Schildklöte ist Symbol fül langes Leben.«

»Und Dlachen ist Symbol fül Glück«, fügte er hinzu und deutete auf den Drachen.

»Ist also Wunsch fül ein langes, glückliches Leben«, beendete er seine Erklärungen mit einem breiten Lächeln und offenbarte dabei ein paar Zahnlücken.

»Ich verstehe nur Bahnhof«, sagte Sina und schaute Jonas verständnislos an.

»Habe mal gehört, dass manche Chinesen statt eines R nur ein L sprechen können«, flüsterte Jonas. »Wahrscheinlich meinte er damit eine Schildkröte als Symbol für ein langes Leben und der Drachen steht für Glück. Das zusammen soll dann ein glückliches, langes Leben ergeben«, sinnierte er leise weiter.

»Cleveres Kerlchen«, erwiderte Sina anerkennend.

Über die Treppe gelangten sie ins Haus. Der Mönch, der voranging, öffnete ihnen die Tür, damit sie eintreten konnten. Sie betraten einen kleinen, sehr hübsch eingerichteten Wohnraum. An den Wänden hingen die typischen chinesischen Rollbilder. Die reich verzierten Möbel vermittelten eine gemütliche Atmosphäre. In einer Ecke des Zimmers befand sich auf einer Anrichte eine kleine Buddhastatue, geschmückt mit Blumen, Räucherstäbchen und Spruchbändern. Auch eine kleine gefüllte Reisschüssel mit Früchten fehlte nicht.

Der Mönch machte mit zusammengelegten Händen eine Verbeugung in Richtung des Altars.

»Wil velehlen unsele Ahnen und blingen ihnen jeden Tag flische Blumen und flisches Essen«, erklärte er Sina und Jonas mit ernster Miene.

Diese mussten mühsam ein Kichern wegen der gewöhnungsbedürftigen Aussprache des Mönches unterdrücken. Er zeigte den beiden wortlos noch zwei weitere Räume, einer davon war der Schlafraum mit einem breiten Kang. Eine Waschgelegenheit war ebenso vorhanden. Es fehlte ihnen also an nichts.

Mit einer leichten Verbeugung verabschiedete er sich.

»Und wie soll es jetzt weitelgehen?«, fragte Jonas seine Cousine grinsend.

»Bin auch latlos«, entgegnete sie glucksend und begann, die Hände in ihren Taschen vergraben, die Räumlichkeiten näher zu un-

136

tersuchen. Jonas setzte sich auf einen Stuhl, zog die goldene Dose aus seiner Jackentasche hervor und betrachtete sie eingehend. Sie ist sicher von einem unschätzbaren Wert, dachte er bei sich. Er drehte sie zu allen Seiten, neugierig, ob er irgendetwas entdecken könne. Er musste schon eine ganze Weile so vertieft gesessen haben, als ihm etwas auffiel. Er rief Sina, die noch immer nicht von ihrer Besichtigung der Zimmer zurückgekommen war. Als er nichts von ihr hörte, wurde er sofort unruhig. Er legte die Dose auf den Tisch und stand auf, um sie zu suchen. Zu seiner Erleichterung fand er sie in einem der Räume kniend vor einer Karte, die sie vor sich auf dem Fußboden ausgebreitet hatte.

»Was machst du da?«, wollte Jonas wissen und betrachtete das auseinandergefaltete Papier.

»Das da«, sie deutete auf die Karte, »lag auf dem kleinen Tisch. Ich habe sie genommen und auseinandergefaltet, um sie mir mal anzusehen«, antwortete Sina, indem sie mit dem Finger irgendetwas nachzeichnete.

»Und was ist daran so interessant?«, fragte er weiter, weil er nichts erkennen konnte.

»Das ist ein Lageplan des Anwesens, es ist total riesig. Ich suche gerade unser Haus«, erklärte Sina.

»Das ist doch vollkommen unwichtig«, entgegnete Jonas. »Pack sie wieder weg und leg sie dahin, wo du sie gefunden hast. Mir ist etwas Wichtiges aufgefallen. Ich brauche dringend deine Hilfe«, sagte er ungeduldig.

Doch Sina hörte gar nicht richtig zu und fuhr gebannt weiter mit der Hand über die Zeichnung.

»Schau doch mal, wie lang die Mauer ist, die dieses Riesenanwesen des Abtes umgibt. Und wie viele Tore es gibt, durch die man hereinkommen und wieder hinausgehen kann. Da, ich glaube, das ist unser Tor, durch das wir gekommen sind. Sieh, hier sind sogar die zwei Löwen abgebildet, die sich links und rechts am Eingang zum Kloster befinden. Na klar, und hier sind die Unterkünfte für die Mönche. Das ist das Haus von Hu Fuh und das ist unser Haus«, rief Sina aufgeregt.

»Ein Teich ist hier direkt vor unserem Haus eingezeichnet«, fuhr sie begeistert fort und meinte, dass man den doch gleich mal aufsuchen solle.

Sie hatte noch den Finger auf der Zeichnung und drehte sich zu ihrem Cousin um. Doch zu ihrer Enttäuschung konnte der ihre Begeisterung beim besten Willen nicht teilen. Sina ließ sich jedoch nicht beirren und fuhr weiter mit dem Finger über den Plan.

»Es gibt hier richtige Wälder und auch Wiesen, alles innerhalb der Mauern. Und hier ist ein ganzes Dorf mit kleinen Häusern eingezeichnet. Kannst du den Hügel sehen, auf dem ein kleiner Pavillon steht? Und viele kleine Gärten mit Teichen, sogar einen Fluss scheint es zu geben«, staunte Sina.

»Wenn das alles dem Abt gehört, muss der ja stinkreich sein«, sagte sie mit einem Anflug von Bewunderung in der Stimme.

»Ist mir doch egal, ob der Alte bettelarm ist oder jede Menge Schotter hat, ich muss dir etwas zeigen und dich etwas ganz Wichtiges fragen«, entgegnete Jonas genervt.

Er bückte sich, nahm Sina unwirsch die Zeichnung aus der Hand und legte sie auf den Tisch.

»Eh, was soll das?«, protestierte Sina wütend.

»Wir können ja später noch mal nachschauen«, lenkte er ein und zog sie mit sich. Widerwillig folgte sie ihm.

Wie leichtsinnig es doch gewesen war, dieses goldene Ding einfach auf dem Tisch liegen zu lassen, schoss es ihm durch den Kopf. Aufatmend stellte er fest, dass es sich noch an derselben

Stelle befand, wo er es hatte liegengelassen. Dann nahm er die Dose in die Hand. Wortlos schüttelte er sie ein wenig hin und her. Dabei sah er Sina fragend an. Diese, noch immer sauer, verstand nicht, was das alles sollte.

»Spinnst du?«, fragte sie ihn verständnislos und wollte aufstehen.

»Bitte, versuche dich genau zu erinnern, was uns Natan über diese goldene Schatulle erzählt hat. Was hat der Fremde seinem Ur-großvater damals überreicht? War das eine einfache Dose oder fällt dir zu der Geschichte noch etwas ein?«

Sina wusste zuerst nicht, worauf er hinaus wollte. Doch dann dämmerte es ihr.

»Natürlich, es war keine einfache Dose. Wenn ich mich recht ent-sinne, sprach Natan davon, dass noch ein zweiter Einsatz in der Dose lag. Erst darin befanden sich die zwei Eidechsen«, sagte sie.

»Der Schlüssel war für beide Dosen gedacht. Und den hat Natan ja nun wiederbekommen«, setzte sie noch hinzu.

»Richtig. Genau so habe ich das auch in Erinnerung.« Er nahm die Dose wieder in die Hand und schüttelte sie vorsichtig.

»Kannst du irgendetwas hören? Ich meine, wenn noch eine klei-nere Dose darin läge, müsste es doch ein kleines Geräusch geben, oder?«, fragte Jonas.

»Du hast Recht. Ich kann auch nichts hören. Schade, dass wir den Schlüssel nicht haben, um sie zu öffnen. Den hat Natan. Wir können also nur Vermutungen anstellen«, meinte Sina resigniert und zuckte mit den Schultern.

»Und wenn es gar nicht die richtige Dose ist, die wir gefunden haben?«, entfuhr es Jonas.

»Glaub ich nicht. Dann hätte Karatabar sie uns nicht im Tempel abgenommen. Seitdem wir sie wieder besitzen, verfolgt er uns, da gibt es keinen Zweifel.«

»Nehmen wir mal an«, sprach Jonas, »wir haben zwar die Dose, aber leider fehlt noch das kleinere Innenteil. Dann haben wir immer noch nicht alles in der Hand, um Natans Vater und sein Reich vom Zauber zu befreien. Stimmt's?«

»Sieht ganz so aus«, meinte Sina und wirkte geknickt.

»Jetzt wissen wir auch, warum uns der Abt so merkwürdig angeschaut hat, immer wenn wir so gedrängelt haben.«

»Wir müssten also dringend noch den inneren Einsatz finden«, überlegte Sina laut.

»Jedenfalls hat sich der alte Zauberheini etwas richtig Fieses einfallen lassen, wie ich finde«, erwiderte Jonas.

»Wie dem auch sei. Ohne den Abt und Dragard können wir hier sowieso nichts machen.«

»Scheint so«, pflichtete er ihr bei. »Dann wollen wir uns in der Zwischenzeit mit Hilfe des Plans mal ein wenig die Umgebung ansehen«, schlug Jonas vor und steckte die Dose wieder in seine Jackentasche. Sina nickte zustimmend. Sie gingen zurück in das andere Zimmer, wo die Karte auf dem Tisch lag.

»Am besten, wir nehmen die Zeichnung mit. Wir wissen dann immer, wo wir uns befinden und können auch den Rückweg nicht verfehlen«, meinte Sina, faltete sie notdürftig zusammen und ließ sie in ihrer Jackentasche verschwinden.

In dem Zimmer befand sich neben dem Fenster eine Tür, die ins Freie führte. Als sie diese öffneten, blieben sie überrascht stehen. Über eine Holzterrasse führte eine Treppe direkt zum Ufer eines Teiches. In dessen Mitte befand sich auf einer Insel ein kleiner, runder Pavillon.

»Wow, so einen Pavillon hätte ich auch gern bei uns im Garten. Da könnte man tolle Partys feiern und nachts geheime Treffen abhalten«, sagte Sina und geriet ins Schwärmen.

140

Doch Jonas ließ sich davon nicht beeindrucken. Sina nahm es enttäuscht zur Kenntnis und schwieg.

Sie wählten einen Weg am See entlang, der durch ein Mondtor über einen kleinen Hügel führte. Dank der vielen Windungen der Wege, die an Felsen, Büschen und Bäumen vorbeiführten, wirkte die Gartenanlage größer, als sie tatsächlich war. Dennoch verloren sie nach einer Weile den Überblick. Jonas drehte sich zu Sina um.

»Weißt du eigentlich, wo wir uns befinden? Das ist ja das reinste Labyrinth. Ich wüsste im Moment nicht, wie wir wieder zurückfinden sollen.«

»Wenn wir nicht den Plan hätten, könnte uns jetzt nur ein Ariadnefaden helfen«, meinte Sina ein klein wenig überlegen.

»Ein was bitte?«, fragte Jonas.

»Na ja, den Faden der Ariadne, so nennt man das. Ariadne war die Tochter des Königs Minos, der ein schreckliches Ungeheuer sein Haustier nannte, den Minotaurus. Dieser lebte inmitten eines Labyrinths, und man musste ihm jedes Jahr einen Jüngling zum Fressen darbringen. Die konnten nicht fliehen, weil sie aus dem Labyrinth nicht wieder herauskamen.

Nun geschah es, dass diese Ariadne sich in einen Königssohn, der geopfert werden sollte, verliebte. Sie gab ihm, ich glaube, er hieß Theseus, eine Rolle Garn mit auf den Weg. Als er durch das Labyrinth zu dem Ungeheuer geführt wurde, wickelte er es unbemerkt nebenbei ab. Ob er nun den Minotaurus besiegt hat, weiß ich nicht so genau, jedenfalls glückte ihm dank des Fadens die Flucht«, erklärte Sina.

»Erstaunlich, wirklich interessant«, meinte Jonas. »Das hätte ich dir gar nicht zugetraut, dass du solche Dinge weißt.«

»Tja, so ist das eben, es gibt Jungs, die den ganzen Tag vor dem PC hocken und daddeln. Und dann gibt es aufgeweckte Mädchen.

Wie zum Beispiel mich, die nicht nur diesen ganzen technischen Kram beherrschen, sondern auch noch Bücher lesen«, konterte Sina und schnitt Jonas eine Grimasse.

»Okay, okay, ich hab's nicht so gemeint. Aber ich brauche dazu keine geistreichen Bücher. So etwas recherchiere ich im Internet«, meinte Jonas etwas spitz. »Außerdem brauchen wir jetzt nicht deinen Ariadnefaden, denn wir haben ja einen Plan, der uns hoffentlich weiterhilft.«

Sie vertieften sich in die Aufzeichnungen und versuchten ihren Aufenthaltsort zu lokalisieren. Trotz aller Anstrengungen gelang es ihnen nicht.

Da sich die Wege oft verzweigten, wäre ein Zurückgehen nicht wirklich hilfreich gewesen. So beschlossen sie, einfach weiterzugehen, in der Hoffnung, etwas Markantes zu finden, das ihnen Auskunft geben konnte.

Und tatsächlich, das Glück kam ihnen in der Gestalt eines Mönchs zu Hilfe, der mit Gießkanne und Gartengeräten seiner Arbeit nachging. Sie grüßten höflich und zeigten ihm den Plan, dabei deuteten sie auf ihre Herberge. Wortlos stellte er seine Arbeitsgeräte ab und ging voran. Es dauerte nicht lange und sie standen wieder vor ihrer Unterkunft.

Das zweite Tor

Sie setzten sich auf eine Bank. Die Mönche gingen ihren alltäglichen Verrichtungen nach. Sina und Jonas grübelten. Die Sache mit dem zweiten Kästchen ließ ihnen keine Ruhe. Aber sie wussten nicht so recht, wie sie die Suche fortsetzen sollten, so ganz ohne Dragard, Natan oder die Hilfe des Abtes.

»Wir könnten uns ja das Tor, durch das wir gekommen sind, noch einmal näher anschauen«, schlug Sina vor.

»Einverstanden. Vielleicht haben wir ja beim Eintreten etwas übersehen«, meinte Jonas.

Sie machten sich auf den Weg und wenig später hatten sie das Tor bereits vor Augen. Als sie die Geistermauer umrundet hatten, erschraken beide heftig. In einer dunklen Mauernische neben einem der großen Torflügel hatte sich etwas bewegt. Zu ihrer großen Erleichterung war es nur ein alter Mönch, der dort saß und sie freundlich anlächelte.

Und wenn es doch nicht der Torhüter, sondern Karatabar war?, dachten sie trotzdem misstrauisch. Nein, das konnte nicht sein, denn nach den Worten des Abtes konnte der hier nicht eindringen. Als sie weitergingen, machte Sina Jonas auf den steinernen Drachenkopf über dem Torbogen aufmerksam. Sie hatten ihn am frühen Morgen nur schemenhaft im Schein der Laternen wahrgenommen.

»Ich kann nicht sehen, wo das Drachenende ist und sein Schwanz aufhört«, meinte Sina und lief ein Stück des Weges, der an der Mauer entlangführte.

»Vielleicht reicht der Schwanz bis zum nächsten Tor?«, sinnierte Jonas.

Sina kramte den Lageplan hervor, um nachzusehen, wie weit es bis zum nächsten Tor war. Tatsächlich war ein Weg an der Mauer entlang eingezeichnet. Nur einmal kurz machte er einen Bogen in die Landschaft hinein.

»Schau mal, da führt der Pfad auch über einen Fluss, der quer durch das ganze Anwesen läuft. Er fließt unter der Mauer hindurch.«

»Hm«, erwiderte Jonas, der entdeckt hatte, dass eine Brücke über den Fluss eingezeichnet war.

»Jedenfalls können wir uns hier nicht verlaufen und außerdem haben wir jede Menge Zeit. Wir müssen ja sowieso auf den Abt warten. Also, los geht's«, schlug Sina vor und faltete die Karte wieder zusammen.

Immer an der Mauer entlang, auf der sich der Drache entlangschlängelte, erreichten sie schließlich das Schwanzende. Statt des Drachens bildeten nun Keramikziegel den Mauersims.

Der Weg verlief weiterhin parallel zur Grundstücksgrenze, als sie einige Hütten sahen. Doch sie begegneten keiner Menschenseele. Als sie den Fluss erreichten, vernahmen sie ein lautes Brausen und Tosen, das vermutlich von einem Wasserfall herrührte. Direkt vor ihnen floss das Wasser auf eine große Öffnung in der Mauer zu. Sie entdeckten eine gebogene, weiße Steinbrücke und gingen darauf zu. Sie war so steil, dass sie sich beim Aufwärtsgehen am Geländer festhielten.

»Komische Brücke«, sagte Sina, als sie oben angekommen waren und sie sich nun wieder genauso steil abwärts begeben mussten. Der Weg führte weiter an der Mauer entlang, als Sina plötzlich stehenblieb.

»Da, schau mal, dort muss das andere Tor sein!« Sie deutete auf einen Säulenbogen, welcher sich vor der Mauer abzeichnete, halb verdeckt von der typischen Geistermauer.

Als sie das Tor erreichten, standen sie vor zwei riesigen hölzernen Torflügeln. Sie waren geschlossen. Feuerspeiende, kunstvoll geschnitzte Drachen neben den üblichen Ornamenten zierten die Türen und deren Rahmen. An einem Torflügel entdeckte Jonas ein winzig kleines Viereck. Eine luftige Holzschnitzerei, die einem Gitter glich, diente hier als Füllung. Er musste sich etwas auf die Zehenspitzen stellen, um hindurchzusehen. Und tatsächlich konnte er draußen einen Weg, Bäume und Büsche erkennen. Sina, die ihn beobachtet hatte, wurde neugierig und wollte es ihm gleich tun. Sie war etwas kleiner als Jonas und so sehr sie sich auch streckte und reckte, es gelang ihr nicht.

Zu ihrem Erstaunen schien es hier keinen Torhüter zu geben. Es war gespenstisch ruhig. Nicht mal ein Vogelruf unterbrach die lautlose Stille. Sie beschlossen, ein wenig die Umgebung zu erkunden. Keine Menschenseele war zu sehen. Mehrere Gebäude standen unweit des Tores. Das eine sah mit seinen nach außen geschwungenen Dächern und seinen roten Säulen nach einem Tempel aus. Die anderen braunen Holzhäuser glichen eher Wohngebäuden.

Unschlüssig standen sie da und überlegten, ob sie wieder zurückgehen sollten. Doch zuvor wollte Jonas sich den Lageplan noch einmal genauer ansehen.

»Vielleicht gibt es noch einen anderen Weg zurück und außerdem will ich sehen, wie weit ein nächstes Tor von hier entfernt ist.«

Beide blickten angestrengt auf die Zeichnung.

»Der Weg dorthin ist zu lang. Und einen besseren Rückweg finde ich auch nicht«, meinte Sina.

»Doch, natürlich. Hier, wir könnten diesen hier nehmen!« Jonas zeigte mit dem Finger auf eine Linie, die mitten durch die eingezeichneten Landschaften zurückführte.

»Vergiss es, dann verlaufen wir uns wieder«, erwiderte Sina. »Wenn wir entlang der Mauer denselben Weg zurückgehen, dann kann uns nichts passieren!«

Jonas wollte gerade antworten, als sie von einem knarrenden Geräusch abgelenkt wurden. Es klang wie ein Fuhrwerk. Als es immer lauter wurde, konnte man das Ächzen von Holz und das Rattern von Rädern vernehmen. Das Poltern schien von außerhalb der Mauer zu kommen. Nun hörten sie auch Stimmen. Jemand schrie und kreischte. Gleich darauf vernahmen sie ein Wimmern, das ihnen durch Mark und Bein ging.

Jonas trat auf Zehenspitzen an das Tor, um besser hinausspähen zu können. Er sah einen einfachen Holzkarren mit großen Speichenrädern, der von zwei mageren Wasserbüffeln gezogen wurde. Jetzt hielt das Gespann vor dem Tor an und Jonas konnte einen dicken Mann erkennen. Er schlug mit der Peitsche unbarmherzig auf die armen Tiere ein, damit sie ihren Weg fortsetzten. Diese aber weigerten sich, so dass er noch heftiger auf sie eindrosch. Nun beschimpfte der Dicke eine auf der Ladefläche liegende Gestalt. Erst jetzt bemerkte Jonas einen alten, dürren Mann. Dieser richtete sich mühsam auf und hob hilfesuchend seine Hände, als wenn er um Gnade flehen wolle. Doch der Dicke fuhr ihn böse an. Mit einem derben Stoß schubste er den Alten so heftig, dass dieser laut klagend und vor Schmerzen sich krümmend vom Wagen stürzte. Ohne ihn eines Blickes zu würdigen, schlug er wieder unbarmherzig auf die dürren Wasserbüffel ein, die fast nur aus Rippen zu bestehen schienen. Diesmal gehorchten die geschundenen Tiere und bewegten sich langsam vorwärts. Während der Alte wimmernd auf dem Boden lag und sich nicht mehr rührte, zog das Gespann von dannen.

Jonas hatte das alles mit Entsetzen verfolgt und berichtete Sina, was er gerade Furchtbares gesehen und miterlebt hatte. Auch sie hatte das schreckliche Schreien und das Klagen des Alten gehört. Sie war so aufgeregt, dass sie sich ein paar große Steine zusammensuchte, die sie als Stufe vor dem kleinen Sichtfenster aufbaute. Als sie darauf stieg, konnte sie die arme Kreatur draußen liegen sehen. Der alte Mann stöhnte vor Schmerzen und versuchte sich mühsam aufzurichten. Doch immer wieder fiel er in sich zusammen und lag laut weinend und klagend auf dem Boden. Sina stiegen die Tränen in die Augen.

»Wir müssen ihm helfen«, sprach sie zu Jonas.

»Richtig, aber wie?«

»Indem wir ihn reinholen und zu einem der Häuser bringen, damit er dort Hilfe bekommt.«

»Hast du mal darüber nachgedacht, dass wir das Gelände hier zu unserem Schutz nicht verlassen dürfen, bis Hu Fuh wieder zurückkommt?«, entgegnete Jonas.

Während sie berieten, was sie tun könnten, um dem Alten da draußen zu helfen, erhob sich wieder ein so lautes und heftiges Klagen jenseits der Mauer, dass die Kinder beschlossen, umgehend Erste Hilfe zu leisten.

»Wir könnten ihm ein paar Trockenfrüchte von uns geben«, schlug Sina vor und griff in den Vorrat in ihrer Tasche, den sie sich eingesteckt hatte. Im Gästehaus hatten sie eine Schale mit Kleinigkeiten zur Stärkung vorgefunden.

»Und wie sollen wir ihm das zukommen lassen? Einfach das Tor öffnen und ihn hereinbitten?«, fragte Jonas.

»Wie wäre es, wenn wir sie ihm durch das vergitterte Fenster stecken!«, schlug Sina vor und stieg wieder auf die Steine.

Als der Mann das Trockenobst sah, das Sina ihm durch die kleine Öffnung schob, streckte er gierig seine knorrige Hand danach aus. Dann begann er wieder jämmerlich zu schluchzen. Er war zu schwach zum Aufstehen. Und das Obst plumpste vor dem Tor zu Boden.

»Ich habe eine Idee. Der Abt hat doch gesagt, dass er uns nicht mehr beschützen könne, wenn wir sein Gelände verlassen. Er hat aber nicht gesagt, dass wir kein Tor öffnen dürfen. Solange wir uns auf dem Boden seines Anwesens befinden, sind wir sicher«, überlegte Sina.

»Im Prinzip hast du ja Recht, aber ob das wirklich eine so gute Idee ist?«, bezweifelte Jonas. »Wie soll er denn von allein hereinkommen, wenn er sich noch nicht mal aufrichten kann?«, fragte er skeptisch.

»Wir besorgen uns einen langen Stock. Dann kann er sich daran festhalten. Wir ziehen ihn mit vereinten Kräften auf das Gelände, ohne dass wir auch nur einen Schritt aus dem Tor heraustreten müssen.«

Aus diesen Gedanken und Überlegungen wurden sie jedoch herausgerissen, als der Alte vor dem Tor wieder so erbärmlich jammerte und zeterte, dass es den Kindern vor Mitleid fast das Herz zerriss. Umgehend machten sie sich auf die Suche nach einem langen festen Stock. Unter einem dichten Gebüsch fanden sie einen Knüppel, der lang genug sein musste, um ihn dem Alten zu reichen.

»Was ist, wenn wir das Tor nun gar nicht öffnen können?«, überlegte Jonas, dem die ganze Idee nicht so richtig gefiel.

Doch sie brauchten nicht lange zu suchen, da entdeckte Jonas in der Mitte der Torflügel zwei große Metallösen, durch die ein schwerer eiserner Riegel geschoben war. Mit vereinten Kräften konnten sie den Riegel durch die Ösen ziehen und danach einen der schweren Torflügel nach innen öffnen. Ihr Blick fiel auf den alten Mann, der die Kinder dankbar ansah. Er versuchte, sich zu erheben, fiel aber wieder auf die Knie.

Jonas drehte sich nach dem Stock um, hob ihn auf und versuchte, ihn dem Mann zu reichen. Dabei war er immer darauf bedacht, nicht aus dem Torbereich herauszutreten. Er versuchte, dem Alten mit einer Geste klarzumachen, dass sie ihm helfen wollten und dass er sich an dem Stock festhalten möge. Doch dieser krümmte sich zusammen, als wenn er wieder geprügelt werden sollte und zuckte unter lautem Jammern zurück. Es dauerte eine ganze Weile, bis der Alte zu begreifen schien, dass sie ihm nur helfen wollten und er arbeitete sich wieder ein kleines Stückchen vorwärts, um den Stock zu ergreifen.

Um Jonas beim Ziehen zu unterstützen, fasste Sina mit an. Doch kaum hatten sie ihn mit vereinten Kräften ein paar Zentimeter bewegt, als die Kinder von einer unsichtbaren Kraft aus dem Tor gerissen wurden, dass ihnen fast Hören und Sehen verging. Der Sog war so heftig, dass sie auf den Boden geworfen wurden. Als sie sich endlich aufrappelten, sahen sie mit Entsetzen, dass sich das Tor geschlossen hatte und sie ausgesperrt waren. Von dem Alten hingegen war keine Spur mehr zu sehen.

»Wo ist der Mann geblieben?«, fragte Sina entgeistert und beide ahnten sofort Schlimmes.

»Karatabar«, sprachen sie wie aus einem Munde.

»Irgendwie hatte ich kein gutes Gefühl bei der Sache, nun weiß ich warum«, meinte Jonas ärgerlich und wandte sich dem Tor zu.

»Komm lass uns schauen, ob wir das Tor von außen wieder öffnen können.«

Auf der Flucht

Mit den beiden großen Eisenringen auf der Außenseite des Tores konnte man um Einlass bitten. Die Kinder versuchten es eine Weile, aber wie zu erwarten war, reagierte niemand. Wie auch. Sie waren ja keiner Menschenseele begegnet. Sie gaben erschöpft auf. »Wir müssen wieder an der Mauer entlang zurück, zum ersten Tor. Das ist der kürzeste Weg und dort wird uns auch der nette Torhüter Einlass gewähren«, meinte Jonas und zog Sina mit sich. Vorsichtshalber griff er in seine Jackentasche und stellte erleichtert fest, dass nichts verloren gegangen war. Zu seinem Erstaunen hatte sich das Ende des Gürtels um die goldene Dose gewickelt. Das konnte doch kein Zufall sein. Auch Sina war froh, dass ihr das Amulett beim Aufprall nicht abhanden gekommen war.

Bald vernahmen sie das vertraute Geräusch des Wasserfalles. Sie erinnerten sich, dass sie ihn auf dem Hinweg auf der anderen Seite der Mauer nicht hatten sehen können. Als sie nun näher kamen, erblickten sie die Wassermassen, die sich aus der weiten Öffnung der Mauer tosend in eine tiefe Schlucht stürzten. Wie in einem Canyon hatte sich der wild schäumende Fluss tief unter ihnen in ein Felsbett gegraben.

»Hier kommen wir nicht weiter«, jammerte Sina und schaute mit Grausen hinab in die Tiefe.

Jonas, dem es nicht besser erging, versuchte den Blick vom Abgrund zu lösen. Er glaubte, etwas entdeckt zu haben.

»Sieh mal, Sina, ich meine, da ist so etwas wie eine Brücke.« Er deutete auf eine schwarze Linie. Es musste eine Hängebrücke sein, die in schwindelerregender Höhe die beiden Ufer verband.

»Da gehe ich nicht rüber, vergiss es!«, meinte Sina verstört und schüttelte heftig den Kopf.

In diesem Moment aber hörten sie Schritte hinter sich, konnten jedoch niemanden sehen. Jonas zog Sina mit sich und eilte der Brücke entgegen.

»Wir müssen es versuchen, Sina, es bleibt uns keine andere Wahl. Bitte!«

»Niemals!«, entgegnete Sina und schaute mit Entsetzen auf die Hängebrücke, die mit mehreren kräftigen Seilen an beiden Ufern befestigt war.

Sie standen nun direkt davor. Auch Jonas schauderte es beim Gedanken an die wackelige Überquerung. Als Haltegriffe dienten links und rechts gebündelte dicke Seile. Zwischen diesen hing, an den Halteseilen befestigt, ein durchhängendes grobmaschiges Netzgeflecht. Darauf musste man vorsichtig balancieren und sich dabei an den Haltegriffen festhalten. Sina betrachtete immer noch misstrauisch und verängstigt diese wackelige Konstruktion, als sie beobachtete, wie Jonas flugs seinen Gürtel mit der aufgestickten Eidechse abnahm und ihn zum Schutz in seine Jackentasche zu der Dose steckte. Kaum hatte auch sie ihren Gürtel schützend um das Amulett gebunden, als wieder die Schritte zu vernehmen waren, begleitet von einem schauerlichen Rufen. Dann war es wieder still. Verunsichert blickten sie sich an.

»Sina, es gibt keinen anderen Weg«, redete Jonas beruhigend auf sie ein. »Du gehst vor mir und ich bleibe ganz dicht hinter dir. Wir werden das gemeinsam schaffen«, versuchte er sie zum Laufen zu bewegen und drängte sie ganz vorsichtig mit dem Arm vorwärts. Beim ersten Schritt begann die Brücke gefährlich zu schwanken. Sina kämpfte mit einem Schwindelgefühl und wollte gleich wieder zurücktreten, aber Jonas war so dicht hinter ihr, dass sie dazu keine Möglichkeit mehr hatte. Zudem meinte sie, die Schritte wieder zu vernehmen.

»Bitte, geh weiter und achte genau darauf, wohin du trittst«, mahnte er und schob sie vorwärts.

Auch Jonas versuchte sich voll und ganz darauf zu konzentrieren, wohin er trat. Er war nämlich nicht schwindelfrei und hatte es bisher immer vermieden, irgendwelche Türme oder sonstige Aussichtsplätze zu besteigen. Achterbahnen waren für ihn ein Gräuel. Er hatte sich oft den Spott seiner Schulkameraden zugezogen. Das war ihm immer egal gewesen. Damit konnte er ganz gut leben. Und nun so etwas. Wahrscheinlich hatte er noch mehr Angst als Sina. Und ausgerechnet er musste seiner sonst so temperamentvollen Cousine zur Seite stehen und den Tapferen spielen. Er merkte, wie ihm übel wurde. Alles drehte sich vor seinen Augen. Nur jetzt nicht schlappmachen!, dachte er.

So tasteten sich die beiden ganz vorsichtig, Schritt für Schritt, langsam auf der wackelnden und schwankenden Brücke in schwindelnder Höhe über den Fluss. Keiner sprach ein Wort. Als Sina als Erste das andere Ufer erreichte, sprang sie mit einem Seufzer der Erleichterung auf den Felsvorsprung, an dem die Halteseile der Brücke befestigt waren. Sie kletterte über die Steine und lief auf eine Wiese zu. Dort ließ sie sich erschöpft ins Gras fallen. Da lag sie, die Arme weit ausgebreitet mit geschlossenen Augen und dankte dem Himmel, dass sie das überstanden hatte. Als Jonas ebenfalls festen Boden unter den Füßen verspürte, eilte er ihr nach und ließ sich glücklich und erleichtert neben seiner Cousine niedersinken. Dann jedoch setzte er sich auf und betrachtete Sina nachdenklich.

»Weißt du, mir hat mal einer meiner Freunde gesagt, dass Mädchen von Hause aus etwas langweilig sind. Und vor allem zickig! Ja, das hat er gesagt«, sagte Jonas und blickte zu Sina hinüber, die sich nicht rührte und den Anschein erweckte, als ob sie nichts gehört habe. »Der hatte ja keine Ahnung, dass es eine gibt, mit der man durch dick und dünn gehen kann. Die alles andere als langweilig ist. Ganz im Gegenteil. Eine, mit der man sogar über gefährliche Hängebrücken einen reißenden Fluss überqueren kann. Die ist echt richtig spitze, finde ich!«

»Kenn' ich die?«, fragte Sina regungslos.

»Glaub' ja«, antwortete Jonas.

»Soll das ein Kompliment sein?«, fragte sie ein wenig verschmitzt und richtete sich auf.

»Denke schon.«

Dann sah er sie etwas unsicher an und wurde auf einmal verlegen. »Weißt du, Sina, da gibt's noch was, was ich dir eigentlich nicht sagen wollte. Ich bin nämlich nicht schwindelfrei. Ich hatte richtig Schiss vor der Brücke«, gestand Jonas ihr. »Ich hätte mich vor Angst beinahe übergeben. Doch wie durch ein Wunder war dieses Gefühl auf einmal wie weggeblasen. Ich wurde ganz ruhig und konnte ohne Probleme in die Tiefe hinunter schauen. Ob da jemand seine Hand im Spiel hatte?«

Doch noch ehe Sina etwas darauf erwidern konnte, sah sie im Hintergrund die Hängebrücke, die wie von selbst zu schaukeln und zu schwanken anfing. Auch Jonas hatte sich umgedreht. Jemand schien Schritt für Schritt das Netzgeflecht in Schwingung zu bringen, um sie zu überqueren. Zu sehen war aber niemand.

Keine Menschenseele weit und breit. Panisch riss Sina Jonas am Arm hoch. Schon rannten die beiden erneut los. Sie liefen am Ufer entlang in Richtung Mauer, wo sie auf dem Weg weiterwollten. Zu ihrem Schrecken hörte er jedoch auf und eine Felslandschaft lag vor ihnen.

Eilig sprangen sie über flache Steine, bis ein großer Felsbrocken sie am Weiterlaufen hinderte. Mühsam kletterten sie darüber und entdeckten dahinter einen schmalen Pfad, der durch eine enge Schlucht führte. Wieder hörten sie die unheimlichen Schritte. Sie drehten sich ängstlich um. Aber nichts und niemand war zu sehen. Vorsichtig bewegten sie sich weiter, als völlig unerwartet der enge Felsgang endete. Vor ihnen breitete sich eine flache Landschaft aus.

Als sie gerade aufatmen wollten, vernahmen sie lautes Quietschen und Klopfen hinter sich, dann ein Heulen und fürchterliche Schreie. In Panik drehten sie sich um und hielten sich die Ohren zu. Dann verstummten die gespenstischen Laute wieder. Gab es denn keinen, der ihnen helfen konnte?, dachten Sina und Jonas verzweifelt.

»Ich kann nicht mehr«, stöhnte Sina, blieb erschöpft stehen und rang nach Luft.

Auch Jonas war nach Luft schnappend stehengeblieben. Sie setzten sich beide völlig ermattet auf einen Baumstamm. Um sie herum war alles ruhig, nur die Blätter der Bäume raschelten im Wind. Ab und zu wurde die Stille vom Kreischen eines Vogels unterbrochen, der von einem Ast aufflog. Sonst war nichts zu hören.

»Wann hört dieser Terror endlich auf?«, fragte Sina entnervt.

»Ob wir uns die Geräusche vielleicht nur eingebildet haben? Vielleicht werden wir langsam verrückt im Kopf?«, fragte Jonas und noch ehe Sina antworten konnte, waren sie wieder zu hören, die unheimlichen Schritte und Tritte, die sie verfolgten. Wieder sprangen sie auf und rannten einfach los. Sina bemerkte, wie sich der Gürtel um ihren Hals, der das Amulett schützte, gelockert hatte und sie ihn um ein Haar verloren hätte. Schnell band sie ihn beim Laufen wieder fest um die Jacke.

»Schau mal«, keuchte Sina, »da ist der Schwanz des Drachens, oben auf der Mauer! Das Tor kann nicht mehr weit sein.«

Sie rannten schneller. Die Aussicht, das Tor bald zu erreichen und die Hoffnung auf Rettung gaben ihnen ungeahnte Kräfte. Kaum waren sie an dem großen, zweiflügeligen Tor angekommen, wollte Jonas einen der schweren metallenen Ringe mit voller Wucht gegen das Holz hämmern. Der Torhüter würde das Tor gleich öffnen und sie wären gerettet.

Doch zu seinem Entsetzen versagten seine Kräfte, er erstarrte mitten in der Bewegung. Sein Geist war willig, doch sein Körper schwach. Er hatte die Hände am Eisen und immer wieder versuchte er gegen das Holz zu schlagen, aber vergeblich. Sina stand gelähmt daneben. Angstvoll hörten sie die Schritte direkt hinter sich. Es ertönte ein schrilles, leises Lachen, das ihnen schrecklich bekannt vorkam. Schon konnten sie das Keuchen und den heißen Atem ihres unsichtbaren Verfolgers im Nacken spüren. Da hatte Jonas den rettenden Geistesblitz.

»Sina, schnell, das Amulett! Ruf Dragard«, keuchte er.

Sina erwachte aus ihrer Starre. Doch kaum hatte sie das Amulett ergriffen, als sich schon eine eiskalte Hand auf die ihre legte und fest zudrückte. Im ersten Moment wollte sie die Hand darunter zurückziehen. Aber sie hielt das Amulett so fest umklammert, dass die Finger schmerzten und schrie laut nach Dragard.

Dragard kam sofort. Diesmal nicht so klein wie beim letzten Mal. Er war da, groß und mächtig. Zum Abflug bereit. Hastig ergriff

Sina mit der freien Hand den schuppigen Panzer. Sie fühlte, wie der Druck der fremden Hand nachließ und sie schließlich freigab.

»Los, schnell aufsteigen!«, rief Dragard den beiden zu und in Windeseile saßen Sina und Jonas auf seinem Rücken. Er breitete seine Flughäute aus und schon hoben sie ab.

»Das war Rettung in allerletzter Sekunde!«, rief Dragard ihnen zu. »Wie konntet ihr nur das sichere Anwesen von Hu Fuh verlassen?«, fragte er vorwurfsvoll.

»Ja, das war zu blöd von uns, Karatabar hat uns ganz schön reingelegt«, gab Jonas zu. »Er hatte sich in einen alten, hilflosen Mann verwandelt, um uns aus dem Versteck zu locken.«

»Auf meinem Rücken kann er euch absolut nichts mehr anhaben«, versicherte Dragard.

Sina und Jonas erholten sich langsam von dem Schrecken und schwiegen noch eine Weile. Nach einiger Zeit ergriff Sina das Wort.

»Sag mal Dragard, ist der Abt Hu Fuh wirklich dein Freund?«

»Er ist mein wichtigster und treuester Verbündeter. Seine Verwandten leben in aller Welt verstreut. Wir alle bekämpfen Karatabar gemeinsam«, erklärte er den beiden. .

Dragard flog nun ruhige Bahnen und geduldig beantwortete er die vielen Fragen.

»Stimmt es, dass Orchideenblüte die Schwester von Natans Vater ist?«, wollte Sina wissen.

»Ja, es ist so. Die Arme hat unter Karatabar ganz schön zu leiden«, bestätigte Dragard.

Nach einer Pause wollte Sina wissen: »Wohin fliegen wir eigentlich?«

»Zu Natan«, antwortete Dragard kurz und flog höher und höher. Nach einer Weile sahen sie eine große schwarze Wolkenformation vor sich. Unaufhaltsam schienen sie auf das Unwetter zuzurasen.

»Ich befürchte, wir müssen umkehren. Das ist zu gefährlich, für euch und für mich«, erklärte Dragard. Schon erhellten mächtige Blitze den Himmel. Kurz darauf setzte das ohrenbetäubende gewaltige Krachen des Donners ein. Die Kinder zuckten erschrocken zusammen. Hörte denn dieses Abenteuer nie auf?, dachten beide resigniert, als schon die ersten dicken Regentropfen fielen.

»Haltet euch jetzt besonders gut fest!«, rief Dragard den beiden zu und flog eine enge Kurve.

»Haben wir das ebenfalls dem alten Bösewicht zu verdanken?«, fragte Jonas wütend.

»Nein, zum Glück kann er darauf überhaupt keinen Einfluss nehmen. Das sind Naturgewalten, die kommen und gehen, das steht nicht in unserer und nicht in Karabatars Macht«, erwiderte Dragard.

»Wir werden irgendwo landen müssen«, erklärte er den überraschten Kindern und fügte hinzu: »Etwas Gutes hat diese ungewollte Unterbrechung. Karatabar wähnt uns auf dem Flug zu Natan. Vielleicht ist er schon da und denkt sich etwas aus, um euch zu schaden. Wir schlagen ihm ein Schnippchen. Bis er unsere Fährte wieder aufgenommen hat, wird es eine Weile dauern. Und ich glaube, dass ich da bereits eine gute Idee habe!«

Die Sonne schien wieder und unter ihnen sahen sie eine trostlose gelbe Wüstenlandschaft, in der kein Baum und kein Strauch wuchs.

»Das ist die Taklamakan«, rief Dragard ihnen zu. »Die Einheimischen nennen sie die Wüste, aus der keiner mehr herauskommt.«

»Kein Wunder, in dieser sandigen Einöde kann man ja nicht überleben«, sagte Sina mit Schaudern. Sie hatte schon große Befürchtungen, dass Dragard hier landen würde, flog er doch nun ungewohnt niedrig.

Zu ihrer großen Erleichterung endete wenig später die schreckliche Einöde und sie überflogen eine graue Hügellandschaft, die sich mit Felsformationen abwechselte.

»Am Rande der nördlichen Taklamakan und der Wüste Gobi, die hier zusammentreffen, ziehen viele Karawanen entlang. Es sind Händler, die ihre Waren in den verschiedensten Ländern eingekauft haben und weiter verkaufen. Sie sind monatelang, manchmal auch jahrelang unterwegs«, erklärte Dragard weiter.

»Verdursten sie nicht in dieser furchtbaren Gegend?«, wollte Sina wissen.

»Es gibt mitten in der Wüste Oasen mit Trinkwasserbrunnen. Dort wachsen Palmen, wunderbar süße Trauben und Melonen. Die Leute von der Karawane können dort ihre Trinkwasservorräte auffüllen und ihre Tiere tränken. Wusstet ihr, dass ein Kamel zweihundert Liter Wasser in einer Viertelstunde trinken und damit vierzehn Tage auskommen kann?

Eine Karawane besteht oft aus hundert oder zweihundert Menschen und ebenso vielen Tieren. Die Waren werden auf die Lastkamele verteilt und die Händler reiten oft auf Pferden nebenher. Es ist ein riesiges Unternehmen und muss gut organisiert sein«, fuhr Dragard fort, während Sina und Jonas erschrocken nach unten schauten, denn jetzt erreichten sie wieder eine durchgehend gelbe Sandwüste.

»Da unten, seht ihr, das ist eine solche Oase«, rief er und zeigte auf die grünen Flecken inmitten der Hügel. Er flog noch ein bisschen tiefer.

»Und dort ist auch eine Karawane. Es sieht so aus, als wenn sie in der Oase Rast gemacht haben und gerade aufbrechen.«

Sie konnten die Menschen und Tiere sehen, die sich in einer Schlange formierten und langsam loszogen. Als sie noch ein Stück

weiterflogen, wurde die Karawane plötzlich von einem Hügel verdeckt. Sie war nicht mehr zu sehen.

Dragard flog nun immer dichter über dem Land. Jonas und Sina konnten das waschbrettartige Muster auf den ockerfarbenen, gelben Sandbergen erkennen, die der Wüstenwind geformt hatte. Dann setzte er zwischen zwei hohen Dünen zur Landung an.

Die Wüste Gobi

»Sag mal Dragard, ist das dein Ernst? Willst du uns etwa hier absetzen, mitten in der Wüste?«, riefen Sina und Jonas entsetzt.

»Absetzen ja, aber ihr werdet nicht alleine sein. Ihr werdet mit der Karawane ziehen, die wir gerade gesehen haben. Wir treffen uns dann in Peking wieder. Ich werde euch dort erwarten. Leider kann ich euch nicht selbst dahin bringen, denn ich habe ein Problem, das ich unbedingt mit Hu Fuh besprechen muss. Es ist wirklich sehr wichtig. Denn Karatabar scheint uns ausgetrickst zu haben. Hier seid ihr erst einmal in Sicherheit. Vergesst nicht, ich bin immer bei euch, wenn ihr mich dringend braucht. Oder ich sende meine Leute zu eurem Schutz aus«, sprach Dragard, ließ die beiden absteigen und machte Anstalten, sich in die Lüfte zu erheben. Schnell reichte er ihnen noch einen ledernen Sack, den er aus dem Nichts herbeigezaubert hatte.

Ehe sie ihn fragen konnten, was sie damit machen sollen, hatte Dragard die Flügel ausgebreitet und war fort. Sie standen allein, inmitten einer von hohen Sanddünen umschlossenen Wüste. Schon spürten sie die sengende Hitze der Sonne auf ihren Köpfen.

Jonas stand mit dem Ledersack in der Hand und schaute Sina unschlüssig an.

162

»Kannst du mir mal sagen, wozu dieser Wackelsack gut sein soll?«, fragte er Sina und schüttelte ihn hin und her. Sie hörten es darin gluckern. Sina sah erst auf den Sack und dann auf Jonas.

»Ist doch klar, da ist Wasser drin. Damit wir nicht verdursten. Ich glaube, das ist eine Ziegenhaut. Ich habe so etwas mal gelesen, dass irgendwelche Völker die Häute von Ziegen benutzen, um Flüssigkeiten darin aufzubewahren.«

»Was du mal wieder so alles weißt. Sagenumwobene Ariadnefäden und braune Ledersäcke scheinen dein Spezialgebiet zu sein«, spottete Jonas grinsend und schüttelte erstaunt den Kopf.

»Fällt dir nichts Besseres ein?«, meinte Sina und verdrehte die Augen.

»Okay. Sorry! Aber wo bitte ist die Karawane?«, fragte Jonas, denn er konnte sie nirgends entdecken.

»Hm, aber wir haben sie doch deutlich von oben gesehen?«, erwiderte Sina. »Vielleicht sollten wir auf den hohen Sandberg vor uns klettern und uns umsehen«, entgegnete Jonas.

»Bei dieser Wärme und deiner Höhenangst?«, erwiderte Sina zweifelnd.

»Schlimmer als die Seilbrücke kann es nicht werden«, verteidigte sich Jonas. Entschlossen schritt er durch den tiefen Sand auf die große Düne zu.

Mit jedem Schritt wurde die Gluthitze unerträglicher. Die Sonne brannte unbarmherzig auf sie nieder. Am meisten machte sie Jonas zu schaffen. Zum Glück trugen sie ihre Kappen auf dem Kopf. Sina zog ihre Jacke aus, die sie sich zusammen mit dem Gürtel um die Hüfte band. Jonas behielt seine an. So blieb seine weiße, sommersprossige und empfindliche Haut besser geschützt. Doch der Schweiß lief ihm in Strömen über sein gerötetes Gesicht. Den schweren Wassersack musste er ja auch noch tragen. Ganz kurz dachte Jonas an die alte Marie. Ob sie ihre Abwesenheit schon bemerkt hatte? Doch dann wurde seine Aufmerksamkeit wieder auf das Laufen im unwegsamen Sand gelenkt. Es war ein unglaublich mühsames Unterfangen, viel schwieriger, als es den Anschein hatte. Auch Sina, die normalerweise Hitze und Sonne gut vertragen konnte, wischte sich immer wieder den Schweiß von der Stirn. Bald hatte sie einen ebenso krebsroten Kopf wie Jonas.

»Hast du nicht auch Durst?«, fragte sie ihn.

»Hm«, keuchte er und meinte, dass es besser sei, das kostbare Wasser aufzuheben. Man wusste ja nie, was noch alles auf einen zukam.

Die Luft flirrte und mühsam stiegen sie den schmalen Grat der Sanddüne weiter aufwärts, bis Sina sich umdrehte und mit einem Ruck stehenblieb. Sie schaute in die Richtung, aus welcher sie gekommen waren.

»Schau mal, Jonas. Genau da hinten, da ist ja eine riesige Oase. Das gibt's doch nicht! Dass wir die vorhin nicht bemerkt haben?«, wunderte sie sich und schüttelte ungläubig den Kopf. »Kannst du die vielen Palmen dort sehen? Da ist auch ein großer See!«, rief sie ganz außer sich und zeigte mit dem Finger in die Ferne.

Jonas folgte ihrem Blick, konnte aber nichts erkennen, außer Sand, Sand und nochmals Sand.

»He, Sina, da ist nichts! Willst du mich veräppeln?«, fragte er kopfschüttelnd und sah sie irritiert an.

»Doch, schau mal genau hin«, beharrte Sina auf ihrer Wahrnehmung, denn sie war felsenfest davon überzeugt.

»Ich glaube, du siehst eine Fata Morgana. Das ist ein Trugbild. Es ist die sengende Hitze«, bemerkte Jonas beunruhigt. Er betrachtete sie kritisch. »Hier, besser du trinkst etwas, sonst siehst du weiterhin Gespenster.« Besorgt reichte er Sina den Wassersack.

»Trink einen großen Schluck, dann siehst du hoffentlich wieder klar.«

Gierig nahm Sina den Beutel entgegen und wollte nicht aufhören zu trinken. Jonas hinderte sie jedoch daran, indem er ihr den Wassersack vorsichtig wieder abnahm.

»Wir brauchen vielleicht noch ein bisschen Vorrat, für alle Fälle.« Er genehmigte sich selbst nur einen kleinen Schluck. Diesen behielt er für eine Weile genüsslich im Mund, um ihn schließlich langsam die Kehle hinunterlaufen zu lassen. Dann drehte er sich zu ihr um.

»Na, wie ist es? Siehst du noch immer wunderbare Oasen und Seenlandschaften?«

Sina blinzelte in die Sonne. Sie wollte sich ihren Traum nicht so einfach zerstören lassen. Doch als sie unsicher in Richtung des Trugbildes schaute, meinte sie nur noch verschwommen ein paar einzelne Palmen zu sehen.

Sie ruhten sich einen Moment lang aus und es dauerte nicht lange, bis Sina zu Jonas großer Erleichterung bekannte, dass sie nun wieder nichts als die gelben, baumlosen Sandberge in der Ferne erkennen könne. Sie standen auf und liefen die letzten Meter die Düne hinauf. Dabei sprachen sie nur das Nötigste. Endlich oben angekommen, bot sich ihnen ein überwältigender Anblick über die riesige Wüste. Weit unter ihnen erstreckten sich endlos hellgelbe Sandhügel, die in der unerträglichen Hitze zu zittern schienen.

Mühsam liefen sie auf dem Kamm der Sanddüne entlang. Obwohl es auf den ersten Blick den Anschein hatte, dass sich tief unter ihnen immer dieselben riesigen gelben Berge ausbreiteten, veränderte sich die Wüstenlandschaft beim Weitergehen beständig. Dann bemerkte Jonas plötzlich Erfreuliches.

»Schau mal, Sina«, rief er und wedelte ganz aufgeregt mit den

Armen, »da unten bewegt sich etwas zwischen den Sandbergen. Kannst du es sehen?«

»Wo?«, fragte sie. Misstrauisch blickte sie in die Tiefe. Sie sah nichts. Doch dann rief sie begeistert: »Na klar, jetzt sehe ich es auch. Wie eine lange dunkle Schlange, die hinter einer Düne hervorkriecht. Das muss die Karawane sein«, jubelte sie und zeigte auf die bewegliche Formation, die sich jetzt immer deutlicher abzeichnete. »Na, hoffentlich ist das keine Fata Morgana!«

»Bis wir unten sind, ist sie womöglich schon vorübergezogen und wir werden sie verpassen?«, befürchtete Jonas, dem bei der Aussicht auf den steilen Abstieg ein bisschen mulmig zumute wurde. Er hatte jedoch nicht mit seiner einfallsreichen Cousine gerechnet. Verwundert beobachtete er Sina, die sich kurzerhand auf ihr Hinterteil setzte und den steilen Abhang hinab schlitterte. Lachend drehte sie sich nach Jonas um und machte ihm ein Zeichen, es ihr gleichzutun. Unschlüssig und zögernd ließ er sich nieder, band seinen Gürtel wieder um die Jacke und presste den Wassersack fest mit beiden Händen an seinen Bauch. Erst glitt er langsam und vorsichtig abwärts. Dann stellte er fest, dass es richtig Spaß machte. Und so rutschten sie beide immer schneller den langen Hang hinab. Sie vergaßen ihre Erschöpfung, Jonas seine Höhenangst und fanden Gefallen an dieser Rutschpartie. Mit rasantem Tempo ging es ins Tal und während sie lachend abwärts glitten, gab der Sand einen hohen, pfeifenden Ton von sich.

»Hörst du, wie die Düne singt?« Sina drehte sich zu Jonas um und beide mussten lachen.

Doch als sie unten ankamen, war von der Karawane nichts mehr zu sehen. Zum Glück war sich Jonas ganz sicher, dass die Karawane bald hinter einer nahegelegenen Düne hervorkommen musste. »Ich glaube, wir verstecken uns vorerst hinter diesem kleinen Wall und warten ab. Nach meiner Einschätzung kann es nicht mehr lange dauern, bis sie auftaucht«, sagte er zu Sina und zeigte in die Richtung, wo er die Karawane vermutete.

Die Karawane

Da kamen auch schon die ersten Tiere und Menschen hinter dem Hügel hervor.

»Sag mal, wie stellst du dir das eigentlich vor?«, fragte Sina. »Dass wir als fröhliche Anhalter aus unserem Versteck hervorgekrochen kommen und einfach fragen: Hallo, wohin geht die Reise? Wir wollen nach Peking, ihr vielleicht auch? Dürfen wir uns anschließen? Und husch, husch, bekommen wir jeder ein Kamel und auf geht's?«

»Na ja, nicht ganz so, aber in etwa schon. Nur unauffälliger halt. Es wird sich schon eine Gelegenheit bieten. Wart's ab«, meinte Jonas zuversichtlich.

»Und so versandet, wie wir mit unseren chinesischen Klamotten aussehen und mit unseren rot verschwitzten Gesichtern, wird man uns nicht gleich als Europäer erkennen«, fügte er hinzu.

»Gut, dass deine rote Haarpracht unter der Kappe versteckt ist«, witzelte Sina.

Es dauerte nicht mehr lange und die ersten Kamele trotteten an ihnen vorüber. Sie waren voll bepackt mit Lasten aller Art, die zu beiden Seiten befestigt waren. Sie trugen Säcke, hölzerne Kisten, Stoffballen und was man sich sonst noch denken konnte. Es war schier unglaublich, welche Mengen und Gewichte diese Tiere schleppen konnten. Die Kameltreiber saßen im Sattel oder gingen neben den Tieren her. Jedes Kamel war durch ein Seil mit dem vorhergehenden und dem darauffolgenden Tier vertäut. Dazwischen sah man Reiter auf drahtigen und robusten Pferden.

Trotz der Hitze hatten die Männer lange Mäntel oder Jacken und geschnürte Stiefel an. Viele trugen kapuzenähnliche Kopfbedeckungen, einen Turban oder hatten sich einfach ein Tuch um den Kopf gebunden. Andere trugen tief in die Stirn gezogene bunte Mützen. Obwohl sie unterschiedlich gekleidet waren, hatten sie alle eines gemeinsam: Ihren von Wind und Wetter gegerbten und angespannten Gesichtern konnte man die Strapazen und Entbehrungen mühseliger, langer Reisen ansehen. Gut verdeckt beobachteten die beiden neugierig das fremdartige Treiben vor sich.

»Schau mal, wie süß, da ist auch ein ganz kleines Kamel«, flüsterte Sina leise und zeigte auf ein Jungtier, das neben seiner Mutter herstakste.

Ein paar Hunde liefen bellend zwischen den Beinen der Kamele hindurch, die ihre Lasten mit geduldiger Teilnahmslosigkeit und schaukelndem, schwankendem Gang vorwärts bewegten. Ab und zu preschte einer der Reiter auf einem der kleinen mongolischen Pferde an dem Tross vorbei und besah einige Tiere prüfend. Er war vornehm gekleidet und unterschied sich von den einfachen Kameltreibern. Vielleicht war es ein Kaufmann, der nach dem Rechten schaute.

Gespannt warteten Sina und Jonas auf eine Gelegenheit, sich unbemerkt unter die Karawane zu mischen. Da kam ihnen der Zufall zu Hilfe. Unvermittelt brach ein Tumult aus. Die Ursache schien ein Kamel zu sein, das sich standhaft weigerte, weiterzugehen. Es blökte laut und schlug aus, wenn sich einer der Männer

169

nähern wollte, um es zu untersuchen und zu beruhigen. Irgendwie gelang es dann mehreren Leuten, das Kamel zu überwältigen. Sie befreiten es von seinen schweren Lasten. Es schien heftige Schmerzen zu haben. Die Männer redeten besänftigend auf das Tier ein und lösten es aus der Gruppe. Durch diesen Vorfall war die ganze Karawane ins Stocken geraten. Es bildeten sich mehrere Grüppchen von Männern, die sich an der Unglücksstelle versammelten. Wild gestikulierend redeten sie aufeinander ein. Auch ein paar halbwüchsige Jugendliche waren dabei.

»Los, das ist jetzt unsere Chance. Wir mischen uns einfach unter diese Leute«, sagte Jonas leise. Schnell kamen sie hinter ihrem Hügel hervor. Und wenige Augenblicke später hatten sie sich unbemerkt unter den Menschenauflauf gemischt. Zu ihrer großen Erleichterung nahm tatsächlich keiner von ihnen Notiz. Auch als das Kamel herausgeführt wurde und die anderen wieder zusammen gebunden wurden, um die Lücke zu schließen, achtete keiner auf sie. Langsam setzte sich die Karawane wieder in Bewegung. Nur einzelne Gruppen standen noch beieinander und beratschlagten. Doch dann lösten sich auch diese auf und Sina und Jonas standen allein da. Sie liefen neben einem der Kameltreiber her und waren froh, dass sich keiner um sie kümmerte oder sie weiter beachtete. Zum Glück bewegten sich alle im Schritttempo, sodass sie zu Fuß gut Schritt halten konnten.

Wenn nur das Laufen im Sand nicht so mühsam gewesen wäre! Ständig sanken ihre Füße ein. Auch die Hitze machte ihnen sehr zu schaffen. Ihr Wasservorrat schwand, denn sie konnten ihren Durst nicht bremsen. Es dauerte nicht lange, bis sie nichts mehr zu trinken hatten. Sie trotteten nun schon eine ganze Weile neben einem Kameltreiber her, der inmitten seines nicht so voll bepackten Kamels im Sattel eingeschlafen war. Er ließ sich auf seinem Sitz hoch oben von dem schaukelnden Gang des Tieres hin und her wiegen. Sein Körper bewegte sich im Rhythmus vor und zurück, vor und zurück. Anfangs hatte er ein paar Mal auf die Kinder herunter gesehen. Dann hatte er sich gleichgültig wieder abgewandt, um die Augen zu schließen und wieder fest einzuschlafen.

»Ich habe Durst«, schrie Sina verzweifelt zu ihm hinauf, doch der Mann hielt die Augen fest geschlossen.

»Meinst du, dass er uns etwas gibt?«, fragte Jonas zweifelnd.

»Hallo, Sie da oben, ich habe Durst!«, wiederholte Sina so laut sie konnte.

Als der Mann auf dem Kamel immer noch nicht reagierte, fasste sie ihn kurzerhand am Stiefel und schrie nochmal zu ihm hinauf, dass sie Durst habe. Daraufhin öffnete er langsam verwundert die Augen, sah auf die beiden Kinder hinab und brummelte etwas, dass sie nicht verstanden. Da sie ihm nicht antworteten, schloss er seine Augen wieder.

»He, alte Schlafmütze«, schimpfte Sina, »wach auf und hör mir doch mal zu!«

Aber er schlief weiter, ohne sie zu beachten. Sina jedoch gab nicht auf. Nachdem sie ihn immer wieder am Stiefel gepackt und gerüttelt hatte, öffnete er endlich wieder die Augen und sah unwirsch zu ihr hinab. Noch ehe Sina etwas sagen konnte, deutete Jonas auf seinen leeren Ziegensack. Er drückte ihn zu, um zu zeigen, dass er leer sei. Mit Zeichen versuchte er dem Reiter klar zu machen, dass sie beide Durst hätten.

Jetzt hatte der verstanden und grinste. Er griff hinter sich in seine Satteltasche und holte einen ledernen Wassersack hervor. Dann beugte er sich zu ihnen hinab und reichte ihn Sina. Sie stöpselte ihn auf und nahm gierig einen großen Schluck.

Mit Zeichensprache versuchte sie, ihm ihren Dank auszudrücken. Er nahm es gar nicht zur Kenntnis und deutete mit einer Kopfbewegung zu Jonas hin. Sie solle den Wassersack weiterreichen. Freudig nahm dieser das Angebot an, trank und reichte ihn wieder hinauf. Der Mann nickte den Kindern von oben zu und verstaute alles wieder in seiner Tasche. Danach versank er erneut in seinen erholsamen Schlaf.

Mit der Zeit merkten Sina und Jonas, dass das Laufen sie immer mehr anstrengte. Es fiel ihnen zusehends schwerer, das Tempo zu halten. Als Sina, fast am Ende ihrer Kräfte, über ihre eigenen Beine stolperte, fiel sie mit einem lauten Schrei kopfüber in den Sand. »He, Sina, was machst du?«, rief Jonas laut und versuchte ihr wieder aufzuhelfen.

Doch sie blieb liegen und klagte über Schmerzen im Bein, wahrscheinlich eine Folge des Sturzes. Auch der Mann oben im Sattel wurde hellhörig und beugte sich fragend zu den beiden. Er sah das Mädchen im Sand liegen und machte seinem Hintermann ein Zeichen. Er rief ein paar Männer herbei und sie begannen, sofort die Seile der beiden Kamele zu lösen. Sie führten sie heraus und übergaben sie den beiden Kameltreibern, während die anderen in der Karawane weiterzogen.

In der Zwischenzeit war es Jonas gelungen, Sina wieder aufzurichten. Sie rieb sich ihr schmerzendes Bein. Überrascht beobachteten sie, wie auf einen Zuruf des Reiters sein Kamel die Vorderbeine einknickte. Dann ließ es sich schwerfällig mit lautem Blöken nach vorn in den Sand fallen. Der Mann wurde dadurch mit einem Ruck nach vorn geworfen, doch er hielt sich geschickt am Sattel fest. Auf einen weiteren Ruf und einen kleinen Schlag auf die Hinterbeine knickte das Kamel diese ebenfalls ein und ließ sein Hinterteil in den Sand fallen.

Das andere Kamel folgte. Daraufhin stiegen die Männer ab, machten sich gegenseitig Zeichen und riefen sich etwas zu. Nun ging alles sehr schnell. Der Kameltreiber, der ihnen etwas zu trinken gegeben hatte, nahm freundlich Sina am Arm und half ihr vorsichtig auf sein Tier.

Dann schwang er sich vor ihr in den Sattel. Der andere Mann ließ Jonas auf seinem Tier Platz nehmen.

Kaum hatte sich Sina auf ihren ungewöhnlichen Sitz begeben, als sich das Kamel auf einen schnalzenden Ruf hin mit den Vorderfüßen zuerst erhob. Sie meinte, das Gleichgewicht zu verlieren, weil sie nach hinten fiel. Der Mann drehte sich schnell zu ihr um und hielt sie lachend fest. Als sich das Tier jetzt mit den Hinterbeinen aufrichtete, geschah das mit einem solchen Ruck, dass sie wiederum fürchtete, kopfüber mit einem Purzelbaum über den Treiber und das Tier zu rollen. Sie war froh, dass sie sich an ihrem Vordermann festhalten konnte. Erleichtert wollte sie sich gerade nach Jonas umsehen, als die Kamele auf einen Zuruf hin in Galopp verfielen. Zu ihrer Beruhigung hielt sie der Mann am Arm fest. Im Gegensatz zu Sina genoss Jonas diesen flotten Kamelritt. Kurz darauf nahmen sie an der selben Stelle wieder ihren Platz in der Karawane ein, als hätten sie ihn nie verlassen. Schnell und geschickt wurden die Kamele wieder aneinander gebunden und trotteten in stoischer Ruhe weiter.

Der schaukelnde Gang des Kamels war für beide äußerst gewöhnungsbedürftig. Sina versuchte, ihren Körper den schwankenden Bewegungen anzupassen. Nach einer Weile hatte sie den Rhythmus übernommen und zufrieden winkte sie Jonas zu.

Glücklich, dass sie nun nicht mehr zu Fuß durch den Sand laufen mussten, saß sie auf dem Rücken des Kamels und staunte, wie viele Lasten die voll bepackten Tiere vor ihr tragen konnten. Sie drehte sich nach dem Mann um, der vor Jonas saß und sah, dass er eingeschlafen war. Sein Körper schien sich mit dem wiegenden Gang des Kamels vollkommen im Einklang zu befinden. Er saß trotz der Schaukelei fest und sicher im Sattel.

Sie selbst klammerte sich etwas schüchtern an dem Mantel im Rücken ihres Reiters fest. Durch die Strapazen der Dünenbesteigung und des Fußmarsches und durch die schwankenden Bewegungen des Kamels fielen auch Sina langsam die Augen zu. Sie war so müde, dass sie, ohne an Karatabar zu denken, ihren Kopf erschöpft an den Rücken des Mannes vor sich legte. Es dauerte nicht lange, bis sie tief und fest eingeschlafen war.

Jonas besah sich von seinem schaukelnden Hochsitz aus noch eine ganze Weile die Landschaft. Er ließ seine Augen über die unendlichen Sandwüstenberge schweifen. Ständig eröffneten sich neue Ausblicke auf Hügelformationen mit immer neuen Wellenmustern, die der Wind in beharrlicher und ausdauernder Gleichmäßigkeit entstehen ließ. Es war für ihn unfassbar, dass sich Karawanenführer in dieser unendlichen Weite ohne Wegweiser zurechtfinden konnten. Und dass sie einem womöglich jahrhundertealten Pfad folgten, ohne sich in dieser Wüste zu verirren. Und das ganz ohne Navi!

Unvermittelt jedoch schoss ihm ein anderer Gedanke durch den Kopf: Wo war die goldene Dose? War sie vielleicht durch die Rutschpartie auf der Düne oder beim Besteigen des Kamels verlorengegangen? Ein Griff in die Jackentasche – und zu seiner Beruhigung konnte er sie fühlen. Sie war noch vorhanden. Gleich danach fiel ihm ein: Ob Karatabar bereits herausgefunden hatte, wo sie sich jetzt befanden? Dann musste er schon ein sehr mächtiger Zauberer sein. In diese Überlegungen vertieft, überfiel ihn eine bleierne Müdigkeit. Die Augen fielen ihm zu.

Als er von seinem eigenen Schrei aufwachte, wusste er nicht, wie lange er geschlafen hatte. Der vor ihm sitzende Mann drehte sich verwundert um. Noch immer schlug Jonas das Herz bis zum Hals. Er musste sich besinnen, wo er überhaupt war. Erleichtert stellte er fest, dass er sich inmitten einer langen Karawane befand, auf einem Kamel ritt und dass er wohl gerade Furchtbares geträumt haben musste. Er versuchte sich zu erinnern:

Karatabar verfolgt ihn. Er läuft um sein Leben. Vor ihm taucht eine abgrundtiefe Schlucht auf. Ganz unten sieht er einen reißenden Fluss, den er auf einer Hängebrücke überqueren muss. Auf der anderen Seite des Ufers stehen Löwen mit weit aufgerissenen Mäulern. Sie brüllen dabei so laut, dass es bis in die unheimliche Tiefe des Abgrundes dringt und sich wie ein Echo verstärkt. Trotzdem läuft er auf die Brücke zu. Auf dem Netz vor ihm sitzen Fledermäuse mit spitzen Zähnen und blutroten Augen, die ihn mordlustig anstarren. In seiner Panik tritt er einfach auf die Tiere und mit fürchterlichem Geheule fliegen sie in Schwärmen hoch und flattern um ihn herum. Für einen Moment wird es so dunkel, dass er nichts mehr sehen kann. Dann wird es gleißend hell. Sie sind verschwunden und eine unheimliche, beängstigende Ruhe tritt ein. Auf einmal hört er Schritte und ein Keuchen hinter sich. Schon kann er den heißen Atem im Nacken spüren und rennt auf der Brücke verzweifelt um sein Leben. Doch auf der Mitte der Brücke holt ihn Karatabar ein und versucht, in seine Jackentasche zu greifen, um ihm die goldene Schatulle zu entreißen. Er wehrt sich heftig und will den Angreifer zurückstoßen. Dabei lässt er das Halteseil los, verliert die Balance und stürzt mit einem lauten Schrei in die Tiefe.

Zum Glück war es nur ein Traum! Er saß er auf einem Kamel und immer noch führte der Weg der Karawane durch die Wüste. Die

Sandberge wurden runder und flacher. In der dunstigen Ferne war zu erkennen, dass die kahle Landschaft von einer hohen, schneebedeckten Gebirgskette begrenzt wurde. Bald erhoben sich zwischen dem niedrigen Gestrüpp und dem gelben Sand links des Karawanenweges ganz unvermittelt graue Felsen.

Da erst bemerkte er, wie merkwürdig still die Luft seit einiger Zeit zu stehen schien. Kein Hauch war zu spüren und Jonas hatte das Gefühl, dass irgendetwas nicht stimmte. Er beobachtete ein Adlerpärchen, dass vor dem tiefblauen Himmel immer wieder seine Kreise zog. Im Süden stand eine kleine, weiße Wolke am Horizont. Im Norden sah man ebenfalls eine kleine, weiße Wolke. Das Merkwürdige war, dass sie von beiden Richtungen ziemlich schnell aufeinander zustrebten. Während Jonas noch nachdenklich zum Himmel hinaufschaute, drehte sich der Mann vor ihm im Sattel um und deutete mit der Hand auf die Wolken.

»Buran, Buran«, rief er aufgeregt. Wieder und wieder sprach er diese Worte. Er machte ihm ein Zeichen, dass sie gleich anhalten würden. Auch Sinas Kamelführer versuchte ihr zu erklären, dass es eine Unterbrechung geben würde.

Dann passierte alles sehr schnell. Die Karawane hielt an. Männer liefen laut gestikulierend umher. Ein Teil der Waren auf den Kamelen wurde hastig abgeladen. In Windeseile wurden an den Felswänden schützende Zelte aufgebaut. Sie wurden mit hölzernen dicken Pflöcken an Seilen befestigt und mühsam im trockenen Boden verankert. Jonas verstand nicht, was das alles zu bedeuten hatte. Trotzdem versuchte er, den Männern zu helfen, auch wenn die Verständigung zu wünschen übrig ließ. In die lauten Stimmen der Männer, die sich ihre Befehle zuriefen, mischte sich das dumpfe Blöken der Kamele und das unruhige Wiehern der Pferde. Dazwischen hörte man Hunde bellen und jaulen.

176

Die Lasttiere wurden zusammengebunden und ebenfalls an Pflöcken festgemacht. Sie waren voller Unruhe und schienen zu spüren, dass etwas in der Luft lag. Endlich lagen sie Körper an Körper dichtgedrängt vor den Felswänden.

Immer wieder schauten die Männer während ihrer Tätigkeiten beunruhigt zum Himmel. Die beiden Wolken bewegten sich nun immer schneller aufeinander zu. Eilig wurden Töpfe, Wasserschläuche, Decken und auch einige wertvolle Waren noch in die Zelte geschleppt. Die Kamelführer von Jonas und Sina gaben den Kindern Tücher, die sie sich um den Kopf wickeln sollten, sodass nur noch die Augen herausschauten. In dicke Decken eingehüllt, saßen sie bald alle eng beisammen in den Zelten. Draußen war es totenstill. Es war, als ob die Natur den Atem anhielt.

Durch einen Spalt sahen sie eine riesige, schwarze Sandwand wie aus dem Nichts immer näher kommen. Ganz urplötzlich setzte der Wind ein. Nein, das war kein Wind, das war ein Orkan, der mit einem ohrenbetäubenden Getöse über die Landschaft hinwegfegte. Von einem Augenblick zum anderen war es dunkel geworden. Die Zelte wurden hin- und hergerissen. Besorgte und verzweifelte Blicke gingen zu den Befestigungen, wenn besonders starke Böen die ganze Behausung in die Luft zu heben drohten. Man hörte den Sand gegen die Zeltwände prasseln. Er wurde vom Wind unbarmherzig durch die Gegend gejagt, über die Sträucher, die Zeltaufbauten, über die armen Tiere, die völlig verängstigt zusammengerückt diesen entfesselten Naturgewalten ausgesetzt waren.

Dann wehte der Sand gegen die Felswände, um gleich darauf von Neuem wieder durch die Luft geschleudert zu werden. Kein Lichtstrahl durchbrach diesen grauen Sandschleier. Der Tag war zur Nacht geworden, begleitet vom infernalischen Heulen des peitschenden Sturms. Trotz aller Vorsichtsmaßnahmen drang Sand in die Zelte und bedeckte im Nu alles mit einer feinen Schicht.

Sie spürten den Sand sogar im Mund. Er knirschte zwischen den Zähnen. Obwohl sie sich die Tücher sogar über die Augen gezogen hatten, merkten sie, dass er unbarmherzig durch alle Falten und Ritzen drang.

Sina und Jonas sprachen währenddessen kein Wort und hatten nur einen Wunsch: dass dieser Sandsturm bald zu Ende sein möge und dass sie möglichst bald wieder zu Hause sein würden. Sie fragten sich, ob Karatabar seine Hände im Spiel hatte? Konnte er so viele Menschen in Angst und Schrecken versetzen und ein so gewaltiges Naturschauspiel künstlich entfachen? Dragard hatte das verneint. Aber hatte er recht?

Sina dachte an ihr Amulett am Hals. Sie fühlte es unter den dicken Tüchern, die sie sich um Kopf und Schultern gewickelt hatte.

Auch Jonas musste an Dragard denken und war sicher, dass dies nicht Karatabars Werk war. Es war einfach ein Sandsturm, ein unfassbarer Sturm, der mit voller Wucht tobte, begleitet von schaurigem und lautem Heulen.

Ein dumpfes Krachen ließ alle zusammenzucken. Eine gewaltige Beule zeigte sich in der Zeltwand. Jeder wartete entsetzt darauf, dass der Stoff einreißen und eine riesige Sandlawine ins Innere stürzen würde. Skeptisch und voller Angst starrten alle auf diese Ausbuchtung. Aber der Stoff hielt stand und nichts geschah.

Wie lange draußen die entfesselten Naturgewalten tobten, konnten Sina und Jonas hinterher nicht mehr so genau sagen. Sie stellten nur mit Erleichterung fest, dass die Heftigkeit des Sturmes irgendwann nachließ. Endlich wurde es stiller und der Sand prasselte nicht mehr so lautstark gegen die Zeltwände. Langsam hellte es auf, und sie konnten anderen Menschen im Zelt erkennen.

Aber was heißt hier erkennen? Alle, auch Sina und Jonas, waren von einer dicken Staub- und Sandschicht bedeckt, sodass fast jeder aussah wie eine Mumie. Langsam wickelten sich alle aus ihren Decken. Nach einiger Zeit des Aufräumens schaute einer der Männer vorsichtig durch einen Zeltspalt nach draußen und machte den anderen ein Zeichen.

Sina und Jonas folgten ihnen und trauten ihren Augen nicht. Über ihnen spannte sich ein tiefblauer Himmel, als wenn nichts gewesen wäre. Nichts erinnerte daran, dass noch vor einiger Zeit ein Sandsturm alles rundherum in eine Hölle verwandelt hatte. Die Beule im Zelt wurde von einem herabfallendem Gesteinsbrocken verursacht, der sich von der Felswand gelöst hatte.

Jonas griff vorsichtshalber in seine Jackentasche. Er stellte fest, dass sich nicht nur die Dose darin befand, sondern auch jede Menge Sand. Hauptsache, der wertvolle Inhalt war nicht verschollen.

Auch die vielen Männer aus den anderen Zelten waren nun hervorgekommen und schauten nach den Tieren, die sich, genau wie die Menschen, vom Sand befreien mussten. Sie stemmten sich hoch und schüttelten sich gewaltig. Ein Kamel hatte sich anscheinend in Panik freigemacht. Einige Männer begaben sich auf die Suche, um es wieder einzufangen. Sonst schienen die Tiere den Sturm überraschend gut überstanden zu haben. Sie wurden losgebunden und man gab ihnen Futter und Wasser.

Feuerstellen wurden hergerichtet, Wasser darauf erhitzt und bald hielt jeder, auch Sina und Jonas, einen warmen Teebecher in den Händen. Dazu wurden in Fett gebackenes Weißbrot, dünne Scheiben getrocknetes Dörrfleisch, Nusskerne, getrocknete Aprikosen und wunderbare süße Honigbrotwürfel gereicht. Sie aßen alle mit Genuss und waren sichtlich erleichtert, dieses Naturereignis ohne Schaden überstanden zu haben.

Nach der Rast wurden die Lastkamele wieder mit Waren beladen und hintereinander in der Reihe festgebunden. Das vermisste Kamel war wieder eingefangen worden und in den Tross eingegliedert. Sina und Jonas saßen erneut hinter ihren Kamelführern auf den Kamelen. Die Karawane setzte sich wieder in Bewegung, als ob es gar keine Unterbrechung gegeben hätte.

Jonas entdeckte es zuerst, während er Ausschau hielt: Ein vertrocknetes Büschel Gras zwischen dem trockenen Dornengestrüpp. Das musste ein Zeichen von Vegetation sein, das auf Wasser schließen ließ. Unwirklich, wie aus dem Nichts, tauchten ab und zu in der Einöde Mauern von verfallenen Gebäuden auf. Wie geisterhafte Zeugen menschlicher Siedlungen, die schon vor Ewigkeiten verwüstet worden waren. Vielleicht durch Überfälle fremder Völker, durch Erdbeben oder einfach ausgestorben. Gleichgültig zog die Karawane an ihnen vorbei. Manchmal kamen sie durch enge Felsschluchten, die so schmal waren, dass gerade ein beladenes Kamel hindurch passte.
Als schließlich direkt vor ihnen eine große Oase mit grünen Palmen auftauchte, machten sie Halt. Die Tiere wurden getränkt. Sina und Jonas staunten über einen Bachlauf mit glasklarem Wasser. Es kam aus einem gemauerten Kanal. Während sich die Männer um die Tiere kümmerten, schlenderten die Kinder neugierig durch den Palmenhain. Ein Mann war damit beschäftigt, Hirse zu ernten. Sie kamen an Weinreben vorbei, an denen dicke Weintrauben hingen. In gemauerten Trockenhäusern wurden Trauben zu Rosinen getrocknet. Ungläubig schauten sie auf diesen fruchtbaren Fleck Erde, der ringsherum von Wüste umgeben war. Vor einigen primitiven Lehmhäusern saßen Bewohner dieser Wüste, die ihnen neugierig nachschauten.

Sie gingen einfach weiter und blieben vor einem tiefen gemauerten Loch stehen. Als sie einen Blick hineinwarfen, sahen sie, dass weit unter ihnen mit lautem Getöse Wasser hindurchfloss. Sie waren verwundert, dass es in einer Oase, die sich inmitten einer Wüste befand, ein fließendes Gewässer gab.

Zufällig kam ein Mann in einem roten, kaftanähnlichen Gewand auf sie zu. Er hatte eine gestickte Kappe auf dem Kopf und schien ein Bewohner, vielleicht ein Bauer, zu sein. Er zeigte mit dem Finger auf das Loch. Ein paarmal wiederholte er das Wort »Karese«. Mehr verstanden sie nicht. Dann machte er ihnen ein Zeichen, ihm zu folgen. Unschlüssig, weil sie sich nicht so weit von der Karawane entfernen wollten, blieben sie stehen. Der Mann nickte ihnen freundlich zu und entfernte sich.

Sie wollten schon weitergehen, als ihr Blick zufällig auf eine hockende Gestalt fiel. Sie hatten sie vorher nicht bemerkt. Als diese sich ihnen zuwandte, sahen sie entsetzt in ein hässliches, grinsendes Gesicht, das sie hämisch mit kalten gelben Augen betrachtete. Entsetzt starrte Sina auf den Alten und reflexartig griff sie an ihr Amulett. Auch Jonas umklammerte mit der einen Hand sofort die Dose und mit der anderen griff er nach Sina. Genau in diesem Moment kam der Mann mit der gestickten Kappe wieder. In der Hand hielt er zwei dicke Wassermelonenstücke und reichte sie den Kindern. Er erschien ihnen wie ein Retter in der Not. Als ihre Augen erneut die hockende Gestalt suchten, war diese wie ein Spukbild verschwunden.

Dankbar nahmen sie die Melone von dem fremden Mann entgegen und verneigten sich. In diesem Augenblick kam ihr Kamelführer auf sie zu und signalisierte ihnen, dass die Karawane zum Aufbruch bereit sei. Erleichtert folgten sie ihm. Einen Teil der Melone reichten sie ihren beiden Kamelreitern, den Rest verzehrten sie selbst. Sie war zuckersüß und köstlich. Doch der Gedanke an Karatabar verdarb ihnen die Freude daran gehörig.

»Er ist wieder da und weiß, wo wir sind«, konnte Jonas gerade noch zu Sina sagen, ehe sie wieder auf ihre Kamele stiegen.

Auch Sina war beunruhigt. Nun hieß es wieder wachsam sein. Es bedrückte sie ein wenig, dass sie nicht bei Jonas sitzen konnte. Vermutlich aber waren sie im Schutze der Karawane und ihrer Kamelführer nicht weniger sicher. Dennoch hielt Sina das Gürtelende mit der aufgestickten Eidechse fest in ihrer Hand und griff immer wieder nach ihrem Amulett.

Die brütende Hitze der Wüste legte sich. Die Temperaturen waren jetzt erträglicher. Die trostlose Landschaft wurde hügeliger und grüne Büsche prägten nun vor allem das Landschaftsbild. Ein riesiges lehmfarbenes Mauerwerk mit gezackten Wänden spannte sich über die Berge und Täler. Ob das die chinesische Mauer war, schoss es Jonas durch den Kopf? Ob Sina sie auch entdeckt hatte?

Natürlich hatte sie die Mauer gesehen. Sofort drehte sie sich zu ihm um und deutete mit dem Arm in diese Richtung. Auch die beiden Männer, mit denen sie auf den Kamelen saßen, nickten und zeigten auf das imposante Bauwerk.

Der Weg der Karawane führte entlang der Mauer. Man konnte Menschen sehen, die auf ihrem Rücken in Tragegestellen Steine transportierten. Gebeugt von dem Gewicht, schleppten sie diese den Hügel hinauf zu einer Baustelle. Sie strauchelten beinahe unter der schweren Last. Aufseher, die nur dabeistanden, trieben sie brutal mit Peitschen an. Andere transportierten große Säcke auf ihrem Rücken oder zerkleinerten Felsbrocken zu Schotter. Wie auf einem großen Ameisenhaufen bewegten sich hier Hunderte von Arbeitern und mussten schuften. Auch Frauen verrichteten hier Arbeiten, die weit über ihre Kräfte gingen.

Als sie noch näher an dem Bauwerk vorbeizogen, erblickte Jonas einen Mann, der ganz und gar nicht danach aussah, als wäre er es gewohnt, schwere Lasten auf seinem Rücken zu befördern. Zufällig begegneten sich ihre Blicke, kurz bevor der Arbeiter unter dem Gewicht der Trage zusammenbrach. Unverzüglich kam ein Aufseher herbeigeeilt. Er schlug solange auf ihn ein, bis er unter Stöhnen und Schwanken wieder auf die Beine kam. Jonas war entsetzt und ihm kamen die Tränen. Er überlegte kurz, ob er nicht dem Kameltreiber ein Zeichen geben sollte. Doch ihm wurde schnell bewusst, dass die Karawane nicht für einen einzigen Mann anhalten würde. Was zählte hier schon ein Menschenleben in diesem riesigen Land?

Nur noch verschwommen nahm er die Baustelle wahr. Er erinnerte sich, einmal gehört zu haben, dass man unzählige Zwangsarbeiter zum Bau der Mauer rekrutiert hatte. Wer nicht wollte oder konnte, wurde sogar lebendig eingemauert. Er bedauerte die armen Menschen und war froh, als die Karawane die Mauer weit hinter sich ließ.

Sie erreichten einen sehr breiten Fluss, dessen trübes gelbbraunes Wasser träge dahinfloss. Seine Ufer jedoch säumte sattes Grün. Sonst war die Erde hier lehmig, schmutzig grau und gelb. Auch die Dörfer, an denen sie vorüberzogen, erschienen in diesen Erdfarben.

Sie hatten sich schon eine ganze Weile vom Gelben Fluss entfernt, als der Kamelreiter sich nach Jonas umdrehte und aufgeregt mit der Hand auf etwas zeigte. Dieser beugte sich hinter ihm zur Seite und nun sah er es auch. Türme und Mauern tauchten in der Ferne auf. Bald schon konnten sie die Stadt deutlicher erkennen. Sie war von einer mächtigen Steinmauer umgeben, durch die ein massives, kompaktes Tor führte. Darauf thronte ein typisch chinesisches Haus mit einem doppelstöckigen, nach allen Seiten aufwärts geschwungenen Dach. Schon ertönten dumpfe Empfangssignale. Sie waren gesichtet worden und wurden mit Trommellauten begrüßt.

Durch diesen gewaltigen Trommelturm, der nachts dank der Zugbrücken geschlossen werden konnte, schritt die Karawane nun. Neugierige Menschen betrachteten sie staunend. Kleine Kinder hielten sich ängstlich an ihren Müttern fest, als die großen Tiere an ihnen vorbeigingen. Kleine Jungs in zerlöcherter Kleidung rannten johlend neben der Karawane her. Langsam bewegte sie sich entlang der Innenmauer immer weiter vorwärts, bis sie eine Wiese mit mehreren Brunnen erreicht hatten. Auf ihr stand ein mächtiges Gebäude: die Karawanserei.

Als die Karawane dort Halt machte, entstand sofort ein unglaubliches Durcheinander. Die Kamele ließen sich schwerfällig nieder, damit die Reiter absteigen konnten. Menschen liefen geschäftig hin und her. Ein lautes Stimmengewirr in allen Sprachen erfüllte die Luft. Es wurde gerufen, geschimpft, gelacht und gesungen. Die Händler, die Kaufleute und die Kameltreiber, alle waren froh, dass sie die lange, beschwerliche Reise überstanden hatten. Endlich waren sie am Ziel angekommen.

Die Waren wurden abgeschnallt und in das Gebäude gebracht. Auch Sina und Jonas stiegen mit ihren Begleitern von ihren Kamelen herunter. Die beiden schauten fassungslos und staunend auf das geschäftige Treiben. Es war ein so buntes, lärmendes und beeindruckendes Spektakel, dass sie gar nicht mehr an Karatabar dachten.

»Da, sieh mal, ist das ein süßer kleiner Hund«, rief Sina, als ein undefinierbarer Mischling schwanzwedelnd auf sie zu gelaufen kam. Sie bückte sich, um das Wollknäuel zu streicheln. Doch als Jonas sah, wie der Hund sich auf einmal mit der Hinterpfote zu kratzen begann, hielt er Sina zurück.

»Warte, Sina, er hat bestimmt Flöhe.«

»Das arme, kleine Tier«, entgegnete Sina mitleidig.

Da gab einer der beiden Kameltreiber ihnen einen Wink, ihm zu folgen. Der kleine Hund wuselte noch eine Weile winselnd neben ihnen her. Als er merkte, dass er nicht mehr beachtet wurde, trottete er von dannen. Sina und Jonas hatten Mühe, den schnellen Schritten des Mannes zu folgen.

Sie sahen eine Gruppe von Männern, die sich lebhaft unterhielt. Er steuerte darauf zu, verbeugte sich vor einem hochgewachsenen Mann, der aus der Gruppe heraustrat.

Während er ein paar Worte mit ihm auf Chinesisch wechselte, deutete er auf Sina und Jonas. Dann legte er ihnen die Hände auf die Schultern und sagte noch etwas zu dem großen Mann. Dieser verbiss sich ein Lächeln und übersetzte es seinen Begleitern. Sofort begannen sie zu lachen. Sie betrachteten Sina und Jonas amüsiert, die etwas verstört und unsicher dastanden. Ihr Kameltreiber sah es, gab ihnen noch einen freundschaftlichen Klaps auf die Wangen, und mit einem Nicken des Kopfes und einem breiten Lachen drehte er sich um und verschwand. Allein standen sie nun bei den fremden Männern.

So neugierig und forschend, wie diese Fremden die beiden betrachteten, so neugierig betrachteten auch Sina und Jonas die Gruppe. Dass sie keine Asiaten waren, sah man auf den ersten Blick. Sie waren von größerer Statur und anders gekleidet. Die langen, dunklen Mäntel, die sie trugen, waren versandet und verschlissen. Man sah ihnen die Spuren der langen Reise an. Hinter ihrem braunen Teint versteckten sich eindeutig europäische

Gesichter, auch wenn sie alle dicke, lange, schwarze Bärte trugen. Doch einer erschien ihnen besonders auffällig. Er war größer als die anderen. Sein Gewand war in einem besseren Zustand als das seiner Begleiter. Auch er hatte einen dunklen, üppigen Bart, der von einzelnen grauen Strähnen durchzogen war. Unter seiner Kappe quoll schulterlanges, grauschwarzes Haar in Locken hervor.

Das auffälligste an ihm war jedoch seine große und lange Nase, die ihm fast etwas Furchterregendes gab, einem Räuber gleich. Die großen, braunen Augen hingegen blickten warm und freundlich auf Sina und Jonas. Er betrachtete sie eingehend. Dann sprach er sie an, aber sie konnten ihn nicht verstehen. Chinesisch klang es auf keinen Fall. Er überlegte einen Moment und versuchte es noch einmal. Sina und Jonas sahen ihn abermals verständnislos an. Er schüttelte bedauernd den Kopf.

Dann besann er sich und wählte eine dritte Sprache. Sofort verzog sich Sinas Gesicht zu einem freudigen Lachen und auch Jonas verstand einige Brocken.

»Das ist ja cool, er spricht französisch«, jubelte Sina und überschüttete ihn sogleich mit einem Wortschwall. Jonas versuchte ihren Worten zu folgen.

Der Herr stellte sich ihnen als Pater Guiseppe aus Venedig vor und berichtete, dass er schon seit vielen Jahren hier in China lebte und als Missionar tätig sei.

Da er nun älter geworden sei, brauche er für seine Missionsarbeit dringend Hilfe. Sein italienischer Orden habe ihm diese Ordensbrüder aus Italien gesandt, um ihn zu unterstützen.

Diese seien, von Venedig kommend, einige Jahre auf der Seidenstraße unterwegs gewesen. Er sei ihnen bis Urumqui entgegen gereist, um sie in Empfang zu nehmen. Mit einer Karawane zu reisen, sei extrem gefährlich. Nicht nur brütende Hitze und Sandstürme und klirrende Kälte mit Schneestürmen seien ein Problem, auch furchtbaren Krankheiten seien die Handelsreisenden ausgesetzt.

Zudem gäbe es räuberische Nomadenstämme sowie Mongolen, die die Karawanen überfielen und sie ihrer kostbaren Waren beraubten. Wer solch eine Reise gut überstand, könne dem Schicksal dankbar sein. Deshalb seien sie jetzt alle froh und glücklich, unbeschadet das Ziel erreicht zu haben. Dabei nickte er den beiden freundlich und verständnisvoll zu.

Noch ganz neu sei die Kunde, dass es jetzt einen Seeweg über Indien gäbe, der wesentlich schneller und weniger zeitraubend sei. Er habe aber noch niemanden getroffen, der diese Route genommen habe.

»Der Buran, so werden hier die Sandstürme genannt, hat uns ganz ordentlich zugesetzt«, sprach er weiter, während er die beiden eingehend musterte.

»Ihr wart doch ebenfalls dabei, oder? Obwohl ihr mir nicht begegnet seid. Aber wahrscheinlich sind es einfach zu viele in einer Karawane. Doch sagt mal, wie habt ihr euch eigentlich hierher verirrt und wo sind eure Eltern?«, fragte der nette Pater nun.

Sina und Jonas schauten sich verlegen an und wussten nicht, was sie darauf antworten sollten. Zu ihrer großen Erleichterung kam ein Mann auf sie zu, der Pater Guiseppe etwas auf Chinesisch zurief. Sofort gab dieser seinen Ordensbrüdern zu verstehen, ihm zu folgen. Die beiden standen unschlüssig da und wussten nicht, wie sie sich nun verhalten sollten.

»Dürfen wir mit Ihnen mitgehen?«, fragte Sina den Pater.

»Ach so, ja, selbstverständlich, euch hätte ich beinahe vergessen«, sagte er entschuldigend zu den Kindern. »Habt ihr kein Gepäck?«, fragte er sie und wunderte sich, als sie seine Frage verneinten.

Pater Guiseppe

Sie gingen alle zusammen in die große Halle der Karawanserei. Hier herrschte eine unglaubliche Betriebsamkeit. Lautes Stimmengewirr erfüllte die Luft. Warenballen, Säcke und alle Arten von Gegenständen wurden aufgetürmt und von Männern registriert und aufgezeichnet. Manche Waren verlud man wieder auf andere Kamele, die schon bereitstanden. Es war ein so großes Menschengewimmel, Gedränge und Geschiebe, dass Sina und Jonas aufpassen mussten, die italienischen Ordensbrüder nicht aus den Augen zu verlieren.

Endlich wurde die Reisegruppe in eine niedrige Halle geführt, in der sich mehrere kleine mongolische Pferde befanden. Sie wurden gerade gefüttert. Ein Mann mit einer blauen Steppjacke und einer Mütze auf dem Kopf zeigte auf die Tiere und unterhielt sich mit dem Pater. Es dauerte nicht lange und schon war man sich handelseinig. Der Missionar wählte einige Pferde aus.

»Wofür brauchen wir die Tiere?«, wollte Jonas von dem Pater wissen.

»Wir werden morgen früh mit einer kleinen Karawane nach Peking reiten. Es wird nicht allzu lange dauern«, klärte er sie auf. »Wir sind keine Händler und benötigen keine Kamele als Lasttiere für unsere Waren. Für unser Reisegepäck reichen die Pferde aus. Es sind zähe Tiere, die eine Menge aushalten.«

»Ist das denn hier nicht Peking?«, wollte Sina wissen. Der Pater schüttelte nur den Kopf und fügte an, dass es aber wirklich nicht mehr weit sei.

»Die Dunkelheit wird bald einsetzen und bis dahin müssen wir ein Quartier zum Übernachten haben. Wenn die Sonne untergegangen ist, werden die Tore der Karawanserei geschlossen. Dann kann keiner mehr hinein und keiner mehr heraus!«

Mit einer Handbewegung forderte er die kleine Reisegruppe auf, ihm mit ihrem Gepäck zu folgen.

Sie hatten Glück. Als der Pater mit einem alten Mann in einem roten, verschlissenen Kaftan verhandelte, nickte dieser mit dem Kopf. Er ging vorweg und alle trabten hinter ihm her. Sie wurden in einen kahlen, gemauerten Raum mit hohen Wänden geführt. Es roch muffig und sauer nach abgestandener Luft. Auf dem dunklen Steinfußboden lagen mehrere Sandsäcke. Ein Stapel Decken befand sich daneben. Durch schmale Schlitze drang ein matter Lichtschein und ein wenig frische Luft herein. Vor einer anderen Wand stand ein wackliger, kleiner Holztisch mit einer Öllampe, mehreren angeschlagenen Teeschalen aus Keramik und einem Krug darauf. Das war alles.

»Sollen wir hier etwa schlafen?«, fragte Sina den Pater ungläubig. Dieser nickte und erklärte ihnen, dass es nichts Besseres gäbe. In einer chinesischen Herberge sei es auch nicht anders. Die Kaufleute und auch die Händler hätten so viele Strapazen überstanden, dass sie froh wären, sich hier ausstrecken zu dürfen. Der Pater wies allen in der Gruppe einen Sandsack zu, auch Sina und Jonas. Er besprach noch etwas mit dem alten Mann, der ihm zuhörte und dann eilig davonging. Als er zurückkam, hatte er auf einem abgeschabten Tablett eine große Schüssel mit gebratenen Hühnerschenkeln. Die Männer und auch Jonas bekamen glänzende Augen. Nur Sina betrachtete alles misstrauisch. Sie dachte an eine schmutzige, dunkle Küche und ihr verging der Appetit. Sie beschloss, aus Hygienegründen lieber zu hungern. Irgendwann würde dieses Abenteuer ja aufhören.

Sie wurde aus ihren trüben Gedanken gerissen, als der alte Mann mit einer Kanne heißen dampfenden Wassers wieder hereinkam. Er stellte sie auf den wackligen Tisch, dazu eine kleine Schüssel mit Teekräutern. Zur Freude der Reisenden kam der Alte noch einmal mit einer zweiten großen Schüssel voll mit gebratenem Fleisch. Der Pater bedankte sich bei ihm und gab ihm ein paar Münzen. Dann verschwand der Mann mit einer Verbeugung.

Die Männer und die Kinder saßen auf ihren Sandsäcken, als die Schüssel mit dem Fleisch herumgereicht wurde. Jeder griff gierig zu, nur Sina schüttelte den Kopf und gab sie dem Nächsten weiter. Jonas, mit seinem fast unstillbaren Hunger, fand die Hühnerschenkel einfach zu köstlich. Er fuchtelte Sina damit vor der Nase herum und sie musste zugeben, dass ihr ein verführerischer Duft in die Nase stieg. Schließlich konnte sie doch nicht mehr widerstehen. Der Hunger war stärker. Zögernd nahm sie sich ein Stück. Nie hätte sie gedacht, dass es tatsächlich so gut schmecken könnte. Sie legte ihre Bedenken beiseite und griff nun ordentlich zu. Der Pater verteilte die Teeblätter in den dicken, abgeschlagenen Keramikschalen, die auf dem Tisch standen, goss heißes Wasser darüber und reichte jedem das Getränk. Mit Wehmut dachte Sina an die hauchdünnen, sauberen Porzellanschälchen, aus denen sie bei dem Abt den Tee getrunken hatten.

Als die Dämmerung einsetzte, zündeten sie mithilfe von Feuersteinen die Öllampen an, die in den Mauernischen standen. Voll angekleidet legte sich jeder auf seinen Sandsack. Dazu gab es eine Decke. Sina und Jonas hatten ihr Lager zwischen dem Missionar und seinen Ordensbrüdern. Die flackernden Öllampen warfen tanzende Schatten auf das Mauerwerk. Jonas warf noch einen Blick durch den Raum und schaute auf die schon schlafenden Männer. Der freundliche Pater neben ihm begann leise zu schnarchen. Jonas dachte noch kurz an die unangenehme Begegnung mit Karatabar, überprüfte den Inhalt seiner Taschen und schon war auch er eingeschlafen.

Sina hatte sich ihren Gürtel mit der Eidechse als Schutz um den Hals gelegt. Die unmittelbare Nähe der schnarchenden Männer empfand sie als sehr gewöhnungsbedürftig. Und dennoch gaben sie ihr ein Gefühl der Sicherheit.

Oder irrte sie sich? Konnte der Mann neben ihr nicht ebenso gut Karatabar sein? Sie hob ein wenig den Kopf, um ihn zu betrachten. Viel konnte sie nicht erkennen. Er lag auf dem Rücken, hatte den Mund halb geöffnet und gab gurgelnde, regelmäßige Schnarchgeräusche von sich. Im Grunde machte er einen harmlosen Eindruck. Sie verwarf den Gedanken und schlief recht bald ein.

Sina wollte sich im Schlaf gerade auf den Rücken drehen, als sie von einem kratzenden Geräusch geweckt wurde. Sie spürte eine Bewegung auf ihrer Decke. Sofort war sie hellwach. Ihr Herz begann laut zu klopfen. Sie musste sich sehr konzentrieren. Sie fühlte jetzt ganz deutlich, wie sich auf ihrer Decke etwas bewegte. Ihr erster Gedanke waren Ratten. Sie bekam eine Gänsehaut. Doch dann überfiel sie sofort eine andere schreckliche Befürchtung. Karatabar! Doch was war das? Sie spürte eine eiskalte Berührung im Gesicht. Blitzschnell fasste sie mit der Hand an den Gürtel mit der aufgesteckten Eidechse. Sie schlug damit um sich und griff sich an den Hals. Da vernahm sie das Flattern von vielen

Flügeln. Im trüben Licht der Öllampen sah sie noch, wie sich ein Schwarm von Fledermäusen in die Luft erhob und in der Dunkelheit verschwand. Dann war es wieder still. Außer den Schnarchgeräuschen der Männer war nichts mehr zu hören.

Karatabar wollte also wieder an das Amulett, dachte sie und war froh, dass die Eidechse am Gürtel ihr erneut Schutz geboten hatte. Aber was war mit der goldenen Schatulle?

Sie drehte sich zur anderen Seite und stieß heftig mit dem Fuß gegen Jonas' Beine. Sie versuchte ihn wachzurütteln.

»Jonas«, flüsterte sie in sein Ohr, damit die anderen nicht aufwachten. »Karatabar war … nein … Fledermäuse waren hier! Ich habe sie gehört … gesehen. Ich … ich habe Angst!«, stotterte sie vor Aufregung. Sie bemühte sich leise zu sprechen, mit Rücksicht auf die Schlafenden.

»Lass mich in Ruhe«, brummte er und schon war er wieder eingeschlafen.

Noch einmal versuchte sie ihn wachzurütteln, aber Jonas schlief wie ein Murmeltier. Keiner im Raum schien etwas mitbekommen zu haben. Zum Glück auch nicht der Pater. Noch immer hörte sie ihr Herz laut klopfen, doch allmählich beruhigte sie sich. Sie lag mit weit geöffneten Augen da und betrachtete die flackernden Lichter der Öllampen, die gespenstische Schattenspiele auf die Mauern warfen. Sie konnte nicht wieder einschlafen. Sie war froh, als die ersten Lichtstrahlen durch die Mauerschlitze in das düstere Gemach drangen.

Draußen hörte man schon laute Stimmen und eilige Schritte. Einige der Ordensbrüder schliefen noch. Andere, so auch der Pater, hatten den Raum bereits verlassen. Sie schlug die Decke zurück und schielte zu Jonas hinüber, der neben ihr lag und fragte:

»Was war eigentlich los, warum hast du mich geweckt?«

Sina erzählte ihm von ihrem nächtlichen Erlebnis.

»Vielleicht hat mir meine Fantasie aber auch einen Streich gespielt«, meinte sie und Jonas nickte.

»Vielleicht. Aber mal etwas anderes. Was erzählen wir dem Pater, wenn er uns wieder fragt, wie wir hierher gekommen sind? Wenn wir ihm die Wahrheit sagen, glaubt er uns kein Wort. Der meint doch, wir spinnen, wenn wir ihm erzählen, dass es bei uns Autos, Flugzeuge, Computer, Telefone, Satelliten, Handys, na und was weiß ich sonst noch alles, gibt«, meinte Jonas leise zu Sina.

»Na, und die Geschichte mit Dragard kauft uns kein Mensch ab. Auch kein gläubiger Missionar«, flüsterte er weiter.

»Lass mich mal«, grinste sie. »Mach dir keine Sorgen. Überlass’ das mal der Märchentante Sina mit ihrer Fantasie.«

Jonas blickte sie zweifelnd an und hoffte inständig, dass ihr tatsächlich etwas Gescheites einfallen würde.

Es bot sich keine Gelegenheit mehr, sich weiter darüber zu unterhalten. Der Pater und ein paar seiner Glaubensbrüder betraten den Raum, frisch gewaschen und munter. Er zog den Männern, die noch schliefen, die Decke weg und scheuchte auch sie zur Morgentoilette. Sina und Jonas schlossen sich ihnen wenig begeistert an. Eine kleine Schnellwäsche würde aber sicher nicht schaden.

Als sie zurückkamen, war bereits alles zum Aufbruch bereit. Auf einer Wiese warteten die Pferde mit ihren Führern. Und sie waren nicht die einzigen Reisenden. Ein paar Kaufleute hatten sich ihnen angeschlossen. Und so standen auch einige Kamele voll bepackt in Wartestellung. Sie blökten laut, als sie aneinander gebunden wurden. Dennoch war es eine verhältnismäßig kleine Karawane.

Sina war schon oft auf einem Pferd geritten. Sie strich ihrem Tier liebevoll über die Nüstern und redete sanft mit ihm. Einer der

Führer sah es und lächelte ihr zu. Als Sina und Jonas ihre Pferde bestiegen, stellten sie dankbar fest, dass die Sättel mit einem weichen Fell bedeckt waren.

Jonas hatte bisher noch nie in seinem Leben Gelegenheit gehabt, auf einem Pferd zu sitzen, geschweige denn, darauf stundenlang zu reiten. Er wollte sich auf keinen Fall seine Unsicherheit anmerken lassen und versuchte sich Mut zuzusprechen. Immerhin hatte er jetzt mehrtägige Erfahrungen mit dem Kamelreiten, das konnte doch nicht so verschieden sein.

»Ich habe extra angeordnet, euch ein Fell auf den Sattel zu legen, damit Ihr euch nicht wund reitet«, erklärte der Pater den beiden. »Bleibt am besten direkt hinter mir. Meine Ordensbrüder folgen euch.«

Ihnen wurden zwei mit Wasser gefüllte Ledersäcke gereicht, dazu ein Beutel, der wahrscheinlich Proviant enthielt. Sie hatten ja noch nicht gefrühstückt. Doch der Proviantbeutel erwies sich für Jonas als herbe Enttäuschung. Außer ein paar Trockenfrüchten und hartem Gebäck hatte er nichts zu bieten.

Zum Glück ritten sie nicht mehr durch die Wüste. Und das Reiten bereitete Jonas überraschenderweise kaum Probleme.

Die kleine Karawane durchquerte eintönige Ebenen, später hügelige Landschaften und grüne Täler. Sie kam an einem Gebirge vorbei und passierte Dörfer, die wie Schwalbennester an einem Berg klebten.

Endlich, nach vielen Stunden, tauchten von weitem die Mauern einer Stadt auf. Pater Guiseppe drehte sich um und rief ihnen zu, mit der Hand auf die Mauern weisend: »Peking!«

Es dauerte nicht mehr lange und sie standen vor einem der Stadttore. Als ihr Tross hindurch ritt, wurde er wieder von neugierigen Kindern bestaunt, die ihnen zuwinkten.

Vor einer kleinen Karawanserei, nicht weit von der Stadtmauer und dem Tor entfernt, machten sie Halt. Die wenigen Kamele wurden entladen und mit den Pferden zur Tränke geführt, Waren und Gepäck in Sicherheit gebracht.

Ob wir nun wieder in so einem grässlichen Raum übernachten müssen?, dachte Sina mit Widerwillen. Doch es kam ganz anders. Suchend blickte sich der Pater um, als auch schon ein kleiner, vornehm gekleideter Chinese winkend auf ihn zugeeilt kam. Pater Guiseppe und er begrüßten sich ehrerbietig mit zusammengelegten Händen und einer tiefen und mehrfachen Verbeugung. Dann stellte er seinen italienischen Ordensbrüdern und den Kindern den Chinesen Chang Chang vor. Dieser sei sozusagen seine rechte Hand und kümmere sich um alles. Er sei sein Sekretär, Küchenchef, Wirtschafter und Diener in einem. Ohne Chang Changs Organisationstalent liefe hier nichts.

»Er ist zwar der tüchtigste Mann Chinas, jedenfalls für mich, aber er spricht leider kein Italienisch. Ich habe schon viel Zeit aufgewendet, es ihm beizubringen. Umsonst. So habe ich lieber selbst Chinesisch gelernt. Er ist für mich unersetzlich. Ihr werdet noch genug Gelegenheit haben, euch davon zu überzeugen.«

Der Chinese betrachtete die Kinder nicht allzu freundlich. Er gab Anweisungen, das Gepäck des Paters und seiner Begleiter auf einen Wagen zu laden.

Mit einer Handbewegung bat er die Gruppe, ihm zu folgen.

Sie passierten die typischen Ladengeschäfte mit den darüber liegenden Wohnräumen. Geschäftig liefen die Leute umher, es wurde gehandelt, gerufen und gefeilscht. Händler eilten mit vollgepackten Karren vorüber. Wie überall balancierten Träger an quer über den Schultern liegenden Tragestangen Waren sicher und geschickt durch die Menschenmenge. Garküchen lockten mit wunderbaren Düften die Kunden an. Jonas empfand das als seelische Grausamkeit, denn ihm lief schon beim Anblick der leckeren Speisen das Wasser im Mund zusammen. Dann aber bemerkte er einen alten Mann, der, in einiger Entfernung auf seinen Stock gestützt, ihn auffällig beobachtete. Er vergaß sofort den nagenden Hunger. Dieser stechende Blick – natürlich, er wusste genau, wer das war, und ein Schauer lief ihm über den Rücken.

»Er verfolgt uns wieder. Wahrscheinlich hat uns dein Nachtgespenst tatsächlich besucht. Du hast es nicht geträumt«, flüsterte er Sina ins Ohr und wollte sie auf den alten Mann aufmerksam machen. Doch als er sich umdrehte, war dieser wie vom Erdboden verschluckt.

»Wo?«, fragte Sina.

»Ich habe ihn gerade gesehen. Aber nun ist er weg!«

»Bist du sicher?«, fragte sie.

Er nickte mit dem Kopf.

»Gerade noch stand er da. Er hat mich angesehen, als wir vorbeigingen. Und wie er mich angesehen hat! Wir müssen unbedingt Dragard ausfindig machen«, seufzte Jonas und griff in seine Jackentasche. Sie mussten sich beeilen, um den Anschluss nicht zu verlieren.

Es dauerte nicht lange, bis sie zu einem kleinen Platz kamen. Unter Pappelbäumen warteten ein paar Chinesen mit ihren hölzernen Rikschas. Chang Chang winkte sie herbei. Je zwei Ordensbrüder nahmen in einer Rikscha Platz.

Alle hatten ihren Sitz zugewiesen bekommen. Nur die Kinder standen noch verloren da und schauten sich verunsichert um.

Widerwillig winkte der chinesische Diener sie heran, damit sie sich in eine der noch freien Rikschas setzten. Er fand es anscheinend widersinnig, die Kinder in eine Rikscha einsteigen zu lassen.

Kinder sollten laufen! Er bedachte sie mit einem unfreundlichen Blick. Zu guter Letzt setzten er und Pater Guiseppe sich gemeinsam in einen Rikschakarren.

Die Missionsstation

»Der Chinese kann uns nicht leiden«, meinte Sina zu Jonas und er nickte. »Wenn es nun Karatabar ist, der sich verwandelt hat?«, fragte sie.

»Glaub ich nicht, das müsste Pater Guiseppe merken, meinst du nicht?«

Der Rikschakuli trat vor sie, griff nach den Stangen und begann zu laufen. Es war ein sehr komisches Erlebnis, wie der Mann in langen ausholenden Schritten vor ihnen her rannte und sie im schnellen Tempo durch die Straßen zog.

»Wenn unser Rikschamann nun Karatabar ist? Er könnte uns jederzeit entführen«, flüsterte Sina.

Doch ihr Gespann folgte stur den anderen Rikschas. In der letzten hinter ihnen saßen Pater Guiseppe und Chang Chang. Auch das beruhigte sie ein wenig.

Die Häuser hatten sie hinter sich gelassen und rechts und links standen nur noch schmale, hohe Pappeln mit silbrig schimmernden Blättern. Ihr Weg führte eine kleine Anhöhe hinauf, auf welcher ein großes, weißes Steinhaus mit einem ausladenden, geschwungenen Dach erbaut worden war. Es wirkte auf den ersten Blick typisch für die Gegend. Dann aber sahen sie beim Näherkommen vor dem Eingang ein kleines Vordach, das auf zwei runden weißen Säulen ruhte. Und über der schlichten Eingangstür war ein großes Kreuz angebracht. Auch die Fenster entsprachen nicht den üppigen Standards: Es gab keine Holzschnitzereien, nur einen schlichten und zweckmäßigen Rahmen. Die Rikschas hielten vor dem weißen Gebäude und alle Reisenden entstiegen ihren Gefährten.

»Willkommen in unserer Missionsstation«, begrüßte Pater Guiseppe alle fröhlich und zeigte stolz auf das Haus.

Chang Chang war schon wieselflink vorausgegangen und hatte die Tür geöffnet. Nun stand er da und erwartete die Gruppe wie ein Hausherr.

»Steigt bitte brav über die Schwelle, sonst bekommt ihr alle Ärger mit meinem gestrengen Haushüter Chang Chang und den chinesischen Geistern. Er hat die Schwellen extra nachträglich einbauen lassen, damit die bösen Geister nicht hereinspazieren können. Nun müssen sie ordentlich draußen bleiben«, sagte der Pater mit einem schallenden Lachen zu seinen Ordensbrüdern, die sich ein Grinsen nicht verkneifen konnten.

»Zum Glück konnte ich mich gegen den Bau einer Geistermauer, die er unbedingt vor dem Hauseingang errichten möchte, erwehren. Noch bin ich standhaft, aber irgendwann setzt er seinen Willen sowieso durch«, fügte er etwas gequält hinzu.

Die Ordensbrüder schauten ihn etwas irritiert an, weil sie nicht verstanden, was genau er meinte. Der Pater sah es und murmelte: »Das erkläre ich euch ein andermal. Ich fürchte, ihr werdet noch sehr viel über die chinesische Kultur und Religion lernen müssen.«

Unter den strengen Blicken von Chang Chang hoben alle folgsam ihre Füße. Sie betraten das hübsche, geräumige Haus, dessen Wände weiß getüncht waren. Kruzifixe hingen einträchtig neben chinesischen Rollbildern mit Apfelblütenzweigen. Auch die Einrichtung stellte eine Mischung zwischen asiatischen und europäischen Gegenständen her. Die Räume vermittelten einen sauberen und gemütlichen Eindruck. Das Licht, das durch die vielen Fenster schien, machte alles hell und freundlich.

Der Pater wies allen ihre Schlafräume zu. Nach einer kurzen Rücksprache mit Chang Chang zeigte er auch Sina und Jonas ihr Zimmer. Es war zwar sehr klein, aber an zwei gegenüberliegenden Wänden standen zwei frisch bezogene Betten. Vor dem kleinen Fenster mit einem Vorhang befanden sich ein kleiner Tisch und zwei geschnitzte, schwarz lackierte Hocker nach landestypischer Machart.

Sina betrachtete mit Entzücken diesen hübschen Raum. Sie erinnerte sich mit Schaudern an das scheußliche Gemach, in dem sie gestern geschlafen hatten. Welch ein Unterschied!

Als sich alle später wieder in dem großen Raum einfanden, war ein langer Tisch gedeckt. Suppenschüsseln, Fleisch und Gemüse standen bereit, und auch der obligatorische Reis fehlte nicht. Es duftete wunderbar nach asiatischen Gewürzen und Kräutern. Beim Anblick dieser Köstlichkeiten lief Jonas das Wasser im Mund zusammen.

Auch wenn es wahrlich kein typisch italienisches Essen war, so störte sich niemand daran, es wurde mit Hingabe gegessen. Dazu wurde lebhaft erzählt, und manchmal redeten alle durcheinander. Nur die Kinder verstanden kein Wort, denn die Gespräche fanden in italienischer Sprache statt.

Nachdem Chang Chang in die Hände geklatscht und eine alte Frau den Tisch abgedeckt hatte, zogen sich die Ordensbrüder in ihre Gemächer zurück. Pater Guiseppe bat die Kinder, ihm in seine Schreibstube zu folgen. An der Wand stand ein alter Sekretär. Eine dicke Bibel und Schriftstücke stapelten sich auf der Schreibplatte. Eine alte Lupe und ein Kompass lagen daneben. An den Wänden hingen etliche große und kleine Landkarten. Ein großes Gemälde von Venedig mit seinen Kanälen und der Abbildung der Rialto-Brücke hing an einer anderen Wand. Sicher eine Erinnerung an seine italienische Heimat, genauso wie das kleine Bild vom Dogenpalast.

Das Bild eines Heiligen war neben einem chinesischen Rollbild mit einem Kirschblütenzweig platziert. Vor dem Fenster stand ein kleiner, runder Tisch und um ihn herum drei gepolsterte und geschnitzte Holzstühle mit Armlehnen. Sie sahen recht europäisch aus. Jonas fragte sich, wie sie wohl den weiten Weg bis hierher gefunden hatten?

Aber das war ja im Grunde genommen völlig nebensächlich, denn jetzt gab es Wichtigeres zu bedenken. Garantiert wollte der freundliche Pater nun wissen, wie sie allein in dieses Land, tausende Kilometer von zu Hause entfernt, gekommen waren. Jonas merkte, wie ihm der Schweiß ausbrach. Er warf Sina einen verzweifelten Blick zu. Erstaunlicherweise schaute sie ihn ganz ruhig an. Hatte sie sich etwas zurechtgelegt? Hoffentlich!

Wie sie es erwartet hatten, bot ihnen Pater Guiseppe Stühle an und nahm dann selbst Platz. Um seiner Frage zuvorzukommen und ihn vielleicht ablenken zu können, ergriff Jonas zuerst das Wort, auch wenn sein Französisch ein wenig holprig war.

»Wir möchten uns bei Ihnen für alles bedanken, was Sie für uns getan haben. Auch, dass Sie so nett sind, uns bei sich in Ihrem Haus aufzunehmen. Wir denken aber, dass wir nicht lange bei Ihnen bleiben werden, denn wir hoffen, in Peking jemanden zu treffen.« Dann fiel ihm nichts mehr ein und er verstummte. Der

Pater nutzte die entstandene Pause und stellte die so gefürchtete Frage. Wie sie denn überhaupt nach China, in ein so weit entferntes Land gekommen seien?

»Das ist eine lange Geschichte«, übernahm Sina nun das Gespräch und sah den Pater traurig an.

»Ich lebte mit meinen Eltern und Jonas in der Normandie in Frankreich. Mein Vater ist ein bedeutender Kaufmann und leider viel unterwegs, denn er muss sich um seine Geschäfte kümmern. In der letzten Zeit war er oft in fremden Ländern«, erzählte Sina. Es war nicht mal gelogen und entsprach fast der Wahrheit. »Meine Mutter, Jonas und ich waren dadurch sehr viel allein«, sagte sie.

»Aha, dann ist Jonas dein Bruder«, warf der Pater ein.

»Nein, nein, er ist mein Cousin. Er ist ein Waisenkind, denn er hat seine Eltern schon sehr zeitig durch einen tragischen Unfall verloren. Er hat damals einen Schock erlitten. Die Sprachschwierigkeiten rühren daher«, fuhr Sina entschuldigend fort. Irgendwie mussten sie ja sein mangelhaftes Französisch erklären. »Meine Eltern haben ihn aufgenommen und wie ihren eigenen Sohn erzogen. Er ist für mich wie ein Bruder«, redete sie unbekümmert weiter.

Jonas schaute sie völlig entgeistert an und war im wahrsten Sinne des Wortes sprachlos. Er durfte im Grunde froh sein, dass sie ihn nicht als vollkommenen Idioten hinstellte.

»Wenn mein Vater von seinen Reisen zurückkehrte, waren wir alle glücklich. Er brachte uns immer die ausgefallensten Geschenke mit und erzählte uns tagelang von seinen Reisen und Abenteuern in fernen Ländern. Es waren so spannende Geschichten, dass wir am liebsten mitgefahren wären. Aber er sagte uns immer, wir seien zu jung und das sei viel zu gefährlich für Kinder, noch dazu für ein so kleines Mädchen wie mich.« Bei den letzten Worten verzog sie verächtlich den Mund und schnitt eine Grimasse. »Natürlich waren wir ganz und gar nicht seiner Meinung. Eines Tages, als er wieder von einer Reise zurückkehrte, kam uns ein Zufall zu Hilfe. In der letzten Zeit gab es bei uns in der Gegend viele Überfälle von räuberischen Horden. Das waren Raubritter und heruntergekommene Tagelöhner. Sie überfielen die Landbevölkerung und besonders die Postkutschen, um sich zu bereichern«, erzählte Sina weiter.

Bei diesen Worten nickte der Pater verständnisvoll und meinte, dass es die gleichen Probleme auch bei ihm in Italien gegeben hätte. Er bedauerte, dass sich wohl seit seiner Abreise von damals nichts geändert habe.

»Noch kurz bevor mein Vater von seiner Reise wiederkam, war in unserem Dorf ein Bauer mit seiner Familie überfallen worden und man hatte seine Angehörigen aufs Schlimmste misshandelt und gequält. Ihn hatte man kurzerhand mitgenommen, und er war seitdem spurlos verschollen«, berichtete sie voller Eifer. Sie war von ihrer Geschichte selbst so mitgenommen, dass sie sich ein kleines Tränchen aus den Augen wischen musste, was den Pater natürlich sehr berührte.

Jonas starrte Sina an. Er kannte ihre blühende Phantasie, aber das war wirklich eine reife Leistung, die sie da ablieferte.

»Ja, ja, das waren wirklich unsichere Zeiten. Bevor mein Vater wieder eine neue Geschäftsreise, diesmal nach China, antreten sollte, überlegte er, wie er seine Familie während seiner Abwesenheit schützen könne. Er hatte vor, uns weit ab in einer Stadt bei Verwandten unterzubringen. Aber wie wir erfuhren, munkelte man, dass dort die Pest ausgebrochen sei und so kam auch das nicht in Frage. Jonas, mein Cousin, machte ihm dann den Vorschlag, uns vielleicht doch mit auf die Reise zu nehmen. Sie müssen wissen, dass mein Vater ihn immer wie einen Sohn behandelt und sehr geschätzt hat«, sprudelte es aus ihr hervor.

Daraufhin betrachtete der Pater Jonas aufmerksam und meinte bei sich, dass er außer seinen Sprachschwierigkeiten vielleicht doch über eine gewisse Intelligenz verfügte.

»Zu unserer großen Freude und Überraschung erklärte sich mein Vater damit einverstanden. Er wollte uns keinesfalls in diesen unsicheren Zeiten allein lassen. Durch Geschäftsfreunde hatte mein Vater erfahren, dass es jetzt einen wesentlich kürzeren Handelsweg nach China gibt, nämlich den Seeweg«, erklärte Sina.

Der Pater nickte beifällig.

»So sind wir in Genua an Bord gegangen. Wir hatten uns sehr auf diese Reise gefreut. Doch was wir an Stürmen und Schrecklichem erlebt haben, war eine einzige Katastrophe. Ich habe es wirklich bitter bereut, dass wir nicht zu Hause geblieben sind«, erklärte sie seufzend. Sie hätte die Abenteuer der Seereisen gern noch weiter ausgeschmückt, wenn Jonas ihr nicht mit seinem stechenden Blick Einhalt geboten hätte.

»Als wir dann endlich, nach Tagen der Entbehrungen und Stürme, an Land gingen, schlossen wir uns folglich einer Karawane an. Ich glaube, ich brauche Ihnen dazu nichts zu erklären, denn Sie haben das ja selbst durchgemacht. Sandstürme, sengende Hitze und fürchterliche Epidemien, die manche unserer Mitreisenden nicht überlebten. Ich kann nur sagen, es war die Hölle. Doch das Schlimmste sollte noch kommen. Wir wurden von Mongolen überfallen. Vorher hatten wir noch in einer Oase Halt gemacht, die Kamele getränkt, unsere Wasservorräte aufgefüllt und uns mit neuem Proviant versorgt. Kaum waren wir weitergezogen, als auf einmal, wie aus dem Nichts, ein Trupp Reiter auf uns zugeritten kam«, erzählte Sina und war jetzt richtig in ihrem Element.

Doch Jonas schaute sie umso eindringlicher an. Sie hätte so gern noch alles richtig spannend ausgeschmückt, denn sie sah mit Genugtuung, dass der Pater förmlich an ihren Lippen hing. Sie versuchte sich dennoch kurz zu fassen.

»Was sich dann ereignete, war wie ein böser Traum. Meine Eltern wurden gefangengenommen und von uns getrennt. Mein Vater versuchte sich zu wehren, und mit einem Fausthieb wurde er zu Boden gestreckt. Meine Mutter hat furchtbar geweint. Sie flehte die vermummten Reiter an, uns nicht allein zu lassen. Ich habe fürchterlich geschrien, doch sie kannten kein Erbarmen. Meiner Mutter wurde der Mund geknebelt und dann wurden sie vor unseren Augen abgeführt. Wir mussten mit ansehen, wie sie auf eines der vielen Kamele der überfallenen Karawane aufgeladen wurden. Ich schrie so laut, dass mir einer der Banditen eine Ohrfeige gab. Es war so schrecklich, dass ich jetzt alles wieder genau vor mir sehe.« Sina war von ihrem eigenen Bericht so aufgewühlt, dass sie Mühe hatte, nicht in Tränen auszubrechen.

Jonas sah betroffen, wie auch der Pater von seinen Gefühlen regelrecht überwältigt wurde, er folgte Sinas Erzählungen mit entsetztem Gesicht. Wie konnte man dem netten Pater nur so ein Lügenmärchen auftischen?, dachte Jonas beschämt. Er rang mit seinem schlechten Gewissen. Da fuhr Sina, die sich von ihrem Selbstmitleid erholt hatte, bereits mit der Geschichte fort.

»Dann rissen uns wiederum andere Männer von unseren Kamelen, wickelten uns wie Ware in grobe Decken und transportierten uns ab. Es war fürchterlich. Nach einem langen Ritt kamen wir in einer kleinen Oase an, in der nur etwa drei Hütten standen. Wir wurden zu einer alten Frau gebracht. Die Angst, dass uns die Männer umbringen würden, kann man gar nicht beschreiben. Doch zum Glück ritten sie mit ihren Pferden davon und überließen uns der alten Frau. Meine Eltern haben wir seitdem nicht mehr gesehen.

Die Frau hat uns dann etwas zu essen gegeben und wir blieben einige Zeit bei ihr. Sie hat uns nicht schlecht behandelt. Vielleicht haben wir ihr auch leid getan, ich habe anfangs nur geheult, während Jonas ihr sofort bei der Arbeit helfen musste. Später habe ich auch mitarbeiten müssen«, spann Sina ihre Geschichte weiter, während Jonas nun händeringend ein Ende herbeisehnte.

»Eines Tages kam eine größere Karawane vorbei. Als sie wieder aufbrach, nutzten wir die Gelegenheit zur Flucht, mischten uns unbemerkt unter die Leute und zogen einfach mit. Vergebens hofften wir auf Nachrichten über den Verbleib meiner Eltern. Wir wussten, dass sie mit uns nach Peking wollten. Und das war jetzt auch unser Ziel. Wir machten das einem der Kameltreiber verständlich, aber der lachte nur und zeigte in die entgegengesetzte Richtung. Wir hatten uns also der verkehrten Karawane angeschlossen. In einer Oase setzte er uns ab. Mit Händen und Füßen erklärte er uns, dass hier bald eine andere Karawane vorbeikäme. Wenn wir Glück hätten, würde sie vielleicht nach Peking ziehen. Dieser sollten wir uns anschließen. Das haben wir dann auch getan. Es war die Karawane, in der wir Sie getroffen haben«, beendete Sina ihren Bericht und Jonas atmete erleichtert auf.

»Vielleicht geschieht ein Wunder und wir treffen meine Eltern wieder«, sagte Sina leise und schlug die Augen traurig nieder.

»Ich werde mich bemühen, euch bei der Suche nach euren Eltern zu helfen«, versprach er hoffnungsvoll und begann zu überlegen. Sina versuchte indes, von der tragischen Rolle in die tapfere und mutige zu schlüpfen. Sie gab sich den Anschein, dass sie und Jonas überzeugt seien, dass ihre Eltern noch lebten und dass sie sie bestimmt finden würden. Man dürfe die Hoffnung niemals aufgeben. Alles Klagen würde nicht helfen. Der Pater bewunderte ihre Zuversicht und war weitaus weniger positiv gestimmt.

Um ihn auf andere Gedanken zu bringen, fragte Sina, weshalb die Männer und er so gelacht hätten, als ihr Kamelführer sie der Missionsgruppe vorgestellt habe. Der Pater war sichtlich erfreut, sich etwas Unterhaltsamerem zuwenden zu dürfen.

»Wisst ihr, die Chinesen haben sehr kleine Nasen, jedenfalls im Verhältnis zu uns Europäern oder Arabern«, erläuterte er und strich sich dabei grinsend über seinen langen Zinken. »Wegen unserer großen Nasen bezeichnen uns die Chinesen als Langnasen. Als euer Führer gestern zu mir kam, meinte er, dass ich mit diesen zwei Langnasen, und da wart ihr gemeint, sicher mehr anfangen könne als er. Der rote Teufel, damit meinte er dich, Jonas, sei ihm unheimlich. Er war sehr froh, euch bei mir lassen zu dürfen«, erklärte er ihnen.

»Und was ist eine Karese?«, wollte Jonas nun wissen.

Der Pater schaute ihn verwundert an und fragte, wo sie das Wort gehört hätten. Sie erzählten ihm von dem Wasserloch in der Oase und von dem netten Mann, der ihnen die Melone geschenkt hatte.

»Ihr habt sicher den schneebedeckten Gebirgszug, den sechstausend Meter hohen Bogda Shan im Norden gesehen. Die Menschen fangen das Schneewasser auf und leiten es in endlos langen Kanälen zu den Oasen. Es kann manchmal in dieser Gegend bis zu sechzig Grad heiß werden. Weil aber angesichts der extremen Hitze das Wasser in offenen Kanälen verdunsten würde, noch ehe es in einer Oase ankommt, haben sie unterirdische Leitungen angelegt. Da bleibt es kühl und kann ungehindert weiterfließen. Es fließt dann in die Gärten der Oasen. So können Obst und Gemüse gedeihen. Ihr habt euch ja selbst davon überzeugen können. Diese unterirdischen Kanäle nennt man Karesen. Und in regelmäßigen Abständen haben die Oasenbewohner tiefe begehbare Löcher gegraben. Ab und zu steigen sie dann hinab, um die Gänge zu reinigen. Das ist nicht ganz ungefährlich«, wusste Pater Guiseppe zu berichten.

»Vor solch einem Loch haben wir gestanden«, sagte Jonas und ihm lief ein Schauer über den Rücken. Nicht angesichts der Tiefe, sondern vielmehr beim Gedanken an den alten Mann und dessen stechenden Blick, der ihn dort kalt erwischt hatte.

Der Pater nickte und erzählte weiter: »Nicht nur für die Menschen, die dort leben, ist diese Erfindung lebenswichtig. Auch für die Karawanen sind die Oasen unentbehrlich. Wisst Ihr, der ganze Aufbau und die Organisation solch einer Karawane sind bewundernswert. Durch die Aufenthalte in den Städten mit ihren Karawansereien, den Oasen und sonstigen Orten erfahren die Reisenden, die den unterschiedlichsten Religionen angehören, viel von anderen Sitten und Kulturen. Es werden Neuigkeiten und Erfahrungen ausgetauscht. Auch gibt es Kuriere, die sich einer Karawane anschließen. Durch sie sind alle immer auf dem Laufenden, was alles in der Welt passiert«, schwärmte er.

Jonas hatte mit Interesse zugehört und meinte bei sich, dass man diese Nachrichtenquelle wohl mit Fug und Recht als das Internet des Altertums bezeichnen könne.

Nächtliche Unruhe

»Das Problem wird vielmehr sein, wie wir eure Eltern ausfindig machen können«, griff der Pater wieder die Suche nach Sinas Eltern auf. »Womöglich hat man für sie ein Lösegeld bezahlt und sie konnten tatsächlich mit einer Karawane nach Peking reisen. Oder es gelang ihnen die Flucht, so wie euch«, überlegte er. »Aber selbst, wenn dem so wäre. Wie wollt ihr eure Eltern in Peking finden?«, fragte er die beiden und vermied es, den möglichen Fall anzusprechen, dass die Eltern nicht mehr lebten. Bei sich dachte er schon darüber nach, was am besten mit den beiden Waisenkindern zu tun sei.

»Das wissen wir eigentlich auch nicht so genau«, erwiderten Sina und Jonas einmütig und schauten sich fragend an.

»Wenn es euch recht ist, werde ich das mit Chang Chang besprechen. Er hat sein Ohr überall und ist immer für einen Rat gut«, sprach er beruhigend und setzte hinzu: »Und nun legen wir uns alle erst einmal zur Ruhe, nach den Strapazen der vergangenen Tage.«

Sina und Jonas waren sich der Abneigung, die der chinesische Diener für sie empfand, wohl bewusst, aber durch ihn konnten sie vielleicht einen Weg nach Peking, also zu Dragard, finden. Es konnte ihnen nur Recht sein. Denn Dragard hatte ja gesagt, dass sie sich in Peking treffen würden. Wo, das hatte er allerdings nicht erwähnt.

Der Pater unterdrückte ein Gähnen. Schließlich hatte er für sein Alter eine ungemein strapaziöse Reise hinter sich und nur noch den einen Wunsch, schlafen zu gehen. Er stand auf und begleitete die Kinder bis zu ihrem Zimmer. Väterlich strich er ihnen über die Köpfe und verabschiedete sich freundlich.

Sina betrachtete glücklich die sauberen und ordentlichen Betten. Schnell zog sie ihre Jacke aus und schon lag sie unter der Decke.

»Das ist ja fast so gemütlich wie zu Hause«, meinte sie und war mit sich und der Welt zufrieden. Sie schaute Jonas an, der noch immer auf der Bettkante saß und sie betrachtete.

»Also, das war jetzt das zweite Mal, dass du wirklich klasse warst«, meinte er zu ihr.

»Nur zweimal, mehr nicht?« Sie grinste.

»Na ja, vielleicht auch ein bisschen mehr. Mal vom armen, bedürftigen Waisenjungen mit seiner bedauernswerten Sprachhemmung abgesehen, war das wirklich eine bühnenreife Leistung. Ich für meinen Teil prophezeie dir eine steile Karriere. Meine Hochachtung«, sagte Jonas anerkennend.

Doch Sina winkte bescheiden ab.

»Ich habe einfach nur zugehört, was er gestern von dem ganzen Reisekram und den Karawanen auf der Seidenstraße erzählt hat. Dann brauchte ich für unsere Geschichte nur eins und eins zusammenzuzählen«, sagte sie mit einem Gähnen.

»Trotzdem, das war glaubhaft. Ich hatte nur kurz Bedenken, dass noch Ali Baba und die vierzig Räuber mitmischen würden. Womöglich wären wir dann aufgeflogen«, grinste er.

Sina sagte nichts mehr, sondern gähnte erneut und war froh, gleich ihren wohlverdienten Schlaf zu finden. Schnell wickelte sie sich den Gürtel mit der aufgestickten Eidechse noch um den Hals, dann fiel sie schon in einen tiefen Schlaf.

Auch Jonas freute sich, in sein Bett klettern zu dürfen. Er hatte die Jacke ausgezogen und über einen der kleinen Hocker gelegt, als ihm plötzlich die Schatulle in der Tasche einfiel. Eilig stand er auf und nahm sie heraus. Er überlegte, wo er sie vor Karatabar verstecken konnte. Ob man ein Kruzifix von der Wand nehmen und es darauf legen sollte? Doch er verwarf den Gedanken. Er war sich nicht ganz sicher, ob ein christliches Symbol einem niederträchtigen Zauberer gewachsen war. Er nahm die Dose und verstaute sie unter seinem Kopfkissen. Als er seinen Kopf darauf bettete, störten ihn die harten Kanten. Er zog sie wieder hervor und umwickelte sie mit seinem Gürtel und der Eidechse. Dann legte er sie unter die Matratze. Wenn er darauf lag, war sie vor Karatabar bestimmt sicher.

Er wälzte sich noch ein Weile hin und her: Es gab so viele offene Fragen. Wie sollte es nun weitergehen? Wo konnten sie Dragard finden? Ihn einfach rufen, um zu erfahren, was jetzt zu tun sei? Nein, das war keine Lösung, denn es war ausgemacht, dass er nur im Notfall zu Hilfe gerufen werden konnte. Die Sache war zwar vertrackt, wie die sprichwörtliche Suche nach der Nadel im Heuhaufen, aber bei weitem nicht lebensbedrohlich. Sie mussten auf eigene Faust weitermachen. Konnten sie vielleicht mithilfe der Zauberkarte etwas in Erfahrung bringen? Allein, er fand keine Antworten darauf. So legte er sich auf den Bauch und war schnell eingeschlafen.

Die Sonne schien ins Zimmer. Sina und Jonas wurden von lauten Stimmen sowie Schritten draußen auf dem Gang geweckt.

Es klopfte an der Tür. Jonas öffnete. Vor ihnen stand Chang Chang, der sie mit weit aufgerissenen Augen ansah und musterte. Er murmelte irgendetwas auf Chinesisch, dann schüttelte er den Kopf und verschwand wieder.

»Was wollte der denn?«, fragte Sina verdattert.

»Keine Ahnung, der spinnt. Aber sag mal, was wolltest du eigentlich heute Nacht? Und weshalb liegst du in meinem Bett? Du hast doch ein eigenes«, stellte Jonas überrascht fest.

»Ich hatte schreckliche Angst«, sagte sie und schaute ihn ein wenig hilfesuchend an.

»Wovor?«

Sie erzählte ihm, was sie in der Nacht erlebt hatte. Fledermäuse vor dem Fenster, im Baum, überall und schrecklich groß. Dann war da noch ein Feuer gewesen. Und da hatte sie nicht mehr allein in ihrem Bett schlafen wollen. »Bist du sicher, dass du das alles nicht nur geträumt hast?«, fragte er zweifelnd.

»Wäre ich dann zu dir ins Bett gekrochen? So gemütlich war das nun auch wieder nicht«, gab sie ein wenig gekränkt zur Antwort.

»Du hast ja wie ein Murmeltier geschlafen und warst nicht wachzurütteln. Dann hättest du diesen ganzen ekelhaften Spuk mit ansehen können«, fügte sie hinzu. Jonas sah sie nachdenklich an und griff schnell unter die Matratze. Erleichtert holte er die eingewickelte Dose hervor. Sie war also noch da!

»Weißt du, es war gut, dass du mit in meinem Bett geschlafen hast. So haben wir zusammen auf der Dose gelegen und sie beschützt, vor Karatabar, der heute Nacht wohl hier sein Unwesen getrieben hat«, meinte Jonas.

Sie kleideten sich an, und er verstaute die Dose in seiner Jackentasche. Sie wussten nicht, wo man sich waschen konnte und beschlossen, dass man auch so frühstücken konnte.

Als sie den großen Raum betraten, saßen alle Ordensbrüder und Pater Guiseppe schon am Tisch. Sie waren gerade noch pünktlich zum Morgengebet an der reichlich gedeckten Tafel erschienen.

Nach dem Gebet begrüßte der Pater Sina und Jonas und fragte sie, ob sie gut geschlafen hätten. Sie erzählten ihm, dass Sina von einem Geräusch wach geworden sei und einen Feuerschein vor ihrem Fenster gesehen habe.

Der Pater sah Sina zweifelnd an und übersetzte den italienischen Glaubensbrüdern, was die Kinder ihm erzählt hatten. Sofort entstand eine hitzige Debatte. Sina und Jonas schauten etwas verständnislos auf die Männer, die laut gestikulierend, aber auch lachend aufeinander einredeten.

»Das ist ja erstaunlich, denn einige von ihnen haben auch diese merkwürdigen Laute gehört und sind deshalb wach geworden. Einer davon behauptet sogar, es sei jemand in seinem Zimmer gewesen. Die anderen, die nichts davon mitbekommen haben, ziehen ihn nun auf, weil er an Gespenster glauben würde. Sie machen sich über ihn lustig«, erklärte ihnen Pater Guiseppe.

»Also, ich habe von alldem nichts mitbekommen. Selbst wenn etwas gewesen wäre, hätte ich nichts gehört. Mich kann man aus dem Bett tragen, ohne dass ich aufwachen würde«, lachte der Pater.

Doch dann wurde er auf einmal nachdenklich.

»Ich muss zugeben, dass auch Chang Chang mir eine komische Geschichte aufgetischt hat. Normalerweise steht er schon auf, wenn es draußen noch dunkel ist. Er muss sich um alles kümmern. Heute jedoch war alles still und auch unsere Haushälterin wunderte sich, dass sie Chang Chang noch nicht gesehen hatte«, erzählte Pater Guiseppe. »Als wir dann zu ihm ins Zimmer gingen, lag er noch im Bett und hatte sich die Decke bis über beide

Ohren gezogen. Wir sind an ihn herangetreten und als wir ihn angesprochen haben, sah er uns mit weit aufgerissenen Augen an, als ob wir Schreckgespenster seien. Als er sich endlich ein wenig beruhigt hatte, erzählte er uns, dass er von einem Geräusch draußen vor dem Haus aufgewacht sei. Dann habe er aber nichts mehr gehört und sei wieder eingeschlafen. Als er erneut etwas vernommen habe, sei er aufgestanden und habe beschlossen, draußen nach dem Rechten zu sehen. Er habe um das Haus gehen wollen. Und dann sei vor dem Fenster, in dem die Kinder schliefen, ein riesengroßer Drache mit glühenden Augen und Feuer speiendem Maul auf ihn zugesprungen. Er wäre um sein Leben gerannt und wisse bis jetzt nicht, wie er wieder zurück gekommen sei. Irgendwie habe er sich später am ganzen Körper zitternd im Bett wiedergefunden. Die Bettdecke weit über sich gezogen, hätte er seitdem kein Auge mehr zugemacht. Er hat weiter berichtet, er sei dann am Morgen kurz bei euch gewesen, weil er sich sicher sei, dass, so pflegte er sich auszudrücken, diese fremden Teufel mit dem nächtlichen Spuk etwas zu tun hätten«, berichtete der Pater Sina und Jonas weiter, die sich vielsagend anschauten.

»Ihr müsst wissen, dass Chang Chang noch nie so gesponnen hat. Vor Jahren ist er sogar zum christlichen Glauben übergetreten. Das hat ihn aber nicht davon abgehalten, einen kleinen chinesischen Altar für seine Ahnen in seinem Zimmer einzurichten. Von Zeit zu Zeit zündet er darauf Räucherstäbchen an. Dann zieht ihr süßlicher Duft durch das ganze Haus. Auch ein kleiner Buddha in einer Nische darf nicht fehlen, direkt unter einem christlichen Heiligenbild. Ich lasse ihm seine Relikte. Wahrscheinlich wähnt er sich so unter einem doppelten Schutz, damit sein späterer Weg ins Jenseits in jeder Hinsicht abgesichert ist. Ein wenig christlich und ein wenig buddhistisch. Er ist eben in jeder Hinsicht ein überaus vorsichtiger und voraus denkender Mensch«, sagte der Pater mit einem Lächeln.

»Doch trotz seiner Bekenntnisse zum christlichen Glauben hat er immer noch eine große Angst vor den Geistern und natürlich vor Drachen, die es in der chinesischen Mythologie recht zahlreich gibt. Ich habe ihm das bis jetzt nicht ausreden können. Aber abgesehen davon ist er ein sehr intelligenter und überaus zuverlässiger Mitarbeiter«, fuhr er fort. »Nur so etwas wie heute morgen, das habe ich noch nie bei ihm erlebt. Als er uns das erzählte, habe ich so laut lachen müssen, dass er sich wütend im Bett herumwarf und uns den Rücken zukehrte. Seitdem kommt er nicht mehr aus dem Zimmer heraus. Ihr müsst wissen, dass man das keinem Asiaten antun darf. Ich habe ihn ausgelacht, sogar noch in Gegenwart einer Frau. Völlig unmöglich. Das heißt, dass er nun sein Gesicht verloren hat. Das ist sehr schlimm und so gut wie unverzeihlich. Vielleicht sollte ich ihm erzählen, dass nicht nur er heute Nacht Probleme hatte? Wenn er mir überhaupt zuhört«, fügte er nachdenklich hinzu und wurde von organisatorischen Fragen seiner Ordensbrüder unterbrochen. Sie sollten nun in ihre Aufgabenbereiche eingeführt werden.

So hatten die Kinder Zeit, sich auszutauschen. Sie waren sich darüber im Klaren, dass es Karatabar war, den man für diesen Wirbel verantwortlich machen musste. Er hatte wahrscheinlich an dem armen Chang Chang seinen Frust ausgelassen, weil Sina und Jonas die goldene Schatulle und das Amulett zu gut bewacht hatten. Wütend hatte er deshalb dem ahnungslosen Chinesen den Schreck seines Lebens eingejagt.

Als sie später den Pater draußen im Garten vor dem Haus allein antrafen, fragten sie ihn, ob er Chang Chang habe besänftigen können? Sie erzählten ihm, dass er tatsächlich früh morgens bei ihnen an die Tür geklopft hätte. Als sie ihm öffneten, hätte er sie, unverständliche Worte murmelnd, nur mit weit aufgerissenen Augen angestarrt. Dann wäre er wie ein Geist sofort wieder verschwunden.

»Wahrscheinlich hat er sich danach einfach wieder ins Bett gelegt«, sagten sie zu dem nachdenklichen Pater.

»Ich war vorhin noch einmal bei ihm und habe an seine Tür geklopft, aber er weigert sich, sie zu öffnen. Ich bin sehr beunruhigt, denn ohne ihn bin ich vollkommen aufgeschmissen. Er hat alle meine Termine im Kopf. Er kümmert sich um alle Dinge, für die ich keine Zeit habe. Es ist zum Verzweifeln«, meinte er bekümmert.

»Ich habe eine Idee«, erwiderte Jonas in seinem holprigen Französisch.

»Nur zu, Ideen kann ich gerade gut gebrauchen«, entgegnete der Pater und sah den Jungen gütig an.

»Wir könnten ihm doch sagen, dass auch wir und einige Ihrer Ordensbrüder die Geräusche gehört haben und dass er absolut glaubwürdig sei. Das Ungeheuer verschweigen wir besser. Aber wenn er weiß, dass wir zu ihm halten und an seine nächtlichen Erlebnisse glauben, ist er vielleicht etwas versöhnt. Sein Gesicht ist dann wenigstens teilweise gewahrt«, sagte Jonas. »Wir haben nur ein Problem, wir können kein Chinesisch. Wie wäre es, wenn Sie einen Brief in unserem Namen schreiben, und wir schieben diesen unter der Tür hindurch?«

Der Pater überlegte eine Weile, dann war er einverstanden. Er setzte einen Brief auf, den Sina diktierte und den er anschließend ins Chinesische übersetzte. Die Kinder unterschrieben mit ihren Namen und Guiseppe verfasste noch eine persönliche Entschuldigung. Dann schoben sie das Schreiben in sein Zimmer.

Sie mussten eine ganze Weile warten, ehe sich die Tür einen Spalt breit öffnete. Ganz vorsichtig steckte Chang Chang seinen Kopf heraus und schaute nach allen Seiten. Als er sie entdeckte, schloss er sie schnell wieder.

Nun sprach der Pater durch die Tür auf ihn ein. Mit Erfolg, denn endlich ließ er sich blicken. Immer noch mit einem beleidigten Gesicht, aber zumindest ließ er nun mit sich reden.

Pater Guiseppe erklärte ihm, dass er ihm glaube und sich voll und ganz vorstellen könne, wie furchtbar dieses Erlebnis für ihn gewesen sein müsse. Dass er nicht wirklich an dieses Märchen von den Kindern und seinem Diener glaubte, verschwieg er besser. Dazu dachte er viel zu nüchtern. Er hielt nichts von solchen Hirngespinsten. Wer weiß, vielleicht hatten einige nach der anstrengenden Reise schlecht geträumt. Es ging jetzt vor allem darum, Chang Chang wieder zu beruhigen. Er würde diesen Unsinn sicher bald vergessen.

Die Worte des Paters schienen Chang Chang tatsächlich etwas zu versöhnen, doch die Kinder betrachtete er weiterhin mit großem Misstrauen, sogar mehr als zuvor. Wie sollte man einem Mädchen und dem roten Teufel aus den fernen Landen trauen? Vielleicht steckten sie mit dem Ungeheuer unter einer Decke? All dies konnten Sina und Jonas dem Diener an der Nasenspitze ablesen. Und sie hatten durchaus großes Verständnis für seine abweisende Haltung. Wäre es ihnen an seiner Stelle anders ergangen?

Der Pater ließ es sich nicht nehmen und schilderte Chang Chang kurz, wie die Kinder auf tragische Art und Weise ihre Eltern verloren hätten und ob er nicht wüsste, wie man diese finden könne? Das Ziel der Familie sei Peking gewesen. Diplomatisch wie er war, vergaß er nicht zu erwähnen, wie tüchtig er doch sei und dass er vollstes Vertrauen in Chang Changs Fähigkeiten habe, dass dieser einen Weg für die Kinder zurück zu ihren Eltern finden würde. Wie erwartet, fühlte sich dieser wegen des Lobes ungemein geschmeichelt. Er versicherte ihm, dass er genug Informanten im Palast des Kaisers habe, um der Sache auf den Grund zu gehen. Durch sie könne er vielleicht etwas über die Eltern der beiden in Erfahrung bringen. Womöglich sei es dringend ratsam, sie sogleich dorthin zu bringen, meinte er. Vermutlich hatte er diesen Gedanken nicht ganz uneigennützig vorgetragen, denn dann könnte er sich auf schnellstem Wege der unliebsamen Langnasen entledigen. Aber das sollte den Kindern gleichgültig sein. Das Ziel war die Hauptsache: Der Kaiserpalast. Wo, wenn nicht dort, würden sie Dragard ausfindig machen können?

Sina und Jonas waren allein in ihrem Zimmer und beobachteten durch das Fenster, wie sich Chang Chang eine Rikscha nahm und mit ihr in Richtung Stadt verschwand. Sie fragten sich, was nun weiter geschehen würde.

»Was hältst du davon, wenn wir die Zauberkarte mal in Augenschein nehmen? Vielleicht erhalten wir von ihr einen Rat?«, meinte Sina.

»Okay«, erwiderte Jonas und kramte die Tasche hervor, in der die Zauberkarte steckte. Dann legte er sie auf den Tisch. Sie hatte wieder ihre grüngoldene Farbe mit den schönen Mustern angenommen. Von grau und schwarz keine Spur mehr.

Gespannt nahm Sina die Karte in die Hand und begann sie aufzuklappen. Es war alles beim Alten: Die Kreise erschienen.

»Na, das haben wir gleich«, meinte Sina freudig und holte ihren Korken aus der Hosentasche.

»Kannst ihn gleich wieder einstecken, er passt sowieso nicht«, sagte Jonas, der wie gebannt auf die Karte schaute.

Auch Sina verfolgte erstaunt mit den Augen, wie das schillernde Grün sich in ein mattes Grauschwarz verfärbte. Sie schlugen mehrere Seiten auf, aber in der Mitte war kein Kreis mehr vorhanden, zum Glück auch keiner mit zwei hässlichen Fledermäusen. Nur schwarze Muster auf dunkelgrauem Grund. Das war alles. Immer wieder klappten sie die Karte in neue Richtungen auf. Es war außer den Ornamenten nichts zu sehen. Sie waren ratlos und wollten sie schon zur Seite legen, als Jonas meinte, etwas entdeckt zu haben. Etwas, das vorhin noch nicht da war. Er schaute noch einmal ganz genau auf die Karte.

»Schau mal«, sagte er zu Sina und strich mit dem Finger über das Muster. »Hier sieht es aus, als wenn die Ornamente zu einem Kreis zusammenlaufen«, erklärte er.

»Hm, mit viel Fantasie könnte man das meinen. Muss aber nicht sein«, gab Sina zu bedenken.

Je intensiver sie auf die Karte starrten, desto mehr konnte man nun in der Mitte einen Kreis erkennen.

»Und was nun? Das hilft uns doch auch nicht weiter«, sagte Sina resigniert.

»Ich glaub' schon«, meinte Jonas und holte die kleine Metallscheibe hervor, die zu seinem eigenen Erstaunen noch immer in seiner Hosentasche steckte.

Er versuchte, sie auf den erkennbaren Kreis zu pressen. Sie schien in der Größe genau zu passen. Doch als er sie abnahm, schauten sie entsetzt auf das Abbild einer Fledermaus. Einer Fledermaus mit bösen, blutunterlaufenen Augen, zwei hässlichen gespreizten gelben Krallen, einem aufgerissenen Rachen und mit scharfen spitzen Zähnen. Das hatten sie nicht erwartet. Sie hatten auf eine Nachricht oder ein Zeichen gehofft. Aber nicht so etwas. Angewidert blickten sie auf dieses kleine Scheusal.

»Vielleicht kommt Chang Chang bald wieder. Wir haben nicht viel Zeit, uns weiter mit der Karte zu beschäftigen. Ich werde sie am besten wieder verstecken«, sprach er mit leichtem Bedauern.

Er wollte sie gerade wegpacken, als Sina rief: »Nein, noch nicht weglegen. Ich glaube, wir sollten noch etwas versuchen. Mir ist da etwas in den Sinn gekommen!«

Sie nestelte aufgeregt an ihrem Amulett herum und entnahm ihm das Schwanzende von Dragard. Schnell strich sie über die noch aufgeklappte Karte mit der scheußlichen Fledermaus. Wie durch ein Wunder verschwand diese. Stattdessen konnten die Kinder in einem weißen Kreis folgende Worte lesen:

DER SPIEGEL DES ANTLITZES,
VON WELLEN VERWISCHT,
VERBORGEN BLEIBT ALLES,
DU ERSPÄHST ES NICHT.

»Keine Ahnung, was das nun wieder heißen soll«, sagte Jonas achselzuckend. Beide blickten ratlos auf die Buchstaben.

Es blieb ihnen jedoch keine Zeit, der Frage nachzugehen, denn sie vernahmen draußen Stimmen und Geräusche. Sina schaute aus dem Fenster und sah, wie Chang Chang eilig aus der Rikscha stieg und auf das Haus zuging. Sie hörten im Gang Schritte und wie eine Tür geöffnet wurde. Pater Guiseppe und der Chinese unterhielten sich leise und dann war es still. Sie hatten gerade die Karte wieder in die Stofftasche gesteckt, als es an der Tür klopfte. Es war die Haushälterin. Sie bat die beiden, zum Pater zu kommen.

Sie machten sich sofort auf den Weg. Pater Guiseppe erwartete sie schon freudestrahlend an der geöffneten Tür. Als sie eintraten, sahen sie, dass auch Chang Chang im Zimmer stand.

»Ich glaube, dass mein tüchtiger Sekretär«, er wies stolz auf Chang Chang, »eine gute Nachricht für euch mitgebracht hat. Er hat gehört, dass eine größere Karawane mit bedeutenden Würdenträgern aus fremden Ländern, darunter auch ausländischen Händlern, in Peking angekommen ist. Chang Chang meint, dass womöglich eure Eltern dabei sein könnten. Vielleicht ist ihnen ja wirklich die Flucht gelungen«, sagte Pater Guiseppe mit einem zufriedenen Lächeln zu Sina und Jonas. Die sahen sich fragend und ein wenig verständnislos an.

Rechtzeitig besannen sie sich, dass sie freudige Erwartung vortäuschen mussten für diese fremden Leute, die ganz sicher nicht Sinas Eltern waren. Die hielten sich nämlich eher bei einem großen Geschäftsempfang irgendwo in Amerika auf. Und ganz sicher nicht, wie sie beide, in China. Noch dazu im tiefsten Mittelalter. Immerhin waren sie es ja gewesen, die den beiden die Geschichte aufgetischt hatten.

»Wann und wie können wir diese Reisenden sehen?«, fragte Jonas begierig.

»Chang Chang meint, dass der Kaiser die ausländischen Gesandten empfangen wird und dass eventuell auch die Händler mit ihren außergewöhnlichen Waren eine Audienz erhalten könnten. Ob eure Eltern diese Ehre bekommen, sei allerdings fraglich. Das hinge ganz von der Laune des Kaisers ab. Manchmal ist der Sohn des Himmels, wie der Kaiser ehrfurchtsvoll genannt wird, aber einfach auch neugierig und besieht sich die Leute gerne persönlich. Normalerweise erledigt das ein Minister oder sonst ein hoher Beamter«, meinte Guiseppe.

Da der Herrscher aber heute Geburtstag habe und man dieses Ereignis als Fest des Zehntausendfachen Frühlings begehe, könne es sein, dass er in Erwartung dieser Feier gut gelaunt sei.

»Waren Sie denn schon mal zu einer Audienz beim Kaiser?«, wollte Sina wissen.

»Ja, ganz am Anfang meiner Tätigkeit als junger Missionar. Ich wurde in der Halle der Höchsten Harmonie empfangen. So nennt sich eines der wichtigsten Gebäude in der Verbotenen Stadt, dem streng bewachten Sitz des Kaisers. Dort hält er seine Audienzen ab. Man muss einen Kotau machen. Das heißt, sich vor ihm hinknien und mit dem Kopf den Boden berühren. Wenn man ihn wieder hebt, darf man ihm auf keinen Fall in die Augen sehen. Auch wenn man von ihm gefragt wird, muss man mit geneigtem Kopf antworten. Rückwärtsgehend darf man sich wieder von ihm entfernen. Ich für meinen Teil hatte schreckliche Angst, jemanden dabei anzurempeln oder hinzufallen.«

»Wie unangenehm«, meinte Sina und schüttelte verständnislos den Kopf.

»Ich war furchtbar aufgeregt und habe das vorher tagelang geübt. Wer weiß, vielleicht hätte er mich köpfen lassen, wenn ich einen Fehler begangen und ihm nicht die gebührende Unterwürfigkeit und Achtung gezeigt hätte«, erzählte der Pater weiter. »Ich hatte Glück. Ihr seht, ich lebe noch«, fügte er lachend hinzu. »Ich muss wohl alles richtig gemacht haben und außerdem war er guter Laune. Das ist immer sehr wichtig. Er wollte wissen, weshalb ich von so weit angereist sei und was ich hier zu tun gedenke. Anfangs war er sehr misstrauisch und dachte, ich sei vielleicht ein ausländischer Spion, der sein Volk zum Aufruhr gegen ihn anstiften wolle. Ich habe ihm dann erzählt, dass ich die Lehre vom Christentum hier zu verbreiten suche. Er hat mir aufmerksam zugehört und sich dann davon überzeugt, dass durch mich seinem Volk und vor allen Dingen seiner Macht kein Schaden zugefügt wird. So habe ich die Erlaubnis bekommen, ein Missionshaus zu bauen

223

und die Leute zum Christentum zu bekehren. Er hat mir sowieso keine große Chancen eingeräumt, denn normalerweise lebt man hier seit Jahrhunderten nach der Lehre des Buddhismus und der Lehre des Konfuzius, dem berühmten chinesischen Gelehrten.«

Die Verbotene Stadt

»Nun aber zu euch«, sprach der Pater weiter.

»Wir haben uns gedacht, dass Chang Chang euch mit in den Palast des Kaisers nimmt. Er hat viele gute Beziehungen. Es wird sich dann hoffentlich eine Möglichkeit ergeben, euch mit der Gruppe der Europäer zusammenzubringen. Die Zeit drängt. Die Audienz ist für heute Nachmittag angesetzt. Anschließend beginnt das Fest des Zehntausendfachen Frühlings. Es gibt noch viel vorzubereiten«, eröffnete er ihnen. »Wenn ihr tatsächlich eure Eltern wiederfinden solltet, was ich euch von ganzem Herzen wünsche, seid ihr selbstverständlich alle zusammen meine Gäste«, sagte Pater Guiseppe und strich sich gerührt über seine lange Nase.

Da die beiden kaum Gepäck hatten, waren sie schnell fertig. Chang Chang hatte zwei Rikschas bestellt, eine für sich und eine für Sina und Jonas. Beide dankten dem Pater, der sie bis zur Riksche begleitete, für alles. Ein bisschen hatten sie noch immer ein schlechtes Gewissen, weil sie ihm notgedrungen dieses Märchen mit den verschollenen Eltern aufgetischt hatten, aber hatten sie eine Wahl gehabt?

Chang Chang hatte noch einen großen Korb mitgenommen. Die beiden fragten sich, was dieser wohl beinhaltete. Als er einstieg,

stellte er ihn auf seine Knie und schon setzten sich die Rik-
schakulis in Trab. Pater Guiseppe winkte ihnen nach, bis sie in
eine Pappelallee unterhalb der Anhöhe des Anwesens einbogen.
Recht bald schon erreichten sie eine belebte Geschäftsstraße. Geschickt wichen die Rikschafahrer dem allgemeinen Gedränge der
Menschen aus und liefen mit langen, weit ausholenden Schritten
und stoischer Ruhe durch die Menge.

Vor einem Laden, der die verschiedensten Früchte verkaufte, ließ
Chang Chang anhalten. Er nahm seinen Korb, der allem Anschein
nach leer war, und ließ ihn nun mit erlesenen Früchten füllen.

Sina und Jonas, die draußen warteten, fragten sich, was er mit
der Fülle an Früchten bezweckte. Zufällig fiel Sinas Blick auf einen dünnen, hageren Mönch, der auf einem kleinen Hocker vor
einem benachbarten Verkaufsladen saß. Er hatte seinen kahlge-
schorenen Kopf in beide Hände gelegt. Genau in dem Augenblick, als Sina ihn betrachtete, schaute er auf und sie blickte in die
ihnen so bekannten stechenden Augen.

»Jonas, da ist er wieder. Der Mönch, er sitzt auf dem Hocker da
drüben«, flüsterte sie kaum hörbar. Als Jonas zu ihm blickte, ließ
er instinktiv seine Hand in die Jackentasche gleiten. Er umfasste
die Dose so fest er konnte und blickte wie gebannt auf die Gestalt auf dem Hocker.

In diesem Augenblick kam Chang Chang mit dem Früchtekorb zurück, setzte sich in seinen Karren und ließ die Männer weiterlaufen.
Sina und Jonas saßen wie versteinert da. Als sie sich umdrehten, war
von dem Mönch nichts mehr zu sehen. Ab und zu warfen sie einen
Blick zurück, ob sie verfolgt wurden. Aber sie konnten nichts Auf-
fälliges entdecken. Sie sprachen kein Wort mehr, bis sie vor einer
riesigen Mauer stehenblieben, die von einem breiten Wassergraben
umgeben war. Chang Chang und die Kinder stiegen ab.

Der Chinese stellte seinen schweren Früchtekorb vor sich hin. Er befahl den beiden, ihn an je einem Henkel hochzunehmen und zu tragen. Dann machte er ihnen ein Zeichen, ihm zu folgen und ging voran. Der Korb war schwer. Über eine Brücke, die über den breiten Wassergraben führte, kamen sie an ein großes Tor. Darüber erhob sich ein imposantes Gebäude, dessen geschwungene Dächer ringsherum von roten Säulen getragen wurden. Wächter standen davor und betrachteten mit abweisenden Blicken die Ankömmlinge. Chang Chang verbeugte sich und besprach irgendetwas mit ihnen. Dabei zeigte er auf die Kinder und den Früchtekorb. Die Männer sahen erst Chang Chang, dann den Korb und Sina und Jonas an. Sie schüttelten den Kopf. Wieder redete er auf die Wächter ein, aber vergebens.

»Ich glaube, die wollen uns nicht hineinlassen«, meinte Sina.

»Hm, glaube ich auch. Vermutlich ist es der Zugang zur Verbotenen Stadt?«, meinte Jonas.

»Kann sein«, murmelte sie und drehte sich vorsichtshalber um, ob sie nicht eine verdächtige Gestalt entdeckte. Zum Glück war nichts zu sehen.

Noch immer verhandelte Chang Chang mit den Torhütern. Dann nahm er kurzentschlossen selbst den Korb laut und ächzend hoch. Sofort bequemten sich die Männer, ihn allein durch das Tor gehen zu lassen. Die Kinder schauten ihm sprachlos nach, dass er sie so allein stehen ließ, ohne sich um sie zu kümmern.

Er hatte das Tor noch nicht durchschritten, als er mit dem schweren Korb in die Knie ging und zusammenbrach. Widerwillig gingen die Wächter auf ihn zu, um ihn aufzurichten. Kaum stand er wieder aufrecht, immer noch schwerfällig gestützt auf die Männer, redete er heftig auf sie ein. Sie drehten sich zu Sina und Jonas um und machten ihnen ein Zeichen herzukommen. Chang Chang ließ die beiden wieder den Korb tragen. So durften sie mit dem humpelnden Chang Chang gemeinsam das Tor passieren.

»War das nun eine reife, schauspielerische Leistung von Chang Chang, um uns einzuschleusen, oder ist er wirklich so gebrechlich?«, fragte Sina Jonas

»Ich glaube mehr an sein Schauspieltalent«, grinste er.

Sofort wurden sie von einem Diener in Empfang genommen, der wie aus dem Nichts auftauchte. Beide Männer begrüßten sich ehrerbietig mit einer Verbeugung und mit zusammengelegten Handflächen. Die Kinder wurden nicht beachtet.

Als sie außer Sichtweite der Wachen waren, konnte Chang Chang ohne Schwierigkeiten wieder normal laufen. Sie folgten einem Gang, der von einer roten Wand und einer Mauer mit mehreren kleinen, überdachten Toreingängen mit schweren, mit Schnitzereien verzierten Holztüren gesäumt war. Sie waren rot bemalt und mit metallenen Scharnieren und Riegeln zum Öffnen versehen. An eine dieser Türen klopfte der Diener. Chang Chang und die Kinder wurden eingelassen. Sie betraten einen schmalen, langen Innenhof, der zu mehreren niedrigen, nebeneinanderliegenden Häusern führte, den Wohnhäusern für das Personal. Der Diener ging mit ihnen weiter. Über Treppen und überdachte Gänge erreichten sie schließlich ein langgestrecktes, niedriges Gebäude. Es war ein verwirrendes Labyrinth an Höfen, Häusern, Torbögen und kleinen Plätzen, durch das sie geführt wurden.

Niemals würden sie sich hier allein zurechtfinden, stellten Sina und Jonas mit einem Schaudern fest. Diese Vielzahl von kleinen, verschachtelten Gebäuden war ja schon eine Stadt für sich in dieser riesigen Palastanlage. Aber wo lagen denn die eigentlichen Privatgemächer für den Kaiser und seine Familie, seine Hauptfrau, seine vielen Nebenfrauen und seine zahlreichen Kinder?

Vor einem Haus blieben sie stehen. Der Diener klopfte abermals an und sie wurden wieder hereingebeten. Es schien eine besonders große Küche zu sein, denn sie sahen riesige, gemauerte Herde und überall standen Töpfe und Pfannen. Viele Leute waren hier beschäftigt und keiner kümmerte sich um die Ankömmlinge. Sie durchschritten den Raum und erreichten einen zweiten, ebenso großen Raum. Er war vollgepackt mit Früchten, Kräutern und Gemüse jeglicher Art, alles verströmte einen herrlichen Duft. Wie überall waren auch hier Frauen und Männer beschäftigt. Einer davon nahm den beiden den Früchtekorb ab und begann, den Inhalt in Regale einzusortieren.

Unschlüssig standen Sina und Jonas dabei und staunten über diese wohlorganisierte Geschäftigkeit. Jeder schien eine bestimmte Aufgabe in diesem großen Arbeits- und Wirtschaftsbereich zu erledigen. Und dieser ganze Aufwand nur zum Wohlergehen eines einzigen Menschen, des Kaisers?

Jonas bemerkte, wie Chang Chang sich in einer Ecke leise mit jemanden unterhielt und wie sie beide, Sina und er, dabei beobachtet wurden. Dann verabschiedeten sich die Männer mit einer Verbeugung. Der fremde Mann kam auf die beiden zu und forderte sie auf, ihm zu folgen. Sie warfen einen fragenden Blick auf Chang Chang. Er gab ihnen mit einem Nicken des Kopfes zu verstehen, mitzugehen. Ohne sich von Sina und Jonas zu verabschieden, drehte er sich um, nahm seinen leeren Korb und ging davon. »Der ist froh, dass er uns endlich los ist«, vermutete Sina und Jonas verzog seinen Mund zu einem Grinsen.

Wie schon zuvor liefen sie auch dieses Mal durch ein Gewirr von Gängen, zahlreichen Toren und Innenhöfen, bis sie an reich verzierten Häusern vorbeikamen. Der Angestellte ging so schnell, dass sie kaum Schritt halten konnten. Sie waren so beschäftigt, ihn nicht aus den Augen zu verlieren, dass ihnen Karatabar gar nicht mehr in den Sinn kam. Endlich machten sie vor einem großen überdachten Tor Halt. Als sie anklopften, wurde ihnen von einem Torhüter geöffnet. Sie erreichten einen gepflasterten Innenhof mit vielen blühenden Pflanzkübeln. Der Mann führte sie eine Treppe hinauf zu einem palastartigen Gebäude. Eine hübsche Chinesin, wahrscheinlich eine Dienerin, ließ sie eintreten. Er sagte etwas zu ihr und mit einer Verbeugung verschwand sie wieder.

Kurz darauf trat ein sehr dicker und vornehm gekleideter Chinese zu ihnen. Auf seinem Arm trug er einen kleines, süßes Pekinesenhündchen. Kaum hatte der Angestellte den Hofbeamten mit dem kostbaren Gewand erblickt, warf er sich ihm zu Füßen. Dieser befahl ihm mit einer barschen Handbewegung, wieder aufzustehen. Wahrscheinlich war er der Diener des dicken Mannes. Er begann erst unterwürfig mit gesenktem Kopf zu reden, als der Hofbeamte ihn ungeduldig etwas fragte. Während er dann mit leiser, demütiger Stimme etwas erwiderte, blickte er immer wieder bestätigend zu den Kindern hin. Erst jetzt beachtete der vornehme Herr die beiden Fremden, die er bei seinem Eintreten gar nicht wahrgenommen hatte. Er hörte dem Diener zu und schüttelte dann den Kopf. Dabei streichelte er liebevoll und zärtlich den kleinen Liebling auf seinem Arm und wollte sich wieder entfernen.

»Ich habe das Gefühl, dass uns der unsympathische Dicke wieder wegschicken will«, meinte Jonas besorgt zu Sina. Gleichzeitig war er überzeugt, dass man ihn hier sowieso nicht verstehen könne.

Irritiert, weil Jonas, ohne gefragt zu werden, laut gesprochen hatte, noch dazu in seiner Gegenwart, einem der höchsten und verdienstvollsten Würdenträger des Kaisers, schaute er wütend auf den fremden kleinen Teufel. Sein Gesicht lief rot an vor Zorn.

Sina und Jonas erkannten nun den Schlamassel, den sie angerichtet hatten. Der Diener war von Chang Chang um einen Gefallen gebeten worden. Er sollte sie mit den Ausländern zusammenbringen, die heute womöglich eine Audienz beim Kaiser bekommen sollten, um ihre verschollenen Eltern wiederzufinden. Ein Zusammentreffen hätte nur dieser Hofbeamte, sein Herr, arrangieren können. Nun hatte Jonas, der nicht einmal einen Kotau, eine Verbeugung, gemacht hatte, mit seinem ungebührlichen Betragen alles zunichte gemacht. Jonas hätte sich ohrfeigen können für diese Dummheit. Hatte der Pater sie nicht vorgewarnt in Sachen Hofzeremoniell?

Der Diener schien Schlimmes zu ahnen und bewegte sich kaum merkbar mit gesenktem Haupt rückwärts auf eine der Türen zu, die zum Ausgang führte. Vorsichtig drückte er sie mit einer Hand, die er ehrfurchtsvoll auf den Rücken hielt, einen Spalt breit auf.

Der kleine Pekinese spürte die Unruhe seines Herrn, als dieser wutentbrannt auf Jonas zuschritt und ihn mit einer hohen Stimme anschrie.

Im selben Moment strampelte sich der verängstigte Hund vom Arm des dicken Hofbeamten frei und fiel laut jaulend auf den Boden. Davon abgelenkt, hielt der hohe Würdenträger in seinem Wutgeschrei inne und versuchte, seinem kleinen Schoßhund aufzuhelfen.

Sina stand versteinert da, unfähig, sich zu rühren. Auch Jonas war vollkommen überfordert und wusste nicht, wie er sich verhalten sollte. Er sah, wie der Diener versuchte, sich rückwärts durch die Tür zu entfernen. Doch jetzt hatte auch der kleine Pekinese den Türspalt entdeckt und rannte, so schnell er konnte, an dem Diener vorbei ins Freie.

Und wieder lief das Gesicht des hohen Würdenträgers beängstigend rot an. Er bewegte seinen massigen Körper vorwärts, um dem Hund nachzueilen. Doch sein Gewicht ließ eine solche sportliche Betätigung nicht zu und das Tier flitzte geschwind davon. Sie sahen nur noch, wie es durch ein rundes Mondtor verschwand.

Dem Diener, der sich lautlos hatte zurückziehen wollen, war durch diesen unerwarteten Zwischenfall die Flucht verwehrt. Der Hofbeamte dachte nun gar nicht mehr an die beiden Fremdlinge. Er brüllte seinen Diener an, dem Hund nachzujagen und ihn zurückzubringen. Wenn er ihn nicht zurückbrächte, so würde er ihn vermutlich köpfen lassen, befürchteten die Kinder nach allem Geschrei.

Sina und Jonas hatten sich aus ihrer Erstarrung erholt. Sie nutzten den Augenblick, um sich an dem dicken Mann vorbei zu drängen und durch die Tür zu entfliehen. Als er sie sah, erinnerte er sich wieder an sie und schrie auch ihnen mit seiner hohen Fistelstimme etwas nach. Es war bestimmt nichts Nettes. Sie rannten so schnell sie konnten auf das Tor zu, durch das sie gekommen waren. Zu ihrem großen Glück ließ es sich öffnen und sie hasteten einen langen Gang entlang, vorbei an mehreren Sträuchern. Der vorstehende Ast eines Bambusbusches riss Jonas seine Kappe vom Kopf. Er wollte zurück und sie aufheben, als sie Stimmen hörten.

»Lass sie liegen«, stieß Sina hervor und zog ihn am Ärmel fort.

Sie rannten weiter und entdeckten eine kleine Gasse, in die sie einbogen. Es war still hier. Glücklicherweise sahen sie keine Menschenseele und auch von dem Diener und dem kleinen Hund war keine Spur zu sehen. Keuchend blieben sie vor einer niedrigen Mauer stehen. Zweifelnd schaute Sina Jonas an.

»Mit deinem feuerroten Haar bist du nun nicht mehr zu übersehen«, sagte sie etwas mitleidig. Sie nahm ihre eigene Kappe vom Kopf und reichte sie Jonas.

»Was soll ich damit?«, fragte er und schaute sie unwillig an.

»Aufsetzen! Du dürftest der einzige unter den schwarzhaarigen Chinesen hier im Palast mit einer derartig bunten Haarpracht sein. Mein Gesicht sieht zwar auch nicht gerade chinesisch aus, aber ich habe wenigstens dunkle Haare. Du solltest meine Kappe nehmen und sie aufsetzen, damit du uns nicht schon von weitem verrätst«, sagte sie lächelnd.

Er wollte ihr gerade die Mütze abnehmen, als sie wieder Geräusche vernahmen. Suchend schauten sie sich um, wohin sie laufen und sich verstecken konnten. Sie rannten an einer Mauer entlang, die von einem großen Mondtor unterbrochen wurde. Hastig eilten sie hindurch und erreichten eine neue Gasse. Sie verlangsamten ihre Schritte und schauten sich um.

»Wie sollen wir je aus diesem Labyrinth von Häusern, Gängen, Toren, Höfen und Palästen herausfinden? Der ganze Palastbezirk ist von dicken Mauern umgeben«, bekannte Sina ihre Beklemmung.

»Der dicke, blöde Kerl hat uns alles versaut. Jetzt sind wir auf der Flucht, weil ich chinesische Anstandsregeln verletzt und ihn beleidigt habe. Ihn, den großen, fetten Würdenträger. Armer Kerl!«

»Und sein entzückendes Hündchen ist außerdem auf und davon«, meinte Sina schadenfroh. »Geschieht ihm ganz recht.«

Doch das alles änderte nichts an ihrer aussichtslosen Lage.

»Vielleicht gibt es noch andere Außentore, durch die man fliehen kann?«, überlegte Jonas.

»Vergiss es, die werden genauso streng bewacht sein, wie das Tor, durch das wir gekommen sind«, war Sina überzeugt.

»Wahrscheinlich«, entgegnete er und schaute sich um.

»Hoffentlich werden wir nicht schon gesucht«, befürchtete Sina. Sie drängte ihn weiterzugehen.

»So, wie wir aussehen, fallen wir bestimmt auf, wie zwei brennende Fackeln in der Finsternis.«

Sie bogen in eine gepflasterte, lange Gasse ein. Sie war beidseitig von roten meterhohen Wänden begrenzt. Sie endete an einem großen Tor, das mit grünen Keramikfliesen verziert war. Eilig rannten sie darauf zu, in der Hoffnung, dass sich einer der beiden Torflügel öffnen ließ. Nicht auszudenken, wenn sie abgeschlossen waren. Sie wären dann wie in einer Falle gefangen.

Da vernahmen sie schon wieder Schritte und Stimmen hinter sich. Als sich Jonas schnell umdrehte, war er froh, niemanden zu sehen. Doch irgendwie kam ihm das bekannt vor. Na, klar: Karatabar, dachte er. An den hatten sie bei ihrer Flucht vor dem Alten gar nicht mehr gedacht. Auch das noch. Vorsichtig griff er in seine Jackentasche und hielt die Schatulle ganz fest in seiner Hand. Er sagte Sina erst einmal nichts von seinen Vermutungen, um sie nicht zu beunruhigen. Irgendwie hatte er die Hoffnung, dass Karatabar nicht wagen würde, in solch einem Palast sein Unwesen zu treiben.

Keuchend erreichten sie das Tor. Sofort zog jeder der beiden an einem der beiden Metallringe. Zu ihrer großen Erleichterung ließ es sich tatsächlich öffnen. Sie konnten ihr Glück kaum fassen. Vor ihnen breitete sich ein wunderbarer Garten mit kunstvoll gezogenen Bäumen und bunten Blumen aus. Dazwischen standen auf künstlichen Hügeln kleine, zierliche Pavillons mit roten Säulen. Über schmale Wassergräben und Wege führten Bogenbrücken mit hübschen Geländern aus weißem Marmor.

»Wie romantisch«, japste Sina völlig außer Atem und blieb stehen. Eingerahmt von blühenden Sträuchern und Blumen sah man Kraniche, Schildkröten, Drachen oder sonstige Tiere aus Stein oder Metall. Sie standen als kleine Kunstwerke inmitten der Beete.

Auf den Wegen befanden sich weiße Steinfiguren in prächtigen langen Gewändern, die vielleicht irgendwelche früheren Kaiser darstellen sollten. Mächtige Löwen aus Bronze standen auf Sockeln oder vor den Eingängen der verschiedenen Pavillons.

»Vielleicht ist das der kaiserliche Garten?«, mutmaßte Jonas.

Er ging ein Stück zurück, um das riesige Tor zu schließen. Es war alles so ruhig hier, dass die Stille schon fast unheimlich wirkte. Nur die Vögel zwitscherten in den Ästen. Wenn sie ab und zu ihren Gesang unterbrachen, hörte man keinen Laut.

Aber halt: Die Ruhe wurde auch von einem langanhaltenden Zischen und Fauchen unterbrochen. Verwundert drehten sie sich um, um herauszufinden, woher das Geräusch kam. Sie konnten jedoch nichts entdecken.

Ganz kurz lag ein undefinierbarer Geruch von Verbranntem in der Luft. So riechen eigentlich keine Blumen, dachten die Kinder verunsichert und ließen sich auf einer Bank nieder. Sina reichte Jonas ihre Kappe. Er versuchte sie aufzusetzen, aber sie wollte ihm nicht passen.

Was wollten sie eigentlich hier?, fragten sich die beiden nun, die auf einmal wieder das Gefühl überkam, orientierungslos zu sein. Ach ja, sie waren auf der Flucht vor dem Dicken. Und da gab es noch den scheußlichen Zauberer, an dessen Namen sie gar nicht erst denken wollten. Alles stand ihnen wieder klar vor Augen. Dennoch, irgendetwas blockierte ihren Kopf. Aber wie dem auch sei, sie hofften, hier in diesem schönen Garten erst einmal in Sicherheit zu sein.

»Da, schau mal, Jonas, hast du schon den Drachen aus Stein gesehen, der da drüben hinter dem Gebüsch hervorschaut? Wie er in der Sonne leuchtet und schimmert«, sagte Sina und zeigte mit dem Finger darauf.

Jonas folgte ihrem Blick und dann sah er ihn auch. Der Kopf schien zufällig genau auf sie gerichtet und der Drache starrte sie mit weit aufgerissenem Maul an. Sein Körper wand sich in endlos vielen Wellen durch die Gartenanlage. Dort, wo er zwischen Bäumen und Büschen sichtbar wurde, glitzerten seine grünen, jadefarbenen Schuppen in der Sonne.

»Toll, wie der Bildhauer das gemacht hat. Muss ganz schön viel Arbeit gewesen sein, so ein langes Riesenviech in Stein zu hauen. Das hat bestimmt eine Ewigkeit gedauert, bis es fertig war. Sieht aus wie echt. Und wie gut es hier in diesen chinesischen Garten passt«, stellte Sina bewundernd fest.

»Ich glaube, er ist mit lauter kleinen glänzenden Keramikplättchen belegt«, fügte Jonas an. Er wollte aufstehen, um ihn genauer in Augenschein zu nehmen.

Doch erschrocken sahen die beiden, wie in den wellenförmigen, langen Körper des Drachens Bewegung kam. Er wand sich wie eine Schlange und hob zum Entsetzen der Kinder seinen Kopf. Mit einem zischenden Fauchen stieß er eine gewaltige Feuerflamme in den Himmel. Daher also rührte der Gestank.

Sina und Jonas waren unfähig, sich zu rühren. Als sich das Tier aber auf sie zu bewegte, sprangen sie auf und liefen in die entgegengesetzte Richtung davon. Instinktiv riss sich Jonas im Laufen seinen dünnen Gürtel mit der Eidechse vom Körper und stopfte ihn in seine Jackentasche zur goldenen Schatulle. Manchmal schwerfällig kriechend und dann wieder behände schnell auf seinen vier kurzen Beinen mit den scharfen Krallen lief der Drache den Kindern fauchend und feuerspeiend hinterher. Völlig orientierungslos hetzten sie durch den Garten. Sie rannten über Beete, durch Büsche hindurch und über schmale Brücken. Schon kam er ihnen gefährlich nahe, da sprinteten sie los, hinter den nächsten großen Baum. Hier holten sie tief Luft und schauten sich nach dem Drachen um. Wieder war er dicht hinter ihnen. Wie im Slalom umrundeten sie auch noch die anderen Bäume und rannten auf einen kleinen Pavillon zu, der auf einer Anhöhe stand.

Dort angekommen, stellten sie überrascht fest, dass das Fauchen aufgehört hatte. Sie blickten zurück und sahen zu ihrer Erleichterung, dass sich der Drache zwischen den Bäumen mit seinem langen Körper verkeilt hatte. Es blieb ihnen also eine kleine Verschnaufpause. Als sie sich hilfesuchend umsahen, entdeckten sie unweit ein neues Tor, durch das man den Garten verlassen konnte. So hofften sie jedenfalls.

Schon hatte sich der Drache zur Hälfte wieder frei gewunden, da rannten Sina und Jonas auf das Tor zu, als sie helle Stimmen vernahmen. Eine Gruppe junger Frauen in langen, bunten Gewändern kam ihnen unter Sonnenschirmen lachend und schwatzend mit anmutigen Trippelschritten entgegen. Sie hatten ihre glatten, schwarzen Haare mit kostbaren Kämmen kunstvoll hochgesteckt. Wahrscheinlich waren es die sogenannten Konkubinen des Kaisers mit ihren Hofdamen. Kaum hatten sie Sina und Jonas entdeckt, fingen sie an, hysterisch zu kreischen. Noch nie hatten sie einen Menschen mit derartig flammend roten Haaren und ein so hässliches Mädchen mit riesengroßen runden Augen gesehen. Und was hatten diese fremden Kinder bloß für unanständig lange Nasen und unglaublich große Füße!

Eilig versuchten Sina und Jonas, an den entsetzt schreienden Damen vorbeizulaufen, ohne sie anzurempeln. Eine der Damen meinte, einen Geist zu erblicken, als Jonas sie mit seinen grünen weit aufgerissenen Augen ansah. Geschockt von diesem widernatürlichen Anblick fiel sie in Ohnmacht. Den Kindern war es nur recht, dass sie ein solches Durcheinander anrichteten. Wenn

238

jetzt auch noch ein lebendiger Drache auf die Damen zukommen würde, wäre es um deren Fassung völlig geschehen. Sie konnten beruhigt davon ausgehen, dass die Frauen in ihrer Panik sie bestimmt nicht verfolgen würden.

Doch der Vorfall würde höchstwahrscheinlich im Palast gemeldet werden. Jetzt hatten sie dreifach mit Problemen zu rechnen! Einmal durch den dicken Hofbeamten, den Jonas beleidigt hatte, dann durch die Damen, die sie durch ihren Aufenthalt in dem verbotenen Garten zu Tode erschreckt hatten. Das Schlimmste jedoch war Karatabar, der sie in allen möglichen Erscheinungen verfolgte. Er war unberechenbar und würde nicht von ihnen ablassen, bevor er nicht die goldene Dose in Händen hielt.

Die Halle der Höchsten Harmonie

Die Konkubinen liefen noch immer wie aufgescheuchte Hühner wild durcheinander. Als Sina und Jonas zu den Bäumen zurückblickten, war von dem Drachen nichts mehr zu sehen. Er schien sich in Luft aufgelöst zu haben.

»Eigentlich kamen die netten Tanten gerade im rechten Augenblick«, keuchte Jonas beim Laufen.

»Mach dir bloß keine Hoffnung. Wer weiß, was sich Karatabar als Nächstes einfallen lässt«, meinte Sina, die ebenfalls nach Luft rang. Schon wieder waren sie auf der Flucht. Sie rannten einen der zahlreichen Gänge zwischen hohen, roten Mauern entlang. Immer wieder blickten sie verängstigt zurück. Sie hatten keine Ahnung, wo sie sich befanden.

Plötzlich vernahmen sie laute Stimmen und eine grässliche Musik. Ließ sich Karatabar etwas Neues einfallen? Sie konnten nichts sehen, aber das Geräusch wurde immer lauter. Sie verlangsamten ihre Schritte. Vor ihnen lag eine große Terrasse mit einem verzierten weißen Steingeländer. Von ihr führte eine breite Treppe hinunter zu einem riesigen, weitläufigen Platz. Vorsichtig schlichen die beiden zur Brüstung. Von oben blickte man auf den Verlauf eines Kanals, überspannt von weißen Marmorbrücken. Auf der gegenüberliegenden Seite des Platzes war ein breiter Aufgang mit einem riesigen Drachenrelief aus weißem Marmor in der Mitte. An seinen beiden Seiten führten Treppen hinauf zum Eingang eines mächtigen Gebäudes. Das zweistöckige Dach war mit leuchtend gelben Ziegeln bedeckt.

»Ob das die Halle der Höchsten Harmonie ist, von der Pater Guiseppe gesprochen hat«, fragte Sina im Flüsterton.

»Gut möglich«, erwiderte Jonas möglichst leise.

Die ungewöhnliche Musik schien von der Halle herzukommen. Sie schauten hinunter auf den Platz, es wuselte nur so vor Menschen. In der Mitte standen sich in langen Reihen Männer gegenüber. Sie waren in prächtige lange Gewänder gekleidet. Wahrscheinlich waren das hohe Beamte. Eine breite Gasse war für den Kaiser freigelassen worden. Dadurch konnte man den marmornen Aufgang mit dem Steinrelief, der zu der großen Halle führte, genau sehen. Abrupt hörte die Musik auf. Es wurde unerwartet still. Erst jetzt sahen die Kinder, dass sich eine offene Sänfte auf die Menschen zubewegte. Sofort warfen sich alle, auch die höchsten Würdenträger in ihren prachtvollen Gewändern auf die Knie, mit dem Gesicht zur Erde.

»Das muss der Kaiser sein«, flüsterte Sina.

»Hoffentlich sieht uns hier oben keiner. Wir haben keinen Kotau gemacht. Dafür könnte man uns einen Kopf kürzer machen. Ich hätte das nicht so gern. Lass uns hier lieber verschwinden, ehe uns jemand entdeckt«, wisperte Jonas sorgenvoll.

Doch Sina dachte gar nicht daran. Sie wollte unbedingt die Zeremonie da unten beobachten. Schließlich sah man ja nicht jeden Tag einen echten chinesischen Kaiser.

»Sieh mal, Jonas, da drüben neben der Treppe vor dem Geländer sitzt ein riesiger Löwe. Ja, der da! Der aus dem glänzend grünen Metall auf dem breiten, hohen Steinsockel! Gleich dahinter steht ein kleiner weißer Marmortempel oder was das auch immer ist. Wir stellen uns auf den Sockel. Dann verstecken wir uns hinter dem Löwen und können ungesehen zuschauen. Von dem Platz da unten kann uns keiner sehen und von hinten verdeckt uns das Gebäude«, meinte Sina ganz leise.

Ohne ein Antwort abzuwarten, duckte sie sich und schlich vorsichtig auf das Monument zu. Jonas zögerte. Er war nicht einverstanden mit dem Plan. Es gab immer die Möglichkeit, entdeckt zu werden, und dann war da ja auch noch Karatabar. Hatte Sina ihn vor lauter Neugierde denn vergessen? Andererseits wäre er als feuerspeiender Drache hier womöglich fehl am Platz. Im Grunde genommen waren sie beide in der Gegenwart der Hofzeremonie vor ihm relativ sicher. Und um ehrlich zu sein, wollte er sich dieses seltsame Spektakel da unten auch nicht entgehen lassen. So bückte er sich ganz tief und rannte leise hinter Sina her.

Die hatte wieder einmal einen genialen Einfall. Sie kroch unter dem Bauch zwischen den Vorderpranken des Löwen hindurch. Verdeckt durch den großen Kopf hatte sie dennoch einen guten Ausblick auf den Platz unter ihnen. Jonas kniete sich seitlich hinter den Körper des Löwen und hielt sich an einem der Hinterbeine fest.

Von hier aus konnten sie den Sohn des Himmels recht gut erkennen. Leider war sein Gesicht durch ein längliches, rechteckiges Gestell, das er auf dem Kopf trug, verdeckt. Lange, dichte Seidenfäden hingen an der merkwürdigen Kopfbedeckung vorn und hinten herunter, sodass sein Gesicht verborgen blieb. So konnten seine Untertanen das Gesicht nicht sehen. Umgekehrt konnte er aber durch die Fransen hindurchblicken und alle betrachten.

Sina und Jonas beobachten fasziniert, wie der erhabene Herrscher über das breite weiße Drachenrelief aus Marmor hinauf zur Halle getragen wurde. Er schwebte, während die Träger links und rechts mit den Tragestangen die Stufen hinaufgingen. Der Körper des Kaisers durfte den Boden nicht berühren. Als er oben angelangt war und sich die Träger dem Eingang der riesigen Halle näherten, erhoben sich die Menschen wieder.

Jonas war so hingerissen von diesem exotischen Schauspiel, dass er für einen Moment die hintere Tatze des Löwen, an der er sich festgehalten hatte, losließ. Beinahe wäre er vom Sockel gefallen. Schnell hatte er sich aber wieder gefangen und erwischte den Schwanz des Löwen. Mit einem Ruck zog er sich daran wieder hoch. Dieser bewegte sich dabei ein wenig zur Seite und machte ein kaum hörbares Geräusch. Er maß dem keine weitere Bedeutung bei und ergriff sofort wieder die Flanke des Löwen.

Sie reckten die Hälse weit vor, um alles besser beobachten zu können, als sie mit Schrecken bemerkten, wie sich der gesamte Sockel mit dem Löwen langsam absenkte. Wie ein Fahrstuhl fuhr er in die Tiefe. Sina, die sich unter dem Bauch zwischen den Beinen des Löwen befand, wollte noch schnell darunter hervorkriechen. Doch genau in diesem Augenblick vernahmen die Kinder in ihrer unmittelbaren Nähe Schritte und Stimmen. Sie kamen direkt auf sie zu. Unschlüssig, was sie jetzt machen sollten, verharrten sie noch einen Moment. Sie blieben auf dem Sockel der Statue, die sich jetzt mit ungewöhnlicher Schnelligkeit nach unten bewegte. Ihnen blieb keine Zeit mehr zum Überlegen. Krampfhaft hielten sie sich auf dem Sockel an dem Löwen fest. Sie glitten einen engen Schacht hinunter, der spärlich durch einfallendes Licht in den Mauerritzen erhellt wurde. Als sie nach oben schauten, sahen sie mit Schaudern, wie sich eine Steinplatte über die Öffnung schob.

Sina schrie vor Angst auf. Sie waren gefangen.

Die Abwärtsfahrt endete abrupt und der Sockel setzte hart auf dem Boden auf. Jonas löste sich von dem Löwen und half der verzweifelten Sina, zwischen den Tatzen des Löwen hervorzukriechen. Schemenhaft konnten sie erkennen, dass sie sich in einem kleinen düsteren Raum befanden. Durch einige enge Öffnungen in den Mauersteinen drang etwas Licht. Genug, um zu sehen, dass vor ihnen ein Gang war. Die beiden schauten sich um und versuchten sich zu orientieren, als sie ein zischendes, flatterndes Geräusch vernahmen. Im selben Moment kam ein Schwarm Fledermäuse wie eine dunkle Wolke auf die Kinder zugeflogen.

Kaum hielten die beiden reflexartig ihre Schutzpatrone, die kleinen grünen Eidechsen, in ihren Händen, waren die hässlichen Tiere auch schon wieder verschwunden.

»Ob wir diese Kellerfahrt auch Karatabar zu verdanken haben?«, sagte Sina ängstlich.

»Ich glaube eher, dass ich einen Mechanismus in Gang gesetzt habe, als ich mich an dem Schwanz des Löwen festgehalten habe. Womöglich ist das hier ein Geheimgang, den nur die Palastwachen kennen«, rätselte Jonas.

»Aber die Fledermausattacke ist garantiert auf seinem Mist gewachsen«, meinte Sina, die sich noch nicht ganz beruhigt hatte. Jonas nickte zustimmend.

Sie waren noch nicht weit gegangen, als sie vor einer dicken Holztür standen. Vergebens versuchten sie, diese mit Schieben und Drücken zu öffnen. Jonas tastete mit der Hand suchend über das Holz, um ein Scharnier oder sonstige Öffnungsmöglichkeiten zu finden. Zuerst konnte er nichts entdecken, doch dann ertastete er eine runde Vertiefung. Immer wieder tastete er mit dem Finger die Rundung ab.

»Sina, ich fühle so etwas wie ein rundes Loch. Schade, eine Taschenlampe oder eine Laterne müsste man jetzt haben. Oder mein Handy«, meinte er.

»Sei dir gewiss, der Akku wäre längst leer. Und Strom gibt es hier auch nicht, von Steckdosen gar nicht erst zu reden«, gab Sina zu bedenken.

»Du hast ja recht«, erwiderte er zustimmend.

Auch Sina konnte nichts erkennen, es war einfach zu düster. Frustriert steckte sie ihre Hände in die Hosentaschen. Sie spürte den Korken, den sie gedankenverloren in der Tasche hin- und herdrehte. Wortlos holte sie ihn hervor. Sie versuchte ihn so gut es ging, in die runde Vertiefung der Tür zu pressen. Er passte nicht. So sehr sie sich auch bemühte. Geknickt steckte sie ihn wieder in ihre Hosentasche.

»Versuch es doch mal mit deiner Metallscheibe. Vielleicht passt die«, meinte Sina nachdenklich.

Und richtig. Kaum hatte er sie in die Rundung gefügt, als die schwere Holztür laut quietschend aufsprang. Einen Moment lang hielten sich die beiden eine Hand vor die Augen, denn sie wurden von gleißendem Licht geblendet.

Sie betraten einen großen hell erleuchteten Raum, dessen graue Wände, die schwarze Decke und auch der tiefschwarze Fußboden gespenstisch wirkten. Woher der intensive Lichtschein kam, war nicht zu erkennen. Es gab weder Lampen noch Laternen. Fenster waren nicht vorhanden.

Dafür befanden sich in den Wänden zahlreiche Nischen, in denen steinerne Fledermäuse in allen Größen aufgestellt waren. Wie Vampire. Unbeweglich, starr und böse schauten sie mit ihren funkelnden roten Augen und weit aufgerissenen Mäulern auf Sina und Jonas. In einer Ecke hingen leblos und kopfüber einige echte

Fledermäuse von der Decke. Sie sahen wie zusammengefaltete, schlafende Hunde aus. Die Tiere spiegelten sich in dem glänzenden, schwarzen Fußboden.

Es gab keine Möbel, keinen Tisch, keinen Stuhl, nichts. Nur vor der Wand gegenüber war ein großes viereckiges Wasserbecken in den Boden eingelassen. Eingefasst war es von einer schwarzen niedrigen Steinmauer.

Unschlüssig gingen sie darauf zu. Die unheimliche Stille wurde nur durch den Widerhall ihrer Schritte unterbrochen. Die größte Fledermaus, die erst ebenso unbeweglich und scheinbar versteinert in der Nische oberhalb des Brunnens gesessen hatte, bewegte nun ihre Augen. Unter ihr ragte ein Drachenkopf aus Stein mit einem weit aufgerissenen Maul aus der Wand. Den Schlund bildete eine Röhre.

Je näher sie kamen, desto mehr konnten sie von der glatten, dunklen Wasseroberfläche sehen. Die schwarze Decke spiegelte sich darin. Als sie davor standen und in das Wasser blickten, sahen sie ihr Spiegelbild.

Doch im selben Moment begann Wasser aus dem Maul des Drachenkopfes in das Becken zu fließen. Sofort wurde ihr Spiegelbild durch die Wellen, die sich im Wasser bildeten, verwischt. Jonas schoss der letzte Sinnspruch ins Gedächtnis:

»Der Spiegel des Antlitzes, von Wellen verwischt …«, kam es ihm wie von selbst über die Lippen. »Stand das nicht in der Karte? Wenn ich mich recht erinnere, war da noch etwas. Mir fällt es bloß nicht mehr ein.«

»Stimmt, lass mich mal überlegen«, erwiderte Sina und behielt dabei misstrauisch die große Fledermaus im Auge.

»Von irgendetwas Verborgenem war die Rede. Wir könnten die Karte ja herausholen, aber wenn ich mir die scheußliche Fledermaus vor uns ansehe und wie sie uns mit ihren Blicken verfolgt, halte ich das für keine gute Idee.«

Aber so sehr sie sich auch das Gehirn zermarterte, es wollte ihr keine weitere Zeile einfallen.

»Ich glaube, ich hab's: verborgen bleibt alles«, erinnerte sich Jonas auf einmal.

»Du erspähst es nicht!«, ergänzte Sina triumphierend.

»Cool, das war's«, stellte Jonas fest.

»Der Anfang ist klar, unsere Gesichter wurden von den Wellen verwischt, aber der Rest? Was sollen wir nun damit anfangen?«, überlegte er.

Er versuchte nochmal, sich in der Oberfläche zu spiegeln. Es ging nicht, weil unaufhörlich das Wasser aus dem Drachenkopf plätscherte. Sein Spiegelbild blieb durch die Wellen verzerrt. Aber was hatte es mit dem Verborgenen auf sich?, grübelten die beiden. Sie konnten sich keinen Reim darauf machen.

Da bemerkte Sina eine dicke, grüngoldene Raupe, die genau vor ihnen eilig über den Beckenrand robbte.

»Wo kommt die denn her?«, wunderte sich Sina, und jetzt sah auch Jonas, mit welcher Geschwindigkeit sie sich an ihnen vorbei bewegte. Die Kinder verfolgten sie mit den Augen und bald hatte sie die angrenzende Mauer erreicht. Dann war sie so unverhofft, wie sie gekommen war, in den Ritzen verschwunden.

»Was hat die denn hier gewollt? Ich kann sie nicht mehr sehen«, meinte Jonas und lief an das Ende des Beckenrandes. Er suchte alles mit seinen Augen ab, aber von der Raupe war nichts mehr zu sehen.

Zufällig fiel sein Blick dabei auf eine lange, schwarze Stange zu seinen Füßen. Sie war auf einer Seite mit einer gummiartigen Masse ummantelt, eine Art Stopfen, und lag vor dem Beckenrand.

248

Er hob sie auf, konnte aber nichts damit anfangen. Dann legte er sie wieder auf den Boden.

Sina hatte ihn beobachtet, ohne die große Fledermaus aus den Augen zu verlieren. Als Jonas die Stange aufgehoben hatte, war sie leicht mit dem Körper nach vorne gerutscht und ihre Krallen hatten sich bewegt. Als er sie jedoch wieder auf den Boden gelegt hatte, war sie in ihre Nische zurückgerutscht. Das konnte doch kein Zufall sein, dachte sie.

»Sieh mal bitte genau auf die Fledermaus, die über dem Drachenkopf«, bat sie Jonas.

Er sah sie erst fragend an und schaute dann auf das scheußliche Tier. Sina hob in diesem Moment die schwarze Stange vom Boden auf, drehte sie langsam in der Hand und hielt sie über das Wasser. Im gleichen Moment sahen sie, wie sich die Krallen der Fledermaus bewegten, ihre Flughäute entfalteten und sie einen Satz nach vorne machte, als wolle sie aus ihrer Nische herausfliegen. Sina legte die Stange blitzschnell auf den Boden zurück. Sofort war das Tier wieder in der Nische verschwunden.

»Die Stange hat anscheinend etwas zu bedeuten«, stellte Jonas fest. »Aber was kann es sein?«

Sie versuchten, sich noch einmal das Ende des Spruches in Erinnerung zu bringen. Das musste die Lösung ergeben.

»Verborgen bleibt alles, du erspähst es nicht!«, wiederholte Jonas, während Sina am Beckenrand stand und sich das Wasser über die Hand laufen ließ. Es war kristallklar, nur durch die Spiegelung der schwarzen Decke darüber hatte es den Anschein, dass es dunkel und undurchsichtig sei.

»Es ist so klar, dass man sicher bis auf den Grund sehen kann«, vermutete Sina. »Wenn das Wasser nicht pausenlos aus dem Drachenkopf ins Becken plätschern würde.«

»Genau das müssen wir verhindern und zwar mit diesem Rohr«, meinte Jonas und hatte sich schon gebückt und die Stange aufgehoben.

Sofort spreizte die Fledermaus ihre Krallen und machte Anstalten, aus der Nische hervorzuschießen. Schnell ließ Jonas das Eisen wieder fallen. Auch die Fledermaus ruderte zurück. Jonas besah sich den Durchmesser des Rundeisens und verglich ihn in Gedanken mit der kreisrunden Öffnung des Drachenkopfschlundes. Es schien genau zu passen. Man könnte ihn mit dem Kautschukstopfen verschließen. Das Problem war einzig die anscheinend gefährliche Fledermaus.

Wir müssen sie unschädlich machen, überlegte Jonas verzweifelt, als er eine kleine grüngoldene Stoffeidechse auf dem schwarzen Beckenrand liegen sah. Er wollte sie gerade ergreifen, als die Fledermaus aus der Nische auf ihn zugeschossen kam. Auch Sina hatte sie liegen sehen und noch während das Tier sich auf Jonas stürzte, hatte sie blitzschnell die kleine Eidechse ergriffen.

Schon hielt sich die Fledermaus mit ihren spitzen Krallen an ihm fest. Er konnte in ihrem weit aufgerissenen Rachen die gefährlich scharfen Zähne sehen, die ihm bedrohlich nahekamen. Verzweifelt versuchte er sich zu wehren. Er steckte eine Hand in die Tasche und konnte noch das Gürtelende erfühlen, während gleichzeitig die scharfen Krallen der Fledermaus sich durch den Stoff in seine Haut gruben. Das war's. Jetzt ist es aus, dachte er in seiner Verzweiflung. Doch mit einem Mal hörten die Attacken wie durch ein Wunder auf. Was war geschehen?

Sina hatte mit Entsetzen den blitzschnellen Angriff des Tieres beobachtet und, wie von einer fremden Macht geführt, mit der Eidechse das Fledertier berührt. Daraufhin hatte sich diese mit einem wütenden Fauchen und weit aufgerissenem Rachen zu ihr umgedreht. Sina hatte reflexartig ihre Hände schützend vor den Kopf gehalten und das Schlimmste erwartet. Aber nichts war geschehen. Als sie sich vorsichtig umgeschaut hatte, war das Tier verschwunden, verpufft, als wäre es nie dagewesen.

Noch immer schlug Sina das Herz bis zum Hals. Auch Jonas erging es nicht viel besser. Irgendwer hatte wieder geholfen. Aber wer? Die Eidechse? Und wer hatte sie dort abgelegt?

Ungläubig und kopfschüttelnd nahmen sie zur Kenntnis, dass auch die steinernen Fledermäuse an den Wänden verschwunden waren. Alle Nischen waren leer. Sie standen allein in diesem kühl anmutenden und unnatürlich hell erleuchteten Raum. Nur das Wasser aus dem Drachenkopf plätscherte unaufhörlich in das Becken.

»Wir wollten die Wasserzufuhr stoppen«, erinnerte sich Sina.

Daraufhin griff Jonas nach der Stange, schaute sich misstrauisch um, ob nicht doch noch irgendetwas Unvorhergesehenes passierte. Aber zu seiner großen Erleichterung geschah rein gar nichts. Er balancierte sie über das Becken in Richtung Drachenkopf. Sina ließ die Eidechse aus Stoff in ihre Tasche gleiten und fasste mit an. Gemeinsam schoben sie den Stopfen am Ende der Stange in den Schlund des Drachens und augenblicklich floss kein Tropfen Wasser mehr heraus.

Gespannt beobachteten sie, wie sich die Wasseroberfläche nach und nach glättete. Noch bevor sich die letzte kleine Welle gelegt hatte, meinten sie etwas Glänzendes auf dem Grund erkennen zu können. Endlich bewegte sich das Wasser nicht mehr. Mit gebeugten Köpfen schauten sie gespannt in die Tiefe.

»Siehst du auch den goldenen Schimmer dort unten am Boden?«, fragte Jonas.

»Es ist rund und ich kann sogar ein Muster darauf erkennen. Wenn das mal nicht die zweite Dose ist«, meinte Sina hoffnungsvoll und überlegte, wie man sie wohl am besten aus dem Wasser fischen konnte.

»Scheint ziemlich tief zu sein«, sagte Jonas und schaute sich suchend um, ob er nicht etwas Brauchbares im Raum finden konnte, eine Art Angel oder dergleichen. Aber außer dem großen, ummauerten Wasserbecken und den leerstehenden Nischen an den kahlen grauen Wänden gab es nichts zu entdecken.

»Ich weiß keinen Rat. Vielleicht sollte ich versuchen, hinein zu steigen, um zu tauchen?«, fragte Jonas unschlüssig.

»Bloß nicht. Womöglich ist Karatabar da unten und zieht dich in die Tiefe, um dich zu ertränken«, protestierte sie lautstark.

Sie waren ratlos.

»Dann müssen wir eben versuchen, hier wieder herauszukommen. Ohne die olle Dose! Wir können ja nicht ewig hier stehen und vor uns hin glotzen«, erwiderte Jonas patzig. Er suchte die Tür, durch die sie gekommen waren. Doch da war keine mehr. Nur Wände mit leeren Nischen ringsherum. Sie waren wieder einmal gefangen. Auch Sina wurde zunehmend missmutig.

»Ich will nur noch nach Hause. Ich habe genug von diesen absonderlichen Abenteuern«, rief sie zornig und war den Tränen nahe. Sie vergrub die Hände tief in ihren Jackentaschen und lief mit schnellen Schritten hin und her. Dann griff sie nach der Eidechse in der Tasche und schleuderte sie wütend in das Wasserbecken.

»Der ganze blöde Zauber kann mir gestohlen bleiben. Ich habe keine Lust mehr und ich will weg hier! Und zwar auf der Stelle«, setzte sie beinahe hysterisch hinzu.

Jonas stand ruhig da und besah sich gelassen den Wutausbruch seiner Cousine. Sie hatte ja recht. Auch er hatte von diesem Karatabar, den geheimnisvollen Sprüchen und all dem Zeugs, das ihnen Angst machen sollte, die Nase gestrichen voll. Wie würde er bei sich zu Hause, im 21. Jahrhundert, diesen Zauberzombie und seine albernen Fledermäuse mit einem manipulierten Navi an den Rand eines Abgrunds jagen. Das Fürchten würde er ihn lehren. Aber der doofe Kerl mit seinem dämlichen Flatterzoo wusste ja nicht mal, was ein Navi war, dachte er verächtlich. Mitten in diesen Gedanken fiel sein Blick auf das Wasserbecken. Er traute seinen Augen nicht.

»Sina«, rief er. »Da, schau mal!«

»Will nicht mehr«, maulte sie. Doch dann besann sie sich und fragte: »Wo?« Sie hatte sich etwas beruhigt und saß zusammengesunken vor dem Beckenrand.

»Komm hoch und dreh dich um. Ich sehe was, was du nicht siehst«, rief er mit einem fetten Grinsen. Bei diesem Tonfall konnte sie nicht widerstehen und folgte seiner Aufforderung.

Nun sah auch Sina das Wunder: Auf der Wasseroberfläche schwamm die zweite goldene Schatulle. Und obendrauf lag wie zur Zierde die kleine grüngoldene Eidechse.

»Cool«, entfuhr es Sina und sie starrte ungläubig aufs Wasser.

»Du warst einfach großartig«, lächelte Jonas.

»Ich? Wieso ich?«, wollte Sina wissen.

»Weil du in deinem Zorn die kleine Eidechse ins Wasser geworfen hast. Ist doch klar, dass sie uns geholfen hat. Wer oder was auch immer dahintersteckt«, entgegnete Jonas.

Sie beugten sich über den Rand des Beckens und fischten die Dose mitsamt Eidechse aus dem Wasser. Dabei bemerkten sie zu ihrem Erstaunen, das beides nicht nass war. Bewundernd strichen sie über das goldene Edelmetall mit dem schönen Muster.

Jonas griff in seine Jackentasche und holte die größere Schatulle hervor. Dann verglichen sie beide Dosen, die vollkommen identisch waren. Einzig ihre Größe war verschieden.

»Wenn wir jetzt den Schlüssel hätten, könnten wir sie in die große Dose hineinlegen«, meinte Jonas.

»Geht nicht, den hat doch Natan«, entgegnete Sina schroff, doch dann hellte sich ihr Gesicht auf. »Aber vielleicht«, sie zögerte einen Moment, nahm die kleine Stoffeidechse und strich damit über das Schloss der größeren Dose. Sofort sprang der Deckel auf. Und wie hätte es anders sein sollen: Die kleine Schatulle schmiegte sich in das Fach der großen. Als sie den Deckel der großen Dose wieder zuklappten, schnappte das Schloss zu und sie war wieder verschlossen. Sie ließ sich auch nicht mehr öffnen. Dann schüttelte Jonas sie ganz vorsichtig und sie hörten, wie sich die kleine Dose in der großen ein klein wenig hin und her schob.

»Du erinnerst dich, was ich dir beim Abt gesagt hatte?« Jonas sah seine Cousine triumphierend an.

Vorsichtig umwickelte er die zweifache Schatulle mit dem Gürtelende und verstaute sie in seiner Jackentasche.

»Nun haben wir alles, um Natans Vater und das verlorene Reich zu erlösen. Ich kann es gar nicht fassen«, sprach Sina erleichtert und ungläubig zugleich.

»Leider ist anzunehmen, dass Karatabar uns jetzt erst recht zusetzen wird«, gab Jonas zu bedenken. »Ich denke nicht, dass er aufgeben wird. Wie lange wird das noch andauern?«, rätselte er. »Wir müssen die Dose schnellstmöglich zu Natan bringen!«

»Aber wie? Wir sind gefangen«, meinte Sina mit einem erneuten Anflug von Resignation.

Mutlos schauten sie zur Wand, in der sich die Tür befunden hatte, durch die sie gekommen waren. Doch was war das? Sie trauten ihren Augen kaum. Sie war wieder da. Die Tür. Und glücklicherweise ließ sie sich sogar mühelos öffnen. Kaum hatten sie den lichten Raum verlassen, als sich die Tür mit einem lauten knarrenden Geräusch hinter ihnen schloss. Sie standen wieder in einem düsteren, engen Gang. Es roch muffig. Viel konnten sie nicht erkennen. Sie tasteten sich weiter durch das Dämmerlicht, bis es merklich heller wurde. Sie erblickten in einer Nische eine gewundene Treppe, die nach oben führte. Vorsichtig stiegen sie hinauf.

Als sie einen Absatz erreicht hatten, vernahmen sie entfernt Stimmen und Musik.

Je höher sie kamen und je mehr sie sich dem Festakt näherten, wurde ihnen bewusst: Karabatar mit seinen Finten war nicht das einzige Problem. Da war ja auch noch der garstige, dicke Würdenträger, der die fremden Teufel einen Kopf kürzer machen lassen wollte.

Auch fielen ihnen die Konkubinen des Kaisers ein. Ob die sich wieder erholt hatten? Und ob die Palastwachen wegen unerlaubten Betretens des kaiserlichen Gartens ihre Fährte bereits aufgenommen hatten?

Die Stufen führten sie weiter nach oben. Sie befürchteten bereits, dass die Treppe nie aufhören würde. Aber auf einmal wurde es heller. Ein frischer Luftzug kam ihnen entgegen. Endlich traten sie aus dem dunklen Gemäuer hinaus ins Freie. Sie befanden sich hoch oben auf einem der langen Wehrgänge, die sich um die ganze Palastanlage erstreckten.

Weit vor ihnen, an einem der Eckpunkte der Mauer, stand ein Wachturm. Ob man sie dort schon entdeckt hatte?

Sie sahen auf die unendlich vielen Häuserdächer innerhalb des Palastes hinunter. Jonas befürchtete angesichts der Höhe sogleich, dass ihm schwindlig werden würde, doch dem war mitnichten so. Erleichtert wollte er sich nach Sina umdrehen, die hinter ihm stand. Doch soweit kam es nicht, mit Schrecken entdeckte er ihn am Himmel: In rasendem Tempo bewegte er sich auf die beiden zu.

»Sina, da ist er wieder, der Drache! In Deckung!«, konnte er noch schreien und sie gingen in die Hocke, von wo aus sie beobachten konnten, wie das Untier albtraumgleich auf sie zuschoss. Ob die massive Mauerkrone, die ihnen Schutz bot, standhalten würde? Sie wollten sich nicht darauf verlassen.

Es war zum Verzweifeln. Sie hatten keine Wahl und rannten einfach drauf los. Auf die Wachen konnten sie keine Rücksicht mehr nehmen. Jetzt galt es, die eigene Haut zu retten. Lieber lebendig im Kerker als vom Drachen in den Tod getrieben. Im Laufen drehten sie sich um und sahen, dass der Drache immer näher kam. Wieder stieg ihnen der beißende Geruch von Verbranntem in die Nase. Im Laufen nahmen sie wahr, dass jetzt der große, freie Platz mit den Kanälen, Treppen und den vielen Menschen, die vor dem Kaiser auf der Erde gelegen hatten, sichtbar wurde. Sie konnten die gewöhnungsbedürftige Musik und die Stimmen bis hier herauf sehr deutlich hören.

Der Drache flog seine Angriffe in wellenartigen Schlangenlinien in der Absicht, ihnen den Weg abzuschneiden. Seine Augen funkelten und er spie so heiße Flammen aus seinem weit aufgerissenen Maul, dass Sina aufschrie. Der Klang ihrer angstvollen Stimme wurde so kräftig über die Mauer getragen, dass die Menschen ihre Köpfe nach oben wandten. Doch nicht die zwei kleinen rennenden Gestalten nahmen sie wahr, nein, es war der feuerspeiende grüne Drache, welcher am Himmel nicht zu übersehen war. Die Festgesellschaft packte ein nie gekanntes Grauen vor diesem fliegenden und feuerspeienden Drachen. Das hatten sie in ihrem Leben wahrlich noch nie gesehen. Man hörte Schreie des Entsetzens und die Menschen stoben in wilder Panik auseinander. Einige rannten schutzsuchend in die Halle der Höchsten Harmonie, wo der Kaiser gerade im Rahmen der Feierlichkeiten des Zehntausendfachen Frühlings nichtsahnend seine Audienz abhielt. Egal, welche Strafe sie vom Sohn des Himmels wegen unbefugten Eintretens und Störung von wichtigen Handlungen erwartete, sie wollten nur weg von diesem grässlichen Tier. Das war kein zu verehrender Drache und kein Glückssymbol aus der chinesischen Mythologie. Das war ein Ungeheuer, das alle und jeden in Angst und Schrecken versetzte.

Semirimes

Auch die Wachen liefen panisch zu den Türmen und in Richtung der Treppenaufgänge, um im Innern des Gemäuers Schutz zu suchen. Jeder versuchte sich in Sicherheit zu bringen. Sina und Jonas rannten völlig allein hoch oben auf der Mauer um ihr Leben. Sie verkrochen sich in einem Wehrturm, der von seinen Wächtern verlassen worden war. Die Tür zum Treppenaufgang hatte die letzte fliehende Wache sicherheitshalber von innen verriegelt, in der kümmerlichen Hoffnung, die Gefahr so zu bannen. So waren Sina und Jonas hier oben gefangen. Die Flammen schlugen durch die Schießscharten hindurch und drohten Sina und Jonas zu versengen. Sie drückten sich in einer Ecke flach auf den Boden. Die Hitze hatte ein unerträgliches Ausmaß erreicht. Es war schlimmer als in der Wüste. Wenn das so weiterging, würden sie hier am lebendigen Leibe geröstet. Sie konnten kaum noch klar denken, ihre Augen tränten und das Atmen war nur noch mit dem Gesicht zum Boden gepresst möglich. Da kam Sina die rettende Idee. »Dragard«, schrie sie in höchster Not, immer wieder. Sie versuchte, das Amulett zu ergreifen, es glitt ihr mehrmals aus der Hand. Endlich bekam sie es zu fassen und mit einem Schlag hatte der Spuk ein Ende. Der Drache hatte sich in Luft aufgelöst. Nur die

Hitze, der Gestank und die Unruhe im Palast verrieten, dass hier etwas Furchtbares vorgefallen sein musste.

Als sie einen Blick auf den Wehrgang warfen, sahen sie ihn: Dragard, ihren Retter. Sina und Jonas krochen langsam aus ihrem Versteck hervor.

»Das war wieder einmal Hilfe in letzter Sekunde. Ich bin unendlich glücklich und gratuliere euch, dass ihr die zweite goldene Schatulle gefunden habt. Ihr seid wahrhaftige Helden. Und für die Leute da unten«, Dragard machte eine Kopfbewegung auf den Platz unter ihnen, »werdet ihr sogar in die Geschichte Chinas eingehen. Solch einen Tumult hat es hier noch nie gegeben«, prophezeite er ihnen.

»Nun aber, steigt schnell auf, wir haben keine Zeit zu verlieren«, drängte er die beiden und schon erhoben sie sich gemeinsam in die Lüfte.

»Ich bin mir sicher, dass dieser Tag für die Festgäste des Kaisers ein unvergessliches Erlebnis bleibt. Sie konnten einen richtigen, lebendigen Drachen erleben, kein gemaltes oder aus Stein gehauenes Fabeltier. Sie werden ihren Kindern, Enkeln und Urenkeln noch davon berichten«, meinte Jonas, der sich erstaunlich schnell von seinem Schrecken erholt hatte.

»Wenn sie außerdem berichten, dass die zwei fremden Teufel auf einer fliegenden Eidechse davongeflogen sind, wird man ihnen kein Wort glauben«, ergänzte Sina lächelnd.

»Sag mal, Dragard, wohin bringst du uns? Hoffentlich setzt du uns nicht wieder in der Wüste aus. Ich hoffe, dass du uns endlich zu Natan bringst. Wir haben genug Abenteuer erlebt. Das reicht«, sagte Jonas entschieden.

»Keine Angst, es geht geradewegs zu ihm. Keine Wüste, keine Abenteuer, keine feuerspeienden Drachen«, entgegnete Dragard.

»Auch keine abscheulichen Fledermäuse mehr?«, fragte Sina vorsichtig.

»Auch keine schwarzen Flatterviecher mehr. Versprochen!«

Dragard flog in ruhigen Bahnen mit klarem Ziel und bald hatten sie das Reich der Mitte hinter sich gelassen. Gebannt schauten die Kinder hinunter auf die abwechslungsreichen Landschaften. Sie überflogen blau schimmernde Seen, schneebedeckte und schroffe Gebirgszüge, unbekannte Städte und Siedlungen. Sie nahmen jetzt Kurs auf das offene Meer.

Dort gab es unter ihnen nichts mehr zu sehen. Nur die vom Dunst verschwommene, silbrig glänzende, von der Sonne beschienene Wasseroberfläche. Es war so eintönig, dass ihnen die Augen zuzufallen drohten, als Sina blinzeln musste und laut rief:

»Schaut mal, da unten die kleine weiße Insel. Ist das nicht Natans Insel?«

»Erraten«, ließ Dragard sich vernehmen und drehte in einer Kurve genau auf das Eiland zu.

Schon konnten sie den weißen Sandstrand erkennen, der vom türkisfarbenen Wasser umgeben war.

»Da, Natans Haus!«, rief Sina aufgeregt und zeigte mit dem Finger auf das Gebäude, das nun immer näher rückte und größer wurde.

»Dort ist auch Natan, ich kann ihn winken sehen, er hat uns erwartet«, meinte Jonas und war froh, bald wieder Boden unter den Füßen zu haben.

Sanft setzte Dragard auf dem weichen Sandboden auf. Erleichtert und noch ein wenig steif vom langen Sitzen stiegen Sina und Jonas von seinem Rücken. Natan kam stürmisch angelaufen und umarmte die beiden Abenteurer herzlich.

»Ich bin unendlich dankbar und froh, dass ihr wohlbehalten wieder da seid. Ich habe so manches Mal um euch gebangt, wenn ihr in Gefahr wart«, sagte er lächelnd.

»Woher wusstest du von unseren Gefahren?«, fragte Jonas verwundert.

»Dragard hat mich in der Regel auf dem Laufenden gehalten. Oder unser Freund Hu Fuh hat mir Nachrichten zukommen lassen«, entgegnete Natan.

Stolz holte Jonas die Schatullen hervor. Natan strahlte beim Anblick der goldenen Schatzkästchen bis über beide Ohren. Er konnte es kaum erwarten, sie in seinen Händen zu halten. Er holte den kleinen goldenen Schlüssel hervor und steckte ihn in das Schloss der ersten Dose.

Kaum hatte Natan den Schlüssel im Schloss umgedreht, als ein großes Leuchten einsetzte. Es war so hell, dass sie für einen Augenblick wie von der Sonne geblendet waren. Dann folgte vollkommene Stille.

Ihre Augen mussten sich erst wieder an das Tageslicht gewöhnen. Langsam wurde das Bild wieder schärfer und ungläubig blickten sie auf das, was vor ihnen lag. Das konnte nicht wahr sein!

Der Urwald war völlig verschwunden. Sie standen in einem wunderschönen Garten, der von künstlichen Wasserläufen durchzogen war. Mosaikartig gepflasterte Wege führten vorbei an bunten Blumen und unzähligen Springbrunnen mit Fontänen. In Kaskaden lief ihr plätscherndes Wasser in mehrere grüngoldene Wasserbecken. Goldene Bänke luden zum Ausruhen ein. Riesige, bunte Schmetterlinge saßen auf üppig blühenden Pflanzen und exotische Vögel erfüllten mit ihrem Gezwitscher die Luft.

Sina und Jonas verschlug es vollends die Sprache, als sie sich umdrehten und den prächtigen Palast mit den vielen Türmen und Toreingängen erblickten. Die Fassaden waren über und über mit prächtigen Steinreliefs und Figuren verziert. So etwas hatten sie noch nie gesehen, nicht einmal der prächtige Kaiserpalast in China hatte sie so in Staunen versetzt. Seine goldenen Dächer funkelten in der Sonne. Natan hatte wahrhaftig nicht übertrieben, als er ihnen damals alles geschildert hatte. Nun stand diese Pracht vor ihnen. Sie träumten das hier nicht. Das war tatsächlich Wirklichkeit.

In dem Moment öffnete sich eines der vielen Tore und ein prächtig gekleideter vornehmer Mann und eine zierliche hübsche Frau kamen heraus. Natan stürzte den beiden entgegen. Sie umarmten und herzten sich ohne Unterlass. Welche großartige Freude! Die Tränen traten ihnen in die Augen.

»Ob das Natans Vater, der König, ist? Und müssen wir vor ihm niederknien?«, flüsterte Sina Jonas zu.

»Keine Ahnung. Normalerweise verkehre ich nicht mit Königen. Auch nicht mit fetten chinesischen Würdenträgern mit Schoßhündchen. Ich habe diesbezüglich leider keine Erfahrungen, wie du gemerkt hast«, erwiderte Jonas trocken und zuckte mit den Achseln.

Doch schon schob der Vater Natan sanft zur Seite und schritt würdevoll auf die beiden Kinder zu. Noch überlegten sie, wie sie sich ihm gegenüber verhalten sollten. Er kam ihnen jedoch zuvor, indem er sich zu ihrer grenzenlosen Überraschung tief vor ihnen mit aneinandergelegten Händen verbeugte. Sofort legten auch Sina und Jonas ihre Hände vor dem Kopf zusammen und deuteten eine Verbeugung an.

»Ich bin Natans Vater, König Beseb«, sprach er mit ruhiger und angenehmer Stimme.

»Wir können euch gar nicht genug danken. Zutiefst stehen wir in eurer Schuld. Ihr habt das Wunder vollbracht, an das wir nicht mehr geglaubt haben. Euch ist es gelungen, uns zu erlösen. Auch haben wir unser verlorenes Reich Semirimes zurückerhalten. Ich kann es noch gar nicht richtig fassen«, fügte er hinzu und wischte sich eine Träne aus dem Augenwinkel.

Sina und Jonas wurden fast ein wenig verlegen. Jonas betrachtete das Gesicht des Königs. Der Mann kam ihm bekannt vor. Wo hatte er ihn schon einmal gesehen?, dachte er.

Als wenn er Jonas' Gedanken lesen könne, sprach der König: »Ja, Jonas, wir sind uns tatsächlich schon einmal begegnet. Du erinnerst dich?«

Jetzt fiel es Jonas wie Schuppen von den Augen.

»Das kann nicht sein«, erwiderte Jonas zweifelnd. Dann fügte er zögernd hinzu: »Der Arbeiter an der Chinesischen Mauer?«

»Genau der. Karatabar hatte mich zu dieser schrecklichen Tätigkeit verdammt. Aber das ist nun glücklicherweise Geschichte«, fuhr er mit einem Blick auf die hübsche Frau neben sich fort. »Darf ich vorstellen: Meine Schwester Maram, die dieses Ungeheuer in die hässliche Orchideenblüte verwandelt hatte. Er konnte sie gar nicht genug quälen«, sprach er mit tiefem Bedauern in der Stimme und strich mitfühlend über ihren Arm.

»Wahrscheinlich erkennt ihr mich nicht wieder«, meinte Maram nun lächelnd, während sie auf Sina und Jonas zuging und sie herzlich in ihre Arme schloss.

»Es war alles furchtbar. Auch ich kann euch nicht genug danken, dass ihr uns erlöst habt. Ihr wart so unglaublich tapfer und habt wegen uns große Gefahren durchstehen müssen«, sagte sie mitfühlend.

König Beseb schlug vor, in den Palast zu gehen. Es gäbe ja so viel zu berichten und außerdem wolle er ein Festmahl zu Ehren der beiden Retter und anlässlich der Erlösung geben.

»Leider ist das so nicht möglich«, meldete sich auf einmal Dragard zu Wort.

»Das Fest zu Ehren von Sina und Jonas muss leider ohne die beiden stattfinden, denn unsere lieben Gäste müssen in Kürze zu Hause sein, bevor ihr Fernbleiben entdeckt wird. Die Traumzeit neigt sich dem Ende zu!«, ermahnte Dragard die Anwesenden zum Aufbruch.

Sina und Jonas wären jetzt noch liebend gern geblieben, um sich den märchenhaften Palast des Reiches Semirimes von innen anzuschauen.

Verwundert nahmen sie zur Kenntnis, das Natan sich eilig aus dem Staub gemacht hatte. Doch bereits kurz darauf kam er zusammen mit einem Jungen auf dem Rücken eines weißen Elefanten angeritten. Vor ihnen angekommen, schlang der Elefant seinen Rüssel um Natan, hob ihn herunter und setzte ihn vorsichtig auf dem Boden ab. Genau dasselbe wiederholte er mit dem anderen Jungen. Der machte sofort eine tiefe Verbeugung vor dem König und seiner Schwester. Dann ging er zu den Kindern und verbeugte sich auch vor ihnen.

»Das ist mein Freund Mulum«, setzte Natan zu einer Erklärung an. »Karatabar hatte auch ihn zusammen mit dem weißen königlichen Lieblingselefanten meines Vaters verzaubert. Er ist der Sohn des königlichen Elefantenwärters. Ihr erinnert euch? Er war versteinert und hat euch zusammen mit der heiligen Schlange Nagan erschreckt. Wir könnten sie vielleicht noch schnell in ihrem Tempel begrüßen. Seht ihr, da hinten. Sie ist unsere Schutzheilige.«

Sina war entschieden gegen einen Besuch bei der Schlange und so wurde es ein kurzer, aber nicht minder herzlicher Abschied. König Beseb, Maram und ganz besonders Natan waren ein wenig betrübt, dass nun keine Zeit blieb, sich näher kennenzulernen.

Man hätte sich noch so viel zu erzählen gehabt. Sogar die alte Amme Assa stand etwas abseits und winkte den Kindern dankbar zum Abschied.

Doch schon wenig später saßen Sina und Jonas wieder auf Dragards Rücken, um in Richtung Heimat zu fliegen. Wenn sie ehrlich waren, vermissten sie die Familie, ihr Zuhause, die Küste, die alte Marie und Sinas Hund Napoleon sehr.

Auf dem Rückflug erinnerte sich Sina daran, wie alles begonnen hatte. Wie sie die Flaschenpost im Wasser gesehen und gefunden hatten. Und wie sehr sie sich damals eine Flaschenpost mit einer Schatzkarte gewünscht hatte, um damit einen unvorstellbaren Schatz mit kostbaren Edelsteinen zu heben. Das war nun alles ganz anders gekommen.

****

Sina hörte ein Winseln und Jaulen vor der Tür. Sofort sprang sie auf, um ihren Hund hereinzulassen.

»Napoleon, was meinst du, was wir erlebt haben, das glaubt uns kein Mensch. Na, und du sicher auch nicht«, sagte sie zu ihm, indem sie ihn liebevoll hinter den Ohren kraulte.

Als hätte er Sina ganz genau verstanden, sah er sie mit seinen treuen, braunen Hundeaugen an und leckte ihr vor lauter Freude hingebungsvoll die Hand. Sie blickte zu Jonas.

»Ein Glück, dass du mit dabei gewesen bist. Sonst würde ich meinen, dass das alles nur ein Traum gewesen ist.« Sie schüttelte den Kopf.

»War es aber nicht, sondern ein wunderbares Abenteuer, das uns keiner glauben wird«, entgegnete er.

Wie zum Beweis kramte er die zerkratzte Glasflasche unter dem Bett hervor.

»Schade, deshalb können wir es auch keinem erzählen«, meinte Sina mit Bedauern und griff an ihre Kette mit dem Amulett. Dragard hatte ihr den Schmuck als Erinnerung vermacht. Er hatte ihr sogar erlaubt, ihn zu rufen, um Neuigkeiten aus Semirimes zu erfahren. Es wäre aber auch möglich, dass er ihnen etwas mitzuteilen hätte.

Sie machte Jonas darauf aufmerksam, dass sie wieder ihre Schlafanzüge trugen.

»Cool!« Das war alles, was Jonas dazu sagte. Dann klopfte er Sina kameradschaftlich auf die Schulter und schob sie nach einem Blick auf den Wecker, der bereits fünf Uhr morgens zeigte, sanft mit Napoleon zur Tür. »Der arme Waisenjunge, den deine Eltern vor Jahren in ihrer grenzenlosen Güte adoptiert haben, muss jetzt schnellstens schlafen gehen«, sagte er grinsend. »Bedauerlicherweise musst du nun auch mein schweres Schicksal teilen, denn Vater und Mutter der tapferen, kleinen Cousine sind von bösen Nomadenstämmen überfallen und ausgeraubt worden. Seitdem sind sie verschollen. Hoffentlich bekommt sie von dem Schock nicht auch einen Sprachfehler wie ich beim Pater«, fügte er laut seufzend hinzu und sah Sina gequält an.

»Mach dil deshalb keine Solgen, liebel, almel Jonas. Del Splachfehlel ist schon da«, kicherte Sina. Sie ging, ohne sich noch einmal umzudrehen, mit ihrem Hund hinaus und schloss die Tür leise hinter sich.

Danksagung

Auf einem Buchumschlag finden sich immer nur der Titel des Buches, der Name des Verlags und des Autors. Nur wenige wissen, wie viele Personen an der Entstehung eines Buches mit beteiligt sind und dahinterstehen. Aus diesem Grund möchte ich mich für das Werden meines Buches ganz herzlich bedanken bei...

...Natascha Sturm, der Verlegerin des Neissuferverlages und ihrem Mann Martin Sturm, die ich zu dieser Abenteuerreise inspirieren konnte und ohne deren Glauben an die Geschichte und ohne deren organisatorisch unermüdlichen Einsatz dieses Buch nie entstanden wäre.

...Rouven Obst, meinem Lektor, der für seine kritischen, prüfenden und guten Anregungen ins alte China der Ming Dynastie eintauchen musste.

...Dorit Schneider, die dafür sorgte, dass dieses Buch druckreif wurde, für das Korrektorat und den Satz des Buches.

...Matthias Kreutzenbeck, der den Buchumschlag und meine Illustrationen fotografisch als Dateien angelegt hat.

...Amadeus Gerlach, der mir bei der Verlagssuche mit seinem nützlichen Rat geholfen hat.

...Hermann Büschleb, meinem Lebensgefährten, dem unermüdlichen Ratgeber, der mir mit seiner tatkräftigen und organisatorischen Hilfe unentbehrlich war und der ganz besonders zur Entstehung des Buches beigetragen hat. Der mir immer wieder Mut machte und an mein Projekt glaubte.

Über die Autorin

Ulla Kerckhoff arbeitete als Grafikerin in einer Werbeagentur in Hagen (NRW). Nach ihrer Heirat war sie freiberuflich tätig. Ihr Arbeitsspektrum umfasste Werbegestaltung, plakative Entwürfe, Umschlagbuchgestaltungen, Buchillustrationen sowie Textil- und Fliesendesign. Später folgten zwei Kinderbücher, die von ihr illustriert und veröffentlicht wurden.

Viele interessante Reisen führten sie in die verschiedensten Länder, insbesondere in den asiatischen Raum. Die beeindruckendste ihrer drei China-Rundreisen (1988-1995) war eine Fahrt entlang der nördlichen Route der Seidenstraße durch Zentralasien bis nach Peking. Angeregt durch diese Reiseimpressionen erfolgten Aquarellausstellungen, bis schließlich die Idee entstand, diese Eindrücke in einem spannenden Abenteuer-Jugendbuch zu verarbeiten.